JN239526

オランダの文豪が見た大正の日本

Louis Couperus

Nippon

ルイ・クペールス
國森由美子訳

作品社

オランダの文豪が見た大正の日本

序章　中国

マカオ

観光客は、香港からマカオ、あるいは広東を訪れる。船に揺られ、一日で往復し、マカオを見る。このだれもがするマカオ観光は、実際、一日以上を費やすほどの価値はない。このポルトガルの町には――一五一四年以来、ポルトガル領である――十六世紀以来、興味深い歴史があり、われわれオランダ人の船乗りや商人たちも、さして嬉しい役どころではないにしても、そこに登場している。しかし、過去をたどりなんらかの知識をもってある町や風景を見ることはたしかに重要ではあるが、ここであらゆる事柄をおさらいするのは行き過ぎというものであろう。ここは立ち止まって長々と講釈せず、以下の事柄を述べるにとどめておく。

あれほど長く続いた明朝は、内乱のために滅亡し、海辺の民は、皇帝の命により内陸の奥深くへ移動させられて（すこぶる中国的な処置である）、マカオはあらゆる商業上の利権を失う危機に瀕し、ポルトガルのイエズス会士らが北京の宮廷にポルトガル植民地の利権の擁護を訴える……

わたしは現在により多く目を向けたいと思う。そうしてみると、マカオは、いまなおカトリック的・東洋的な雰囲気の漂う町であり、また、南スペインやポルトガルの街特有の、薔薇色、モーヴ、ダブグレー、サファイヤブルーの家々やファサードやよろい戸が見られ、たとえば同じ色彩のコルドバの街を思わせる。

蔦やぶどうの蔓が、屋根やパティオの柱に絡みついている。向こう側の見えない灰色の壁は、地区によっては修道院風の趣をもたらしている。狭い袋小路や路地、がらんとした、より道幅の広い通りは哀愁を帯び、死に絶えたようだ。これはもはや中国というより物悲しい南ヨーロッパのようである。シチリアでもギリシアでも、このような南の、あるいは東の陽ざしのもとに干からびたキリスト教的な雰囲気が感じられる。あたかも、何世紀にもわたり、その空のもとに咲き乱れるのではなく、萎れていく一輪の花のように……諸君がポルトガルの詩人、ルイス・デ・カモンイス〔訳註：一五二四年頃～一五八〇年〕の『ウズ・ルジアダス』を読んだことがおありかどうかはわからぬが、彼はここに追放された。あるポルトガルの貴婦人との戯れ合いが過ぎたためである。しかし、もし諸君がこの詩人の崇拝者であるならば、詩人が叙事詩を書き上げたその場所に彼の胸像が建っているのをご存知だろう。伝説によれば、船が難破しここにたどり着いた際、詩人は泳いで岸に渡らねばならなかったとのことである。片手にした詩の手稿を高く掲げたまま……

観光といえば、これですべてである。つまり義務を果たしたわけだ。とにかく、これでおしまいなのだ。マカオをして「中国のモンテ・カルロ」と言わしめた中華街の賭博場を、晩に見学するのも同じ義務である。わたしにはその勝負事がすぐには理解できなかったのだが、聞いたところによればこうである。元締めが手にいっぱいのチップを小さいボウルに投げ入れ、それをふたたび場にばらまいて戻し、そこから四枚ひと組にした山を棒を用いて数えていき、最後に残った数が勝目となり、その数に賭けた者がすなわち勝者になる。

ひしめく中国人たち――苦力さえも――また、堕落した若い女たち、襟なしの服と黒く汚れた爪をしたヨーロッパ人とのハーフたち、密輸阿片の香り、パイプや怪しげな煙草の靄の中の汚れた紙幣、灯油ランプの火にぎらぎら光る不徳な眼やきらめくダイヤモンド。行ったり来たりするわずかな額に満足しているこのおぞましい悪徳をしばし眺め……ふたたび外へ出れば……高い壁に囲まれ、陰惨でもの悲しい、人通りの絶えた夜である。その壁には、いくつかの燈籠（ランタン）の光に浮きあがる、蜘蛛の巣にまみれた、いまだ鉄格子のはまった四角い穴がある。それを見れば諸君は、昔ここに中国人奴隷たちが、奴隷市の立つ日まで閉じ込められ、声高に競りにかけられ、売られていったことを思い浮かべるだろう。

　わたしには広東の方がおもしろかった。この目で見たのは初めてだったが、文字どおり中国的な町だった。もちろん、われわれの東インドを知る者ならだれでも、どの町にもある中華街はおなじみであり、広東は、その中華街のひじょうに広がったものに過ぎないということがわかる。英国人がどこにいても本国風にするように、中国人も本国風にこだわり、寺院や茶屋、町家、店舗といったものはどこでもみな似たりよったりである。

　それでもしかし、広東には独特のものがある。沙面（シャミン）の向こう側、つまり、かの珠江の向こう側に、中国の街が広々と横たわっているのである。沙面というのは、英国とフランス租界地の狭く細長い土地である。二つの橋のうち、ポン・ドゥ・ラ・ヴィクトワールと呼ばれる一方の橋はヨーロッパと中国の街とをつないでおり、西洋人と東洋人との間の無言の敵意が漂うこの状況には、中世を思わせるもの、互いを拒絶、隔絶する何かがある。沙面の領事館、銀行、商館など高い建物が建ち並ぶ区域、つまり西欧が獲得した中国の沿岸の侵略地域全体には、用のない中国人が立ち入ることはほとんど許されない。また、広東の色彩に溢れる狭い通りには西欧人の姿はなく――われわれが滞在した二日間にかろうじて一人見かけただけだった――われわれのような「外国人」、なんでもあえてやってみようとするおろかな観光客だけが大目に見られ、輿に担（かつ）がれていくだけだ。なぜかといえば、ドルを落としていくからである。

われわれのガイド

ガイドは、観光客と同じように輿に担がれ、先を行く。われわれのガイドは、クム氏といい、ガイド職の一族の初代かつ最年長者であった。思うに、彼は官僚、あるいは少なくとも過去にそうであった者に違いない。というのは、ガイドの一族の最年長者であるクム氏は上品な紳士であり、もう若くはないが、痩身で、垢抜けており、長い絹の上着をもう一枚の上着の上にまとっているのだ――氏は、長衫（チャンサン）つまり上着を絹の長着の上に重ね、そのまた上に袖なしの坎肩（カンジエン）を着ている。青と灰色の絹で、黒の刺繍がほどこされているサテン地である。黒いサテン地のズボンは、ふくらはぎの部分が形よくふくらみ、それをくるぶしのところで紐でくくって、中央に縫い目の入っている布鞋（くつ）を実に優雅に履きこなし、そこから雪のように白いソックスがのぞいている。艶（つや）のある整った顔には、いささか病的に細めている目に、色の濃いレンズの眼鏡をかけている。

紳士然とした、すばらしい案内のもと、われわれは広東の内外を見た。そして、冗談半分に、顔をめがけてサラダ菜を投げつけられる以上のことは何も起きなかったと申し上げておこう。推して考えるに、中国人がヨーロッパ人を心から好ましく思うことはないのであろう。それがまた……大規模なストライキ、香港での政治ストの直後ときている。

広東は古色豊かな中国の町である一方、すこぶる政治的に赤く、すこぶる進歩的である。わたしがこれを書いている今この瞬間、広東の総統、孫文は、ここから行くのに四日を要する地で、飛行機や機関銃を用い、北京の総督率いる部隊と戦闘中なのではないか？　要するに、われわれは、内戦そして混乱というよりほかに言いようのない状況のさなかにいる。だが、この国はあまりにも広大であり、実際の戦場があまりにも遠く離れているので、相も変わらずどうしようもなくお気楽な観光の日々を続けていられるのだ。ちなみに、われわれのガイドは、危険は一切ないと請け合った。そして、わたしもガイドは正しかったと思う。思いきり陽気に宙を飛んできた菜っ葉は、しょせん爆弾ではないのである。

中国の騒動

それでも、オランダ側の情報によると、ストライキが一両日長引いていたとすれば、中国人たちがどちらの橋にも現れ、西欧租界区はあらゆる食糧が運び込まれる広東から完全に孤立してしまったに違いないとのことだった。そうなれば、ヨーロッパ人たちにとって、必ずしも楽観的ではいられない事態になっていたであろう。このような状況については香港の新聞からはあまり把握できず、無邪気な旅行者はその渦中のただ中にいるにもかかわらず、多くを知らない。そして、ときおり、同国人(オランダ)から偶然に状況を聞かされたりする。中国人からではなくてだ。われらがガイド氏はこの状況について意見を述べたがらなかったが、それはおそらく、あまりに実情どおり説明すれば、われわれという客を失う恐れがあったからに違いない。かたや、北京の動向については、己の嫌悪感をためらいもなく口にし、また、広東の——兵士たちを古代の仏教寺や道教寺院に駐屯させている——赤い反総督派をも、控え目にならば批判してもいいと思っているようだった。氏は、まったくの旧体制(アンシャン・レジーム)の元官僚であり、神々や皇帝たち、絢爛豪華、金糸刺繍の衣服をこよなく愛しており、その爪はとてもとても長く、その手は華奢で美しい。そもそも、われわれと氏との相性はよく、輿に担がれ前を行く氏が、広東の彩色豊かな雑踏の中をかきわけるように進むのを頼もしく思った。この狭い路地、幾千もの色彩の中をぶらぶらと通りぬける前に、その昔、あの有名な花柳舟や歓楽屋形船が——火災で全焼した——水上の民たちを乗せ停泊していた珠江をここから眺めつつ、東洋と西洋について今しばらく真剣に考えをめぐらせてみたい。

東洋と西洋

これは、オランダ領東インドにいようが中国にいようが、観光客が常に興味を持ち続ける問題である。というのも、この東洋と西洋との違いを忘れることは決してできないからである。これらの地域では、われわれは官吏であろうが、実業家であろうが、旅行者であろうが、常に侵入者なのだ。

中国の古代文明——まだ少しは残っているそれ——は、われわれの新しい西洋文明に対抗できるのだろうか？　広東では、この不思議めいた古代の色に囲まれた中にあって意外に思うだろうが——すでに時代遅れだとしても——マルクスの考え方や、さらには、リープクネヒト〔カール・リープクネヒト（一八七一年〜一九一九年）ドイツの政治家、革命家〕やローザ・ルクセンブルグ〔（一八七一年〜一九一九年）ドイツの政治家、革命家。リープクネヒトとともに虐殺される〕の考え方がより重んじられ、支持されている——つまり、南部の中国人は対抗できると思ってはいないらしい。

しかし、例えば、「広東タイムズ」紙の記事の中でチェン・チアイ氏という人物が——戦争以来、氏が注目してきた——西洋文化は、結局のところ「地上の幸福」をもたらさないであろうと書いているが、この哲学的文士の言わんとするところは、注目に値するものだ。氏は、西洋における物質と精神という、世界を支配しているその両者の力は、けっして本質的に相容れることはなく、二者それぞれが別個のものとしてヨーロッパを支配しており、それは、互いにいずれは調和するようなものではなく、むしろさらに敵対し続けていると、ひじょうに細かく分析している。それと同時に、中国の古代文明は、この二つの要素を互いに調和させ、一つのよき世界をもたらす並はずれた力、ヒンズーや仏教の文化と確かに共通した力を持っていたと述べている。

物質と精神

これを読んで、改めて——とはいえ、疑ったことは一度もなかったが——われわれの芸術的、哲学的文学の世界がヘンリ・ボレル（一八六九年〜一九三三年）オランダの著述家、ジャーナリスト。中国について多くの著述がある）にどれほど多くの恩恵をあずかっているかを痛感した。氏は、遠い中国への視野を、その純粋な知識と美の地平線に至るまで、実に大きくわれわれに広げて見せてくれた。

まさに然り、東洋が過ぎ去った世紀にもたらしたさまざまな信仰や哲学が――たとえ、その多くが失われ、また、あたかも「時代の海」にきらきらと漂う難破船の残骸のようにわずかにしか残されていないとしても――とうの昔にわれわれに教えてくれていたのは何かを思い起こせる者は、こんにち、ヨーロッパ文明の火を見るよりも明らかな破綻を目の当たりにし、なるほどそうであったかと、深く、深く、痛恨の思いをいたすにちがいない。

西洋文明は、この一世紀に何をもたらしただろうか。機械、そしてまた機械だ。そのご立派な偉大さは、われわれに大小さまざまな機械を授けたことであり、その姿は、一枚の巨大な広告ポスターにすることができるかもしれない。何千もの複雑な機械じかけ。そこにはいくつもの歯車が回り、その上には飛行機が舞っているのだ。エンジンはその心である。それはひじょうに精巧で工夫に富んでいる。われわれの文明が誇るこのようなあらゆるものを発明し、ほとんど悪魔のように作動させた者たちを評価しないなどということがあっては罰当たりであろう。しかし、この発明は「幸福」をもたらしただろうか。否、もたらしたのは、それ以前にむしろ「絶望」である。われわれがそれと認めたくない、静かな絶望である。そして、この見事な機械が「幸福」以前に「不幸」をもたらすのではないかという、われわれの内面に巣くう「疑念」である。この中国人の著者は、ヨーロッパにおける「精神と物質」は、われわれの優秀な頭脳が自然の力を人間の快適さに役立てるため、ますます手足のように使うようになるにつれ、相容れないものになっていったと言っているのだ。まさにそのとおり、そう指摘されると、まばゆい陽光に撃たれ、目の眩（くら）む思いがするほどである。疑いようもない。われわれ西洋人たちが「精神と物質」とを互いに切り離せないほどに調和させることができない限り、地上の「幸福」はわれわれからさらにさらに遠ざかっていくだろう……

　戦場や人々の心の中で内乱の嵐が吹き荒れているとはいえ、中国ではそのように考えられている。広東のスラム街では、見た目ではすぐにわからない共産主義者たちが中国で読まれる種々の新聞を熱心に研究し、またもローザ、リープクネヒト、マルクスの思想を広めようとしている。その一方で、より優れた精神の持ち主たちはそのように考えているのである。そうこうしているうちに、西洋が肩入れする北京の政府はぐらついている。桂林の戦場では人が斃(たお)れ、航空機は現代の殺戮の種を蒔(ま)いている。この空のもとでこんな事柄にあれこれ思いをめぐらせていると、この国の民は、孔子や老子が生き、教えを広めていた、いにしえのあの世紀には、機械の栄光を崇拝している今よりも、すでにもっと純粋な「真実」の近くにあったように思えてならないのだ。

真珠の流れ

　クム氏が、長短さまざまな絹の服に身を包み、おごそかにわたしを待っている。氏はわたしに、サンパン船で水上生活をする蛋民(たんみん)を見せてくれた。人々はそこで生まれ、結婚し、生きて死に、喜び悲しみ、コレラやペストのことなど考えもせず、すべてを受け入れてくれる「真珠の流れ」の水を――少し沸かすとしても――飲んでいる。わたしは確信する。美しい名というものは多くの力を秘めていると。わたしは確信する。「真珠の流れ」の上で生活し、いかなる病が待ち伏せているかなどという怖れも抱かず珠江の水を飲む者は……けっして病気にならず、少なくともそれを自覚しないことを。わたしは確信する。ただただ無意識に暮らし、時の流れに身を任せて生きる者は賢明であり、常にわれわれの前から飛び去っていく幸福が少なくともその目に見え、手に取れると思っているだろうことを。しかし、その恩恵にあずかれるのは、エンジンの改良ばかりに血眼になっている西洋人よりも、むしろ東洋人であるだろう。

広東の町

広東は色彩の町であり、細部も色とりどりである。それは、狭い商店街や袋小路、路地の迷路であり――ときには、新たな道路工事のために乱暴に切断されている――その先は、ふたたび中国の古き町の曲がりくねった迷宮となっている。通りは、ときにワッフルのような形のアーケードで蔽(おお)われているが、思うに、それは竹と油紙でできており、その小さな格子から光が透け、あるいは、破れていれば、太陽の光がそこから斜めに射しこんでいる。いたるところに、長く伸びた吹き流しや、そよ風にはためく、紫や赤、黄土色、マリンブルー、桃紅色、ダブグレーの四角い旗が掲げられている。そこに中国の文字、美しい装飾的な記号が燦然(さんぜん)と大きく記されており、見渡すかぎり、わたしには判読不可能のひそやかな文字がさんざめいている。そのようにして、町全体が文字だらけであり、とりわけ金、いや、白地に赤もある、青に黄、灰色に薔薇色など、あたかも目の前に、解読不可能な魔法の書物がページを開いて置かれているようだ。もしくは、さらにじっと見ていると、色鮮やかな巨大な蜘蛛の巣のように思え、いくつもの文字はくねくねと肢(あし)をうごめかす蜘蛛である。

苦力(クーリー)が軽快な足どりで担ぐ――われらがガイド氏を先頭に――三つの輿に乗り、色彩と金にあふれる中を行く。金色のなんとも多いこと。高級品店、宝石店、絹製品店の正面はときに金箔の彫刻が全面にほどこされていたり、店の奥の祭壇も金色だったりする。その祭壇の高いところには神の像が祀られているのだが、ときには、像ではなく、聖なる文字のみの場合もある。そうした神、ときには、聖なる漢字のみが金色ということもある。神の名だけが祀られ、その名が唱えられることは滅多にない。そこには、串や棒のような形の線香が焚かれており、それは燃え先を上にして、銅製の壺あるいは椀に挿してある。店の敷居に沿ってひじょうに低い陳列棚がしつらえてあり、その横に小さな壁龕(ニッチ)がいくつかある。そして、そこには線香が焚かれている。佳(よ)き香は神々のお気に召し、悪霊を退散さ

広東旧市街の
商店街。

せるのである……

筆舌に尽くしがたいほどの色彩にあふれている。これほど多くの色彩、これほどまばゆい金色だらけというのは、自然なこととは思われない。しかし、これこそが広東の買物騒ぎにつきものの光景なのである。食材の市場というようなものは特になく、あらゆる食品が、錦織や象牙や碧玉や翡翠(ひすい)の店の間に混在している。薄紅色の玉ねぎ、骨つきの赤い魚、血の色がかった赤紫の肉、鮮やかな緋色のトマト。大小のオレンジの金色の球。漂白したように真っ白に茹であげられた鶏、緑や黄色の美しい野菜。その間には豆芽(もやし)の若い芽もある。小柄な主婦たちは、ほんの少し皿に乗せたりとても小さな椀に入れたりした食物を手に、押し合いへし合いしながら歩いている。ある者は割った卵の入ったコップを、そのわずかな白と黄色のものを、なにか、きわめて高価で神聖なものであるかのようにして両手で持ち、家へ向かっている。

さてこちらは蛇の薬局だ。大切なところである。ここには毒蛇が飼われ——コブラである——うねうねとのたくっており、その毒を最適な季節、最適なときを見はからって酒と混ぜ合わせるのだ——しかし、この薬用酒は古代からあるものではないようだとガイド氏は教えてくれた。蛇酒は産後の婦人の病気を治癒させ、また、その他多くの疾病に効用がある。

中国の橋や屋根。見上げれば、そのはね上がった端々のところに、コンマやアクセント記号が空中に突き出しているように見える。激しく打ちつけるハンマーの音、それは黒ずんだ作業場に炎の燃えさかる、狭い通りの鍛冶屋だ。鍛冶屋はモンゴルの一つ目巨人(サイクロン)たちで、その筋肉隆々の上半身は白っぽい檸檬色(レモンいろ)をしており、目は通り過ぎるわれわれに斜めの視線を投げかける。こちらの方では、棺(ひつぎ)を作っている。なめらかに削られ、すでに仕上がり、巨大な半円筒型が組み合わされた棺の樹木の香り。そして、こちらは、おお、なんと美しい鳥籠、なんと美しい小鳥たちであろうか。金箔や赤や緑色のその鳥籠には、象牙の止まり木、磁器や翡翠の餌入れや飲み水入れが備わっていて、なんと微細で小さいことか。ときには、そこに豆つぶのような木まで入っている！

中国の商品

店の商品は期待外れである。象牙やサンダルウッドの彫刻はどれも似たり寄ったりだ。クレイカンプ〔当時ハーグにあった美術商。美術品の展示・販売のほか、美術関連イベントも行っていた〕には、もっと美しい翡翠がある。買う気にはならないが、美しい色が目を楽しませる。絹織物屋の裏には、ときに庭があり、小さな石組、小さな人工の滝、小さな祠（ほこら）、小さな偶像に突如として眩（まぶ）しい陽が射す。猫の入ったいくつかの檻を竹にくくりつけ肩から下げている商人が、店の敷居のところで待ち構え、猫を売りつけようとする。絹織物屋の主人が、この方々は旅の途中であり、猫は要らないのだとその男をなだめすかしている。

広東では品のあるものは見られないであろうと思っていたが、ここを歩く中国人たちからは、上品な印象を何度も持った。ひじょうに光沢のある細長い絹の服をまとった男たちや、艶やかにきらびやかに結い上げた髪型の女たちには、たいていの場合、品格が感じられる。絹、とりわけ花柄のものや、黒、灰色、紫のものは、いくらか恵まれた者の衣服なのだ。裕福な店主たちは、われわれのガイド同様、絹を着用している。

街の門の一つ、その鉄の扉のある要塞化された堅牢な門の一つを、担がれたままくぐりぬけた。ゆるやかに傾斜し先細りとなっている中国独特の屋根、ここでもその両脇は先端がはね上がっている。その姿はこのように重い門にはうっとうしいだけだが、仏塔や寺院の屋根であれば、まるで鳥が、ツバメが飛んでいるかのように、どこか軽やかな印象を与えることが多い。この場合、陰鬱な屋根は、卵を温めている梟（ふくろう）のようだ。このような門、現代の兵器を前にしては役に立たない古い要塞は、きっと撤去されることだろう。

道教の僧院

われわれは街をぬけ道教の僧院へと向かう。急な階段を次々と上っていくと、僧院が、どっしりした樟(くすのき)の木々の中に、華やかにおごそかに広がっている。寺院や僧院を見るならば、さまざまな宗教を、そして、それぞれの微妙な違いを勉強しておくに越したことはない。中国や日本を見るということは、松の木々の中で、樟の木々の中で、枝いっぱいに花開く桜の木々の中で、嫌と言うほどの寺院や僧院を見るということなのだ。さぞ多くの寺院や僧院を見ることになるだろうが、そのすべてを述べることはないだろう……

寺院や僧院を見たければ、道教、無為自然の説、儒教、仏教、これらすべての説を少しでも理解しておく必要がある。さもなければ、いくらわれわれが浅薄な物見遊山の徒であるとはいえ、右も左もわからず東洋の数々の信仰の迷宮に迷い込むことになるだろう。

「道(タオ)」とは、とりわけ哲学的な宗教を指し示すもので、その教祖はほぼ孔子と同時代（紀元前五世紀）の人たちである。老子については、ヘンリ・ボレル氏がその人物像を説き明かしてくれている。老子は孔子と同時代の先達で比類なき思索家であり、道教の信者たちが師と崇めている。しかし、老子の説くところの「道」は崇高な教えであり、道教の教えとも荘子の教えとも、とりわけエピクロス主義の楊朱や汎神論者の列氏の教えとも違うものである。老子が神格としているものは、すべてを宿すたった一つの太元であるのに対し、道教には幾多の神々が出没する。

世界を支配する三清と呼ばれる観想上の三位一体の神。玉皇大帝と呼ばれる世界を司(つかさど)る神。その上には天帝がいる。玉女仙子と呼ばれる三聖母もいる。その他にも、わたしにはわからぬ星々の神や守り神たち、伝説上の神々などがいる。また、文昌帝君と呼ばれる文学の神もおり、作家にはもっけの幸い、嬉しいかぎりである——そんな別格の神がおられるとは夢にも思っていなかった！——それから女神もいる。西王母や碧霞元君（へきかげんくん）……読者諸君にすべて名を挙げるのは無理というものだ。

　このような多くの神々の加護を頼りに、道家の信者たちは東方の海にある神仙の島を探していた。とりわけ秦の始皇帝（紀元前三世紀）は、なみいる呪術家や錬金術師たちに命じ、その神仙の島を探索させた。そこには不老不死、全知全能の霊薬が生い茂っている。ひとたびその神秘に通じた者は、身体を抜け、コウノトリに乗って昇天できたという。

　僧院が近づいてきた。おそらく、この僧たちは、そんなことはあまり信じていないのであろう。なにしろ裕福そうに見える。とはいえ、そう多くの僧を見たわけではないのだが。寺院と僧院の一群には、とりわけ、樟の巨木に蔽われ何段も高く続く僧院への階段の周囲に、それらしき雰囲気が漂っている。

　それ以上の宗教的な雰囲気は、僧院の中にさえない。「裕福な人々の寺院です」と、ガイドが教えてくれる。階段を上りきり、聖域をじっと眺めると、なるほど、どこか仏陀を思わせるがそうではない金箔の偶像の数々が身じろぎもせず立っている。壮大で威厳を感じるというより威圧的なその像たちが立つ薄暗い場所に、長く伸びた祭壇が置かれているのが目を惹（ひ）く。そこには、この世で財力に富む者のみが神々に供えることができる高価な供物（くもつ）が並んでいる。高価な器や皿の上に、磁器やアメジストや翡翠でできた壺や罎（びん）の中に入ったさまざまな焼き菓子や果物、砂糖菓子が置かれ、何列にも並んでいるのである。そこには供物というより安物の装飾品のイメージが漂っている。例えば、彫刻をほどこされた黒檀の小さな台座には一つの大きな梨が載せてあり、白磁のかわいいお碗には、干し無花果（いちじく）の実が五つ、平らな花であるかのごとく並べてあったりする。

供物

　そして、そこに絹の上着を何枚も重ねて着飾った子どもが、親戚のおばさんか子守りの女中に連れられ登場する。病に臥す祖父のため、神々に供え物をすべく親族たちがその孫を代表として送り、人間に長寿を付与する力を十全に備えた道教の神々に加護を願うのである。親族たちは皆、年老いたその祖父が大往生してくれることをひそかに願っているのかもしれないが、それはともかくとして、孫を送り、供え物をするのである。それ以上のことを道教の信者に望むのは酷というものだ。年配の婦人にうながされ、子どもは片膝をつきお辞儀をし、線香に火をつけると、付添人に明らかにそれとわかるように、何枚も重ね着した上着が暑いと訴えている。その子は少々無遠慮に、紫色の錦の上っ張りを脱ごうとする。しかし、そこに五人の見事に着飾った僧たちが現れる。長い髪を結い上げている。円錐型の王冠をかぶり、袖口が広く長い祭服を着ている。その鈍色の祭服には古色蒼然とした黄色の丸や四角の見事な模様と漢字が織り込んである。神々にお辞儀をし、僧たちはそれぞれの卓を前に円座する。卓は布で覆われており、その上に楽器が一つ置かれている。首座の僧が呪文を口ずさみ、他の僧が笛やトライアングル、小太鼓や鈴を演奏する中、銅鑼が重々しく鳴り響く。

五分で終了する。子どもはすぐさま隅っこで上着という上着を脱いで、階段を跳びはねるように下り、姿が見えなくなる。神々が砂糖漬けのお菓子やおいしそうなあれこれの香りを堪能すると、おそらく道士たちも自らそれに舌づつみを打つのだろう。

しかしながら、この光景を見て興味深く思ったのは、それが紛れもなく本物で昔ながらのものであったことだ。いにしえの人は、いかなる国であれ、いかなる時代であれ、このように供物を捧げ、神々の加護を願ったのだ。中国人が広東で赤の思想を奉じ、華麗な文字の網で織った新聞で共産党の記事を読んでいる今の時代においてさえ、道教を信じる裕福な家族は、僧院での供物がいつ何時役に立つか知れないとか、祖父が明日死のうとも、自分たちはきちんと義務を果たしたのだ、とかと考えているのだ。というのも、確かにあの光景は豪勢だった。ガイドが教えてくれたのだが、その家族たちはその数分の祭式のために何百ターラーも費やしたそうである。

寺院

寺院はもうたくさんだなどと思うのはまだ早い。わたしの方は少なくともまだまだ訪れるのだから。まず、「薬草の寺」を訪れた。そこには色鮮やかな像が六十あり、それは、それぞれ中国の暦である干支の一年一年を、また同時に年齢とともに移りゆく人生の節目を象徴している。本尊は薬師如来で、とりわけ老人たちが長寿を願いにやってくる。

また、五百羅漢の寺も訪れた。寺院の正式な名は「花咲く森の寺」〔華林寺〕、または「大通（風雨、雲霞の中、ここで瞑想し続けたと言われる隠者）をおおう雲霞の寺」という。五百体もの金箔の像を見て歩くのは悪夢のようなものだ。像は美しくもなく、武骨である。像の一つはあの有名なヴェネツィアの旅行家、マルコ・ポーロ（十四世紀）を模したものという。彼はすっかり中国人となり、聖人として崇められていた。われわれは「花多きパゴダ」〔六榕寺の花塔〕の蓮池の側でお茶を飲んだ。この花塔は「真の智慧の院」の境内にあり、九層にそびえ立つ塔で、随所に小さな鐘がついている。その後は「光り輝く孝行の院」〔光孝寺〕を訪れた。

さて、このようなすばらしい名を持つ聖域に案内されると、すっかりその虜（とりこ）となり、ときに、そう呼ばれている場所よりも、その名の方がはるかに美しいことなど忘れてしまう。そして、どこに行っても宗教的な心地に包まれることなどなかったことも忘れてしまう。どこに行っても、無関心と過怠の雰囲気が漂っていた。どこにも優しい気遣いや清浄さがなかった。オレンジの皮や破れた紙が、いささか貧相な蓮の花の間に浮いていた。

死者の街

「死者の街」は一種独特なものである。葬儀にふさわしい日、ふさわしい墓所が決まるまで、死者た

五百羅漢の寺内部。左側の像はマルコ・ポーロを表していると思われる。

ちの棺が一時的に安置されるところである。裕福な死者たちは、ときに何カ月も、一年も、二年も、その礼拝堂で待機する。ただ待つのである。忍耐強いのである。というのも、広東の人々が共産主義をどう思おうが、あの世も資産家たちにだけは心地よいものなのだ。中国の資本主義者にとっては共産主義的墓地などもってのほかである。安らかに寝て待ち、頃合いよく墓に入れば、その魂も神々の傍らに安住できるのである。

陳家の大家族も同じように考えているに違いない。いたるところに木彫のほどこされたその先祖の祭壇を見ると、故人たちが自分の位牌をとりわけ祭壇の中央になんとかして陣取らせようとしたことがわかる。位牌というのは、遺族たちが礼拝する、故人の名前と功績が記された木製の板である。隅に追いやられた位牌はなんともひどい状態で、その人はきっと忘れ去られてしまうだろう。それゆえ、生きているものは、あらかじめ、しかもできるだけ若いうちに自分の場所を確保しておき、そこに差し当たり白い位牌を置いておく。死去するとそれが赤色となる。ある二十歳の若者が縦に細長い位牌棚の中央に早くも自分の白い位牌を据えておいた。亡くなったのは九十歳だが、その赤い位牌は特等席を占めることとなった。

日本

第一章　長崎

到着

　朝のやわらかな、まさに真珠色の光の中、幅広い珠江を渡り、香港へと戻る。軍艦やジャンク船は薄い銀灰色の色彩に包まれ、その間を幾筋かの煙が流れている。ジャンク船の帆は、ドラゴンの翼のようであり、また巨大な魚の大きな鰭（ひれ）のようだ。朝日がさっと射し込み、島に立つ墓が薔薇色に染まる。次第に鮮明となる山々の稜線を望み、果てしなく続く海岸線沿いを行く。稜線は自由奔放に、思いがけない鋸歯型を呈し、中国の建築や芸術にバロック的な歪（ゆが）みがあることを思い起こさせる。自然は、その中で生まれてくる芸術に、己の持つ独自の性格を付与したのだ。ギリシアの山並みは、ふと、六歩格の詩文をわたしに想起させた。スイスは、高い山々の偉容の中に自由への希求を宿し、その下の谷間に田園風景の感傷をたたえている。ノルウェーの高地は、その文学や人々の魂と同じく、わたしには陰鬱に思えた。今、私の眼の前を通り過ぎていく、ところどころに平らな石の台地のある山々の山頂や峰は、中国の門や壁や寺院の屋根を思い起させるのだ。

　われらがチィ・ケンバン号〔クペールスたちがジャワから乗船した船〕の船上に戻ったわれわれは、上海へと向かう。高波と風。諸君は、海が泡の網で編まれたように一面に敷きつめられていて、その下に波がうねっている、そんな光景を見たことがあるだろうか。そうそう、海賊たちは日本の蒸気船を拿捕し、何千ポンドもの略奪品を得たという！　風が帆綱に当たりひゅーひゅーひゅー鳴っている。翌日、漁船が見えた。波に揺すり上げられたかと思うと、真っ逆さまに落ちる。そして、投げ飛ばされる。横に、仰向けに、前のめりに。漁師はいつも二人組だ。というのは、少なくとも、海賊が一人なら立ち向かえるからだ。泥濁（でいだく）の黄浦江を航（い）く。向こうには上海が見える。どことなく、ストライキ中や往来のまばらなときのロンドンとテムズ河の面影がある。ほんの一日だけの上海！　上海には見どころがたくさんあるのだろうか。きっとあるだろう。しかし、われわれは少し買物をしただけだった。時間がなかったのだ。諸君、かしこに桜の花が咲こうとしているのだ。日本のことである。桜の花は儚（はかな）い！　一陣の風とともに散ってしまうのだ！　ああ、「日出（い）ヅル処（ところ）」の、その光の中で桜の花を見ることができないとしたら！　明日エンプレス・オブ・アジア号〔一九一三年竣工の豪華客船〕が神戸へ向けて出航する。船室はまだ空いているだろうか？　トーマス・クック社はだいじょうぶだと言う。頼もしいかぎりだ。かくして、上海には一日だけ。いくつものスーツケースを引きずりアスター・ハウス・ホテルへ、そして翌朝には同様にして波止場へ戻る。ランチ船で一時間半。それから「エンプレス・オブ・アジア」に乗船する。カナディアン・パシフィック・オーシャン・サービス社の誇る美しい船の一つである。水上に浮かぶ白亜の城、何階分もある高さ。スーツケースはすべてそろっているだろうか。だいじょうぶだ、そろっている。間一髪だった。

なんという小さな船室！　しかし、壁は赤い錦張りである。すばらしい船だ。さて、またスモーキングを着るとしよう。暖炉に火の燃える真のサロン！　それが船内にあるのだ。いたるところに休憩所（コージーコーナー）や読書室や喫煙室。そして、もちろん「ピーチ・メルバ」〔当時流行した桃のデザート〕。旅仲間をしっかりと観察しておこう。大勢の英国人。なるほど、平静そのものだ。たとえば、あのこざっぱりとした金髪の若者はどうだ。一方の足を上の方から切断され片足だが、まるで生まれつきそうであるかのように二本の松葉杖を操って颯爽と進んでいく。見事なものだ。ここ数日は、長々と書かれたアメリカ式のメニューからいろいろ選んでいるのだが、常に変わらないもの、それは「ピーチ・メルバ」だ。

長崎が行く手にせまっている。船上での日本式の入国手続き。医師らは、一等の乗船客が自分は誓って健康であると言えばそれを信じる。旅券は喫煙室で細かく吟味される。とある日本人が微笑(ほほえ)みを浮かべ、わたしに向かっておじぎをする。ガイドである。なかなか感じがいい。ガイドの英語もまずまずだ（これは、これから関わることになる日本人すべてに該当するものではないと後から知れる）。ガイドはおんぼろの自動車を調達した。そして、われわれは茂木〔長崎近郊。外国人観光客向けのホテルがあった〕へ行くのだ。奇妙なものだ。どこかを旅していると、常にまたどこか別の場所へ行くことになるのだ。茂木は温泉地であり、漁村である。さて、わたしは、ここ長崎で初めての日本の景色を見る。

第一印象

われわれの目は、もう何年もの長きにわたり、日本美術の醜悪な複製品に毒されている。しかし、なかなかどうして、今こうして実際に目にした日本の景色が——よしにつけ悪しにつけ——日本の美術品そのものだとわかると、それは驚きでもあり、また心を和(なご)ませてもくれる。日本の芸術家たちに欺かれていたわけではないのだ。漆器や陶磁器や絵画などを通して知っている日本の景色というものは……実在する。それは、彼らが描いてみせてくれたとおりである。様式化されてはいるが、やはり実際の姿なのだ。日本の芸術家たちの手遊(てすさ)びでも空想でもなかったのだ。芸術として、あるいは芸術だと世に知れわたっているものとして、すでに知っていたもの……それを今、夢ではなく、この目で見ている。

極東のこの国は、たとえばスマトラの壮大な自然のように、その圧倒的な姿を即座には現さない。もしかしたら、後でもっと奥深く分け入れば、火山活動の惨禍で夙(つと)に有名な日本——古代日本——も、突如思いがけずそのような巨大な輪郭を見せてくれるのかもしれない。ありそうにもないとは思うが。今、この瞬間には、ただ、あの漆器や陶磁器などの土産物のイメージが頭から拭えない……

丘々はあのおなじみの波のような線を描いている。向こうに見えるのは、湾や岬、鋭く突き出た山の岸壁、そして、諸君の知るとおりの小さなシルエット、諸君が浮世絵で何度も見たことがあるのとまさに同じ、例の松の木々が、そのか細い、針状のか細い刷毛（はけ）を天に向け、突き出た山の岸壁に身をよじらせるようにして生えているのを見たときは、さすがに奇異な思いに打たれた。なんと実直だったのだろう、あの芸術家たちは！　われわれは何度も心の底で、この人工の自然が何世紀にもわたる絵画の約束事であろうと思いはしなかっただろうか。そして今われわれは、その人工の自然を、天然の自然として見ているのだ。それから、村々だ。あり得ないほどの狭き道をゴトゴト車に揺られ、村を通り抜けていく。見覚えのある屋根、木枠の紙格子である障子。そして、庭。庭のそばには、屋根の少し上まで身をよじらせた木が一本。そして庭の点景。鮮やかな色柄模様の着物を着た子どもたち——日本人は幼い子どもほど、華やかな着物を着ている——。まるでヨーロッパのそこかしこにある店から抜け出した人形さながらである。そして、おなじみの髪型の女性たち、それから、おなじみの着物に身を包んだ男たち。すべては、解けた後の謎のようであり、ややもすれば暴かれた秘密とさえ言えるかもしれない。われわれは、ヨーロッパにおける安物の日本の土産物を頭から追い払わねばなるまい。そして、この自然を違った眼で眺める術（すべ）を学ばねばなるまい。この自然は、なるほど、少し手を加えられ人工的であり、大変奇異な感じはするが、その豊麗典雅さ、意識的ともいえるその流麗優美さは否むことのできない事実なのだ。われわれは、これまでヨーロッパにある収集物を通して——ふんだんに——知ってきた、あのすべての、現実の、真の日本の美を思い起こす必要がある。それ以上を求める必要はないのだ。われわれにとって日本はもはや神秘ではないのだから。

寒い春

春はいまだ寒い。樟（くすのき）はその艶（つや）のある葉を震わせている。その葉を摘み、われわれは樟脳の香を確かめる。細く美しい――日本の――笹は、けば立ち少し波うったような、すこぶる長いダチョウの羽のように、束になって地面に密生し、岩の上に飾り物のような姿を見せている。藤――オランダ語で「青い雨」――は、いまだ黙したままだ。一世紀の間、身をよじらせてきた幹は、さらに螺旋を描いて伸び、その枝を蔓棚や東屋の棚に蛇のように絡ませ、最初の一葉、またそれが花房となるのを待ちながら裸身を晒している。そして、身を切るような風の中、今年初めての桃の花は、紫色に、身震いする小枝の間で、まき散らされ吹き飛ばされるかのごとく、幽く寒さに震えている。それから、今年初めての桜は、花が咲き、どんより曇った空に薄紅色の花を貧相にゆらゆらさせ、身震いしながら枝にしがみついている。そして花びらは侘しく散っていく。春の祭りはいまだ遠い。ここ、海辺には、茶屋、障子、二段上がったところに、埃のついた靴底で汚してはならない畳であると同時にすわる場所、それから、たいてい傍らに庭石を飾りに添えた盆栽のある庭がある。そしてわれわれにお辞儀をする女性たちは艶やかな髪を結い上げ、干し物をしている。

長崎

日本の第一印象らしきもの。笑い出しそうになるのをこらえるのがやっとだ。こんなものを見るためにわざわざ遠くからやってきたのか。これで来た甲斐、大枚をはたいた価値があったというのか。いやいや、これからだ、もっと美しいもの、圧倒的なものに出会うのは！　ここはまだ長崎界隈に過ぎず、ほんの序の口なのだ。

日露戦争以前、長崎はかなり重要な場所だった。日本人はロシア語を話し、ここには常に多くのロシア人がいた。そこでどんなスパイ合戦があったかはだれにも知れない。その間、往来やビジネスも盛んになり、港には軍艦や商船が停泊していた。現在、長崎はその役目を終えたように見える。町には衰退の翳りが感じられる。さあ、この午後の時間には、青銅の馬のいる神社へ行ってみよう。

神社を見るからには、少しばかり宗教のことを勉強しておかねばならない。とりわけ、神道とは何かを知っておかねばならないだろう。日本では、仏教と神道が重んじられている。日本に初めて伝来した宗教は、インドから中国、朝鮮を経てもたらされた。そして二番目の宗教、神道は、この地で誕生したもの――と仮定していいだろう――である。というのは、日本の言語や民族、そして文明のはじまりに関してはいまだに解けない謎に包まれているからだ。のちの日本のあらゆる文化は、中国の恩恵を受けている。さらに、中国がいかに祖先に対し宗教的な敬意を表しているかということを考慮すれば、神道も見えないところでやはり中国の影響を受けているとさえ考えられる。

神道は――神道とは「神々の道」という意味である――国教であり、独自の神話や伝説がある。その信仰や儀式の内容は、とりわけ、祖国や天皇に対する尊崇の念と深く結びついている。神道は、次第に大小さまざまな自然の神々を一堂に会す神殿となっていったが、見た目には素朴な形態を持つ宗教であり、特に祖先崇拝の儀式を眼目としている。天皇は太陽の女神の直系の子孫である――世にある王朝で、日本ほど古いものは存在しない――そして、伊勢にはさらに、始祖の母である女神が祀られている。これほど西洋文化の影響を受けていながら――それも押しつけられたのではなく、自ら進んで身につけようとしている――自分たちの国王たちの出自の、そのきわめて神話的な伝承に固執する民族がいまだに存在するとは奇妙なことである。

われわれが訪れようとしているのは、そのような神道の社、長崎の街を見下ろす高い丘の上にある神社である。大樹の立ち並ぶ公園の中を抜けていくかのように、蛇行した岩の多い道を登る――町や海がはるかかなたに見える――やがて気づくのは、神社なるものには永久にたどり着けそうにないということである。神社の境内にある建物群の間を右往左往しているだけなのだ。

社の手前の上方に急な階段が続いているのが見えるのだが、それを避け、われわれは回り道をした。階段の方を上ると、いくつかの「鳥居」をくぐり抜けることになる。鳥居とは、神道の建物に欠かせない建造物の一つで、「浄化の門」であり、それを素朴な線で象徴したものである。鳥居を一つくぐり抜けると、すでに昨今の俗世の邪念はいくらか浄められて、鳥居をいくつかくぐり抜けると浄めは完了し、社の前にある賽銭箱に小銭を投げ入れて、三度手を打ち鳴らし、そこに祀られている神々に、その像はないにしても、拝礼し、心の中で守護神や先祖に願いごとをすることができるのである。ときに、鳥居のアーチには、藁を撚(よ)って作られたしめ縄が、〆(しめ)の子とともにかかっていることがあるが、そのしめ縄も同じく、浄めと精神浄化の象徴である。

青銅の馬

社は、ただの白木で建てられており、彩色も金もほどこされていない。檜皮葺(ひわだぶき)の屋根には、末端が切りそろえてある、上に向かい交叉し突き出た部材、千木(ちぎ)があり、この建築様式の重要な特徴となっている。神社は今なお木造であり、百年の間に数度、新たに建て直す必要がある。建物が老朽化してくると取り壊され、そしてまた、もとのとおりに再建されるのである。

見たまえ、あそこに青銅の馬が立っている。それは、神々の使者が、いざ出御というときにまたがる馬を象徴している。しかし、その象徴の馬だけでなく、向こうには気立てのよさそうな馬、本物の生身の馬が、同じく神々の使者を待っている。だれかが乗ってくれるのをただ待っている普通の馬と変わらず、馬小屋の外にほんのひとときつながれているのだ。青銅の馬、生きた馬、鳥居、神社の建物群、その中に、遊びに夢中の子どもたち、歩き回る日本人の男女の群がひしめき合っている。

八咫鏡

V(ブイ)という字の連なりのような白い紙の飾りは、清浄を象徴する御幣である。神社の建物群のあちらこちらにぶら下がっている。黒く丸い図柄、神紋(しんもん)のついたリネン製の白い幕が、これ以上は神社の中に入れないことを示している。神主が今くねくねと文字を書しているあちらの別棟には、なにか金属の鏡のようなものがある。これこそが伊勢に祀られている、聖なる――神々の――八咫鏡の然るべき複製である。すべては西洋人には訳のわからない異様なものであるが、東洋人がローマ・カトリック教会の調度類を見たときと比べれば、きっとはるかに単純なものと感じるに違いない。さて、わたしはここで、ガイドの勧めにより、わたしの「運勢」を購入しようと思う。

第二章　長崎から神戸、京都へ

初花

「社務所」、つまり、神社の事務所には、黒く、高くせりあがった丸い帽子、烏帽子（えぼし）をかぶった女性的な顔立ちの神主が、高慢な目つきをしてすわっている。わたしは、日本の小銭硬貨一枚で、金文字の織り込まれた丸い栞（しおり）を受け取り、それをマレーのガイドブック〔*A Handbook for Travellers in Japan*、ジョン・マレー出版。一八九一年初版、一九一三年まで版を重ねた〕に挟み込んだ。しかし、ガイドは、硬貨を三枚、チャリン、チャリン、チャリンと立て続けに、世にもありふれた自動販売機に投入した。さだめし、ペパーミントかチョコレートでも出てくるのだろうとわたしは思ったものだ。ところが違った。それはわたしの「くじ」、わたしの「運勢」であり、それをわたしは読む。というのは、英語で印刷されていたからだ。わたしのは大吉だった。人生は順風満帆。旅は平穏無事。よかった。病を得るも快復（いかにも、わたしは翌日インフルエンザにかかった！）[1]。わが妻はというと、中吉であった。まあ、そうはいっても、妻もわたしの大吉の分け前にあずかるのだ。われわれの親愛なるガイドは小吉、そして「いつもこうなのでございますよ！」と、嘆く。ところで、向こうのみごとな花盛りのモクレンの枝に結びつけられたあのたくさんの紙はなんだろう。「あれは、すべて凶なのでございます」とガイドが説明する。おみくじ販売機で凶を引いた者は、万全を期すならば、それを持ち帰ることなどせず、枝や小枝に結ぶそうである。そうすれば、風、すなわち「神々の息吹」が当たり、凶を小吉や中吉や大吉に転じてくれるやもしれないというのだ。いやはや、複雑な気持ちだ。あの、鉄道駅にあるような、なんの変哲もない自動販売機からころがり出てきたとなると、わたしの大吉など、てんで信用できない。それがもし、高慢な目つきをした女のような顔の神主が魔法の回転くじ引き箱からひねり出したというのであれば……そうだ、それならば信じたであろう。

町は、春の祭りだ。しかし、なんと寒い春だろう。炭火と暖房、冬のコートの春、咳、日ごとの発熱、少なくとも微熱のある春だ！　ひじょうに冷たい神々の息吹に吹かれ、埃が舞い上がっている。道幅の狭い商店街は、色とりどりのペナントや、造花の桜の花輪、紙ちょうちん、蛇のような紙のリボンなどで飾られている。托鉢の僧たちが一種のがらがらを鳴らしている。

ここは、色とりどりの着物を着た一団で賑わっている。わたしはたずねる。「この人たちは何をしているのだ？」。「お花見でございますよ」と、ガイドは答える。実際、桜は咲いている。薄紅色の花びらの集まった花を大きく咲かせているが、実はならない木である。桜は、この仏閣の古ぼけた建物の間に咲いている。苔むした石、灰色の石の階段を上ると、寺の庭に出る。そこには大仏が、目の細かい格子柵の向こう側にではあるが、鈍い金色の光を放っている。そして、何本かの樹木、何本かの桜の木が古い建物にそっと寄り添うように咲いている。それはあたかも意図的にしつらえたかのようで、偶然が生んだようには少しも見えなかった。だが、一幅の絵、一幅の浮世絵のようで、実に魅力的な光景だった。われらが西洋の画家たちがここに来たとしたら、これ以外、どのような画題を思い浮かべることができるだろうか。

外には弔いの列。少し泣きながら、白に身を包んだ女性たちが、膝を深く曲げ急ぎ足で走る車夫の人力車に曳(ひ)かれていく。その背後には、暗い色の着物を着た喪主が続く。寒風が桜を震え上がらせているというのに、扇子を持っている。思うに、フロックコートにはシルクハットがつきものであるように、扇子もそのような必需品なのであろう。しかしながら、日本男児が、大のお気に入りのフロックコートを着た時には、シルクハットは誇らしげに高々とかぶっても、扇子は持たないのだ……なんとも複雑な思いだ！　しかし、これはすべて、まだ長崎なのだ。長崎とは何か？　そこはまだ日本とは言いきれず、日本に入るはじめの鳥居の一つとも言えないほどのものなのである。そして、われわれはガイドに別れを告げる。ガイドは、売ることはできないがと断りつつ、日本の著者による絵画についてのすばらしい本を二冊貸してくれた。袋とじになっている和紙に、ひじょうに美しい絵の印刷されている本だ！　ガイドはわたしを信用してくれている。なぜなら、今、われわれは、その本を持って「神戸行き」の「エンプレス・オブ・アジア」にまたもや乗っているのだから！

神戸

瀬戸内海を航く。日本帝国はその四つの島々の間に、この詩的な内海を抱いている。小さな入り江、泡立つ波に突き出た岬、小島の群、針状の葉を刷毛のようにつけ、身をくねらせている松の木々。松は然るべき場所に立ち並び、その孤独な姿を空にくっきりと見せている。そうあるべきだったのであり、そうであったのだ。それから、わたしがデザートの「ピーチ・メルバ」を食べ、スモーキング姿で冷たい潮風の吹くデッキに戻ると、月はまさにそうあるべきかのごとく、すべるように現れては消えていく岩々の向こう、岬と松の木々の間へと沈んでいった。

昼下がり、神戸が突如目の前に現れた。なんの感慨もなく、なんの変哲もない。手続き、医師たち、パスポート。わたしは自分のスーツケースの山をやっとのことで集め、長崎からのわれわれのガイドを甘い言葉とお金で釣り、ついてこさせなかったことを後悔する。というのも、トアホテル〔神戸市北野町にあった一流ホテル。一九〇八年開業〕の従業員も、ホテルの自動車の運転手も、片言の英語も話さないのである。日本人のポーターもご同様で、こちらの要望を必死に大仰な身振り手振りで伝えるのだが、ほとんど聞いてもらえないのだ。そうこうするうちに、荷物はすべて馬車の荷台に乗せられ、われわれは車に乗り、トアホテルへと向かうのだった。

なんとも魅力的な丘の上のホテル、これよりほかに言葉が浮かばない。小さな池、石灯籠、岩の群の日本庭園。そしてホテルには、立派な茶色い木造の広間があり、暖炉、そしてダイニングルーム、満開の躑躅（つつじ）、その躑躅が各テーブルに飾ってある。食事はすばらしく、従業員たちの教育やサービスも行き届いている。

インフルエンザ

わたしは一週間、病気のため静養していた。毎日、ベッドから神戸港が霧に紛れ見えなくなるのを見ていた。すべての神々の四月の冷たい息は、われわれのテラスの上にまでその光沢のある葉を届かせている樟を震わせ、藤の裸の枝は、そのテラスの上にしつらえてある棚でいまだ冬眠中である。二人の英国人医師は、幸いにも若い。というのは、わたしが灰色の顎鬚（あごひげ）をはやした年寄りの医者を好まないからである。彼らは聴診器で診察するとき、わたしの上にどれどれとおおいかぶさり、鬚でくすぐるのだ。診断は、インフルエンザ以外の何ものでもなく、その悪影響が現れているとのことだった……

そんな中、わたしはやる心を抑えきれずにいた。京都では桜が満開になり、桜のそんな姿をいまだ見ていなかった。わたしが見たのは、ただ、長崎の古寺の、灰褐色の枝に薄紅色の花を咲かせながら、細かく震える木々であったにすぎない。しかし、桜は彼（か）の地、日本の旧首都である京都とその周辺に、桜咲く草原に、桜の木々の谷にあり、いたるところに薄紅色の花々が咲き乱れている。そして、たった一塵の風で――相変わらず風は吹き続けていた――その輝かしい美のすべては一日にして吹き消されるかもしれないのだ。プリンス・オブ・ウェールズ〔エドワード八世。一九二二年四月訪日〕が花見に御成りになる前には吹かないかもしれないが、四月の日本の身を切るような冷たい神々の息吹は、わたしにはそれほど敬意をはらってはくれまい。その間にも、わたしは病床にあり、霧にかすみゆらめく神戸港をベッドから眺め、身を震わせる樟や、その葉が窓辺に揺れるのを見ては、これもやはり、わたしのように病気に苦しんでいるのだと自らを慰めていた。

インフルエンザというものは往々にして治る。かくしてわたしも治癒し、神戸に神社を訪ねた。読者諸君、これは諸君にとって二番目の日本の神社であるが、諸君にまたかと思っていただきたくはない。諸君はこれからさらに多くの仏教や神道の寺社を見なければならないのだ。とはいえ、毎度違ったニュアンスで記すよう努めることにしよう。長崎の神社が、町や海、他の丘の見える丘の上に建っていたことを覚えておられることだろう。今度のこの神戸の大きな神社は街中にあるとあらかじめ申し上げておこう。鳥居をくぐりぬけると、いかにも、公園を形成している神社のさまざまな建物や付属物が見える。その周りを柵が四角くぐるりと張りめぐらされている。覆いのある井戸は、手を清めるためのものである。主祭壇——本殿——の周囲には、小さな祈禱所が並ぶ。ここで特に実に奇異なのは、小さな稲荷神社である。稲荷とは、米の収穫の女神であるが、瑞獣（ずいじゅう）である狐と同一視され、それについては夥（おびただ）しい伝説がある。稲荷と狐たちの像には蠟燭や線香が供えられている。狐たちは、丸い前掛けをし、しっぽを上へ向け、その先にはリボンが結ばれている。このような子どもじみた人形、木綿の前掛けとリボンをつけた不細工なおもちゃの狐を見ると、まるで謎かけをされたように戸惑ってしまう。ほんとうに、この町の分別をわきまえた農民たちは多少なりともこの狐の像を崇めているのだろうか？

神の使い

それがほんとうなのだ。小柄な日本の女性たちは、農民ではなく、ただの庶民ではあるが、狐たちにお辞儀をし、線香をあげている。なんたることかと、頭をふりふり通り過ぎるのは、まあ許していただくとしよう。しかし、何百という鳩が神社の屋根という屋根の上をちょんちょんと跳ね、鳥居の上から屋根へと飛び移っているのを見れば、これまた心なごむ詩的な光景である。とりわけ、鳩が神の使いのようなものであると見なされていることを知っていれば、なおさらである。天と地の間、亡き祖先たちと現世の子孫たちとの間にはメッセージのやり取りがあり、少なくとも生きている者たちはそれを待っているのである。鳩の飛び方から、その「知らせ」に親愛の情を見てとるのだ。信仰であろうと迷信であろうと、それを信じている人は、鳩の飛翔を見て「天」からの吉凶のお告げを読み取ることができるのであろう。

神社の境内には一種の遊園地があり、にぎやかな雰囲気を醸し出している。この国の民たちが実際、きわめて信仰深いのかどうかはわたしにはいまだ不明だが、いずれにせよ、老若男女、だれもが、神社や鳩、青銅製であれ、生きた馬であれ、神馬の間を動き回っている。いくつかの小さな屋台の周りは、押すな押すなの人だかりである。こちらにえんどう豆や米粒に小さな仏像を描く絵師がいるかと思うと、あちらには焼き菓子屋が、その熱くなった鉄板の上に、少量の生地を使い、鳥や魚の輪郭を描き、その絵の中に生地を流し込み、ひっくり返し、魚や鳥の形をした焼き菓子を売っている。これはなかなか古式ゆかしいものである。焼き菓子は何世紀もの間こうして焼かれていたのだ。こちらでは、おばあさんが薄紅色や緑色のゼリーを紫貝や牡蠣の貝殻に満たしている。子どもたちがそこに群がり、その貝殻を一銭で買っている。あちらでは、商売人がペン差しと筆記用具を売り込んでいる。売り文句をまくし立てながら、売り物のペンで花や僧を描き、ペンが売れると、そのなかなか見事に絵の描かれた紙に包んでいる。皆が皆そうではないが、多くの者がなにがしかの芸術家なのである。

とはいっても、この群衆の姿には広東の中国人たちのときほど感興を覚えない。中国の衣服は、たとえ下層の者たちの衣服でも、このようなだらしない日本の着物より優雅である。日本の着物は、われわれにとって、そもそもガウンなのだ。

西洋人が着物をガウンとして採り入れたからというのではなく、その形状、裾のひらひらした姿は、

露天商と商品。

西洋人の感覚からするとまさにガウンなのだ。男女を問わず、われわれの多くはこれを寝起き用のガウンとして用いているのである。それに加え、日本人たちは、だらしなく――今、わたしは周囲を見まわしている――衣服を着ているのだ。たいてい、西洋でいう胴着あるいは下着がのぞいている。粗野なハンチング帽や中折れ帽というのがよくある被り物である。

日本の学童

学童たちというのは、また別のカテゴリーだ。彼らは皆、青地に白、黒地に白など水玉模様の着物を着、幅の広い一種の侍のズボンというかスカートというか、袴というものをはいており、それは、子どもたちに古来の徳と剛健さを思い起こさせるためなのだ。そこに、もちろん、西洋の帽子だ。小脇に本を抱えた新世代の彼らは、サッカーや自転車に夢中である。

女性たちに関しては、特に、その艶々とした髪型が目につく。広く膨らんだ髷を高く結い、きらきら光る櫛や髪留め――それはときに西洋のものである――や造花をつけている。その趣味ときたら、一同こぞって悪趣味に取り憑かれている。中には、品のいい顔立ちをした女性――浮世絵に出てくる鼻筋の通った女性――もいる。桃色や桜色、白い花の色の白粉が、黒い艶やかなまとめ髪に映えている。

他に目につくのは、ここにいるたくさんの女たち、それに男たちも子どもたちも、さえない顔色をしていることだ。周りには眼や皮膚を病んだ顔があり、われわれはだんだんと取り囲まれていく。外国人はとかく物珍しいのだ。

神聖な日である。日本の初代天皇である神武天皇崩御の日なのだ〔神武天皇祭。神武天皇の崩御日に相当する四月三日に毎年行われていた祭祀〕。神主たちが黒い漆塗りの靴を履き、見事な衣装をまとい、奇妙な黒い漆塗りの帽子である烏帽子をかぶり、祝詞の紙と笏を手に、神域である本殿の祭壇――奥は薄暗く、いつまでたっても神秘的で近寄りがたく思える――の前に進み、拝しひざまずき――突如、膝を曲げたまま独楽のようにくるりと回り――

薄手の奉納紙の紙垂（しで）が乾いた葉のようについた枝を前に、さまざまな秘儀を行っている。その枝は、質素な白木の祭壇に、ただそのまま挿して飾られているだけだった。これがいったい何を表しているのやら、わたしにはいまだにわかっていない。周りの大勢の人々がそちらの方へ押し寄せるので、わたしは人ごみを避け、出店の一軒を見てなんだかわからないものをわけもわからず買った。それは竹の筒で、象牙の栓で閉じられており、そこに店の主人が黄色、茶色、黒、赤の小さな粒を入れた。いったいこれはなんなのだろう。香りを聞くものだろうか。食べられるもののようなのだが。お菓子なのだろうか。「これは何か」と、わたしは人力車の車夫たちに訊いた。彼らは大声で笑ったり、忍び笑いをしたりした。わたしがちょっと食べてみてくれとしつこく頼むと、彼らはそうしてくれたが、どうもあまりうまそうではなかった。わたしはいったい何を買ってしまったのだ？〔原註に「単なる胡椒だった」とある。七味唐がらしか〕なんとしても、長崎からわれらがガイドを呼ばねばならぬ。ガイドなしではやっていけない。英語をひと言でも解せる者はいないのだ。ホテルにもろくなガイドはいない。

京都へ

ガイドなしで、われわれはホテルへ戻った。ガイドなしで神戸から京都へ、何百もの煙突が屹立する町、日本の商いの中心地である大阪を通り、二時間汽車に乗ってだ。汽車は満員——休日に京都へ花見に行った行楽客で超満員——だった。彼らのするとおりに倣（なら）いつつ、無事戻って来たのだった。

しかし、わたしは鉄道の係の者たちやポーターたちと山ほど、しかも通じもしないのに交わした一音節の英語に疲れ果て、あまりにも身振り手振りでたくさんの指示を与えたためにくたくたになっていた。それで、京都で、京都ホテルから、長崎のわれらがガイド宛に急遽電報を打ったのだ。

——Come immediately!（ソッコク・コラレタシ）——と。

▼1　そして、のちにわたしは現に重篤な病気にかかった。

第三章　日本史入門

日本の歴史

翌朝、ガイドはわれわれの前に現れ、微笑みながら、お辞儀をした。必要以上の微笑み、必要以上の深々としたお辞儀。汽車で何時間もかかる長崎からはるばる呼び寄せたガイドが果たして彼なのかどうか、会ってもわからなかったが、彼でよしとするしかなかった。その英語力が思ったほどではないとわかった今もだ。そもそも彼は、いろいろなオランダ人からの推薦状をわたしに見せてくれていた。再会してもよくわからなかったこの男を、いいガイドだと思おうとわたしは決めていた。そういうわけで、われわれはこのガイドの案内で京都を見物する。

さて、これから諸君を神社仏閣や宮殿や桜の木々へと連れ回すことになるが、その前に、読者諸君よ、しばしご辛抱願いたい、諸君のためにちょっとした講釈を垂れておきたい。とはいうものの、これは、お目にかかる機会を与えてくださった、ここ京都の大学の原勝郎教授〔一八七一年～一九二四年〕〔歴史学者、京都帝国大学教授〕のお力を借りてのことではある。その講釈とは、日本の歴史についてであり、原教授が著された『日本史入門』〔原題 *An Introduction to the History of Japan*、一九二〇年刊〕に依拠している。この本は英語で書かれており、高尚かつ軽妙、「珍しい風物に満ちた」国という発想とは違う視点で日本のあれこれを見てみたいと思う西洋人を対象にしたものなのである。そもそも、これから神社仏閣や宮殿や桜を鑑賞するのであれば、たとえわずかでも、ある国民の過去の歴史を少しは知っておくべきではなかろうか。われわれは「エンプレス・オブ・アジア」と「ピーチ・メルバ」にさよならを告げ、いきなり「日本のあれこれ」〔イギリスの日本研究家、チェンバレンの著書『日本事物誌』*Things Japanese*を暗に指す〕の渦中に飛び込み……これからそれを褒めたり、けなしたり、第一印象にとらわれたり、とらわれなかったりすることになるだろう。となれば、まずは少しでも前もって勉強しておいてもいいのではないか。

わたしはオランダの読者のためにこの記事を書いている。東インドにいて同地のことを書いた際には、オランダ人のだれもが、東インド会社やタバコや茶、ゴムやボロブドゥール遺跡のことを聞いたことがあると想定し、前置きもせず、いきなり教師ぶった口調になりすぎないよう気をつけながら、ところどころで少しばかりの講釈を試みた。しかし、ここ、日本についてはどうだろう！　天皇の御所や将軍の城へ諸君を案内するために、まず初めに天皇や将軍についてのなにがしかを説明し、人物像を鮮明にしておかないわけにはいかないだろう。ということで、われわれは神話時代から中世、そして何度かの復興期（ルネッサンス）を経て、今の日本の世紀に至る歴史にざっと目を通さねばならない。原教授の本は大いに助けになるだろう。諸君が日本を訪問するなら、あらかじめ一読することをお忘れにならぬよう。

日本については、たくさんの、実に多くの著作がある。チェンバレン〔バジル・ホール・チェンバレン（一八五〇年～一九三五年）前註『日本事物誌』の著者〕やメーソン〔W・B・メーソン（一八五三年～一九二三年）英国人電信技師。英語教師も務めた〕の執筆したマレー社の『日本旅行者のためのハンドブック』は、観光客が必ずや手にせねばならない著作である。ラフカディオ・ハーン〔小泉八雲（一八五〇年～一九〇四年）日本研究家、小説家〕は「日出ヅル国」とその民族にすっかり魅了された。ゴンス〔ルイ・ゴンス（一八四六年～一九二一年）フランスの美術評論家、編集者〕は日本美術の本を豊富な図版入りで何巻も刊行した。日本に関するこれら既存の文献にこれ以上つけ加えるものはないかもしれない。しかし、ヨーロッパでいろいろな展覧会やあちこちの店を見て、ある国と国民を実際に見たような気になると同じく、日本の美術についても、ヨーロッパで見て、知り得ることは大体知り得たという気になるものなのだ。だがしかし、実際にこの国に来てみれば、その思い込みのすべてが、いかに表面的なものであるかを痛感する。それゆえに、わたしが京都に到着したその晩に原教授が来訪され、そのご著書をいただいて、どんなに嬉しかったかしれない。

この『日本史入門』を手にすることで、わたしの知らなかったことがより深くわかった気がする。まずはじめに、教授が、日本のあらゆる文化は中国の恩恵を受けているということを否定しない誠実さに、いたく心打たれた。いかにも、これはわれわれがすでに知っていたことかもしれないが、こんにち、この一日本人の誠実な証言は、われわれの推測を確かなものにしてくれる。また、読んでいて実に興味深いのは、世界最古の王朝――太陽の女神の子孫であることを誇りにする日本の王朝――が、その神話的な起源にもかかわらず、今日でも同じまま、国を統治していることである。

いくつかの政変を経たが、武家の独裁政権である幕府は、天皇の位はそのままにしておいたものの、その権力は強大で、何世紀にもわたり存続した。そのことだけでなく、日本の封建制度について読むのも興味深い。われわれは、封建制度とは、ヨーロッパのもの、西洋のもの、フランク王国のことだと、おそらく勝手に、思い込んでいたのだ。ということで、大名や家臣についてはこれからもっと勉強していこう。この武士たちは、幅広く四角いスカート状の武具、草摺や半月型の鉄の角のついた兜を身につけ出陣する姿を描いた版画で、すでにおなじみである。今述べた武具もきっとこれから博物館で見ることになるであろう。

それにしても、日本民族の起源はいったいどこにあるのだろうか。この問題は、いまだ学術的にはまったく解明されていない謎であり、この日本の教授は、そこにはまだ多くの秘密が隠れていると臆せず述べている。その際、「毛深い」人々、すなわち「アイヌ」に言及する。彼らは原住民である小人族の小さな一団を征服したというのだ。このアイヌもやはり原住民なのだろうか、それとも、移住してきた民族なのだろうか。ともかく、日本の歴史が始まったときには、このアイヌと日本人との間に闘争が起きていたのだ。

アイヌ

彼らは何者だったのか。どこからやって来たのか。それはいまなお謎である。日本が朝鮮や中国とはすこぶる違うタイプの国だということは確かである。日本語は朝鮮語と同類であるが、この両言語の間にはときに日本語とモンゴル語あるいは満州語との間より大きな違いがある。

初期の日本の家屋がどのようなものだったのかは不明である。後世の姿は、幾度も改変が重ねられた末のものである。裏地のある敷物である畳——靴下か上履きかでしかあがれない——は、比較的近代のもので、床であると同時にすわる場所でもある。板の間の方が古いのだ。脆弱な日本家屋の様式の起源はどこにあるのか。かなり頑丈な瓦でおおわれてはいるものの、土や竹、畳、紙で造られた家屋は、日本の南の地方に特有のものだが、厳しい寒さの北の環境には向いていない。米は日本人が常食とするものであるが、それは、米を主食とする他の国の人々との関連を示すものだろうか。この作物は、あらゆる農民をきわめて不安にさせる九月の台風に見舞われる国には適さない。米には異国の味がひそんでいるのである。勾玉（まがたま）は緑色の珠で、その数珠飾りや装飾品が古代の墓で多く発見されるが、これが土着の製品ではないことは確かである。禊（みそぎ）とは、冷水で身を清める古代の習慣であり、いまなお、日本の北方まで行われているが、この宗教的な沐浴の習慣は、間違いなく、熱帯の地域に源を発している。

上古

このような未解決の謎に続き、原教授はわれわれに、仏教伝来以前の日本についてご教示くださった。そして、日本最古の年代記である『古事記』と『日本書紀』の話をされた。これで足もとの基盤がしっかりするはずだ。中国の文化の影響は、この由緒ある歴史と神話の編纂書においてもすでに認められている。日本の文字の起源は、中国の表意文字、漢字にあるのだ。中国の歴史家・陳寿（三世紀）は、日本最古の歴史を『三国志』という書物に記している。両帝国の間柄はときに友好的であり、ときに敵対していたのだが、日本は常に「中華帝国」の偉大な文明を幼子のように仰ぎ見ていた。日本の女帝・神功皇后が朝鮮半島に攻め入ると、そこには日本より洗練された文字文化があることがわかり、女帝は中国の文字を読み書きできる学者を日本に送り込んだ。のちの日本の天皇たちはこのような学者たちを招聘し、宮廷に雇い入れた。学者たちは他の「職能集団」同様、組合（ギルド）を作り、ひじょうに敬われていた。

　仏教が伝来する以前の上古の日本人たちは、戦闘的であり、残虐ではないもののきわめて好戦的で、現代の日本人よりもユーモアを持ち合わせていた。彼らは訴訟をものともしなかった。強奪はまれだった。法を犯した者は妻子を奪われ、家臣や下男が主人と運命をともにすることもあった。女性は純潔を称えられ、親たちは敬われた。長寿――百歳というような――もめずらしくなかった。予言や占いは日常茶飯事だった。ときに、占い師やその助手が、決行の時機や旅程や出陣の機会を決めることもあった。占い師は禁欲的な生活を送る隠者の法に従って生き、戦士や旅人が不幸に見舞われそうになると、命をかけて対処した。天皇の権力は増し、徐々に中央集権化していった。この初期の天皇たちについて、わたしは原教授にもっと話をうかがいたかった。しかし、歴史学者である教授は、この天皇たちは伝説の域を出ないと思っているに違いない。いくらか歴史的と見なすことのできる最初の天皇は、欽明天皇であり、その治世時に仏教が伝来した。天皇はまた――神の一族の出であることから権力を有し――最大の領地の持ち主でもあった。そして、家臣や貴族たちを支配下においていた。この家臣や貴族たちは、最も身分階級の高い者たちだった。二番目の階級には多くの僧侶や武士、学者が含まれており、実に多彩であった。また、武具作りの職人や、装身具や銅鏡を作る職人、陶工もそこに属していた。このような階級のうちにも微妙な格差があったに違いない。学者はすべて外国人であり、それは朝鮮や中国の者であった。

家臣と貴族

初期の日本の大氏族は、いずれも武士である大伴氏と物部氏であり、西方への使者の役目も果たしていた蘇我氏であった。日本に仏教を取り入れたのは、主にこの蘇我氏の面々であった。蘇我氏は、天皇の寵を得ようと、先ほど述べた武士の一族、出自の劣るライバルたちと対立していた。大伴、物部両氏は、蘇我の軍門に下った。蘇我氏の勢力は、七世紀には、天皇を取り巻くほかのどんな一族よりも強大となり、天皇はいよいよ神とみなされ、忠実な臣下に囲まれて玉座についていた。日本人たちと、徐々に劣勢に立たされていくアイヌたちとの戦いが起きたのは、この頃のことである。同時に、中国から導入する文化を通し、天皇を中心とする中央集権化が進んでいった。宮廷では、中国のあらゆるものを手本とした。世紀が経つにつれ（六七〇年～一〇五〇年）他の貴族たちが台頭してくる。その中でも、藤原氏の名を覚えておこう。

とりわけ、頻繁に遷都が行われた奈良——観光客が京都の次に訪れてみたいと思う場所である——では、そのころから、藤原氏が天皇に重んじられるようになる。華麗かつ優美な未曾有の光景が見られるのは、この貴族の権力者たちの宮廷なのである。それは、中国の皇帝のある時代にも見受けられたが、日本ではここに初めて出現するのだ。風通しのいい、広々とした金箔の館や宮殿の数々。そこには、豪奢な装束を身にまとった廷臣たちや、あでやかな女官たちがいる。音楽と舞の中、ぶらぶらと歩いている者もいれば、すわって話しこんでいる者もおり、また、自ら舞い、楽器を奏でもする。そこでは、廷臣や女官たちのだれもが詩人であり、歌人である。外の戦場では武士たちが戦いに明け暮れていると知れば、このような繊細で優美な場があることになおさら驚かされるのだ。

日本古来の射手。写真裏に手書きで「700年前（の出で立ち）」と記されている。

将軍たち

源氏と平氏、その両氏族の間で争われた内乱については、少しばかり立ち止まってみなければならないだろう。宮殿や神社仏閣を訪ねるからには、その名を覚えておくだけできっと役に立つ。源頼朝という人物についてもいくばくかの理解が必要となるであろう。鎌倉に居を構えた、その名も高き初代の武家の覇者、つまり将軍である。北条氏は十三世紀に権勢を誇った。天皇家には、北朝と南朝という二つの系統があり、覇権争いをしていた。そして、足利氏の将軍たちの時代がやってくる。近世となり、権力を手中におさめたのは、徳川氏だった。以下のことは、わざわざ挙げるにも及ばないだろうが、念のために記しておこう。ポルトガル人たちやイエズス会のフランシスコ・ザビエルのこと。出島のオランダ人たちのこと。アメリカのペリー提督のこと。一八六八年についに幕府が倒れ、天皇が君臨するようになったこと。その後の新しい時代のこと。議会が設置されたこと。日清戦争、日露戦争、世界大戦のこと。日本は何世紀もの歴史を生き抜き、その重要さはフランス、英国、イタリアの歴史に劣らない。ただ……われわれ西洋人はだれでも、ヨーロッパの歴史を少しは知っているが、日本の歴史のことはそもそも何も知らないだけなのだ。メディチ家、ルネッサンスの法王たち、さまざまなルイ王たち、エリザベスにヘンリー八世のことなら、たとえぼんやりした記憶からでも、すぐにだれのことだかわかる。ところが、藤原や平や源などという名にはなんのとっかかりもないときている。しかし、それでも……日本を訪れる観光客ならば、まったく知らないでは済まされないのだ。

耳慣れない名の数々

しかるに、難しいところは……このような名前の響きが西洋人の耳にはなじんでくれないことである。子音と母音のつながりが、われわれ西洋の耳にはフランス語や英語あるいはイタリア語のように耳慣れたものではないのだ。ふむ、あれは何という名だっただろう……？　このセリフを諸君は、ことあるごとに繰り返すことになるだろう。観光客がこの国を本気で旅行してみようとすると、この点が厄介なのである。日本人がいかに西洋人に近づいたとしても、その言語や習慣の多く、習俗や名称はわれわれのそれとはかけ離れたままだ。そのため、観光客は一度にあまりにもたくさんの神社仏閣や宮殿を見ない方がいいと思われてならない。そこには、偉大な絵師たちが絶妙な画法で描いた襖（ふすま）があり、その絵師たちの名となると、哀れな聴覚と記憶の持ち主に万華鏡じみた混乱をもたらすことになるのだから。実際、北斎や歌麿や広重以外にも、絵師はまだまだいるのだ。日本に圧倒され戸惑う哀れな観光客は、対抗措置をとらねばならない。といっても、手足をばたつかせてではなく、目や耳や頭や理解力や記憶力を駆使してだ。そんなときに、原教授の著書が温かい手を差し伸べてくれる。その手にありがたくすがるべきである。そして、読むべきである。そんな観光客にぴったりの本であるからして、ほんの概観にすぎないが、紹介しておいた。ラフカディオ・ハーンやチェンバレンより先に読むべきなのである。

第四章　御所

数々の展覧会や美術商の店で見て、よく知っていると思い込んでいた国を初めて訪れ、第一印象はいささか興醒めであったとしても、京都で何度か、何時間か――丸一日はいかにも長い――夢中に過ごすことができたと心から言えることを嬉しく思う。わたしは夢中でありたい。その高揚感なしでいたくはないのだ。

それが一度影をひそめたとしても、その後再び湧きあがってくれれば幸福感にひたれる。それは、煉獄(れんごく)というわれわれの存在、その悲惨な日々への大きな慰めなのである。なんらかの美がわれわれを喜びで満たし、夢中にさせてくれれば、その後、ちろちろと絶え間なく燃える地獄の火の上で再びあぶられる力が湧くのだ。その火とは、われわれの存在の日々にほかならない。

古き天皇の都、京都には、町自体として即座にわれわれを夢中にさせてくれる気配はない。整然と区画された町で、通りが互いに直角に交差している。たびたび火災に見舞われ、そのたびに再建を余儀なくされている。おおむね広く、ときに細い通りに囲まれた、今にも壊れそうな低い家々を見れば、確かにほかに術があるとは思えない。住宅も店舗も、基礎は石材や木材でしっかりしているように見えるが、そのほかは華奢な材質で建てられており、細い木の棒の簾(ブラインド)や、木格子に薄い紙を張り幅広く低くしつらえた障子窓に囲まれ、こちらが驚くほど、今にも壊れそうな、おもちゃの家のような印象を受ける。それは話に聞いたり、版画で見たりして知ってはいたが、正直なところ、実在するというよりも古い伝統的なものなのだろうと思っていた。この壊れやすい住宅や店舗を縫うようにして、新しい近代的な公共建造物がそそり建っている。

すばらしい境内を持つ神社仏閣は、それに対して力強くしっかりとした印象を与える。たいていの場合、檜という堅固な杉の一種で全体が造られている。神社や寺院の屋根は檜皮葺で、田舎風の屋根であるが、やはり頑丈な造りである。

玉座

古くから、天皇は大和に居を構えていた。しかし、例えばある天皇が崩御し、新しい天皇が宗教的な理由で古い宮殿に居続けないことなどもあり、統治者たちが遷都を決めることもしばしばあった。桓武天皇（八世紀末）は、平安京、すなわち「平和の都」に遷都した。そして、これがのちの京都（都とも呼ばれ、それは日本語で「首都」という意味である）となった。京都は中国名の名残りである。当時、書き言葉や公式の言葉は中国語であったことをお忘れなく。昔の京都は同世紀の中国の都を模して建設されたものである。日本人の目はその頃もまだ中国に向いていたのだ。避けて通ることはできない火災を乗り越え、今残っている姿は、八世紀のものでないとしたら、次の中世や近世のものなのだろうか。それは、これから見に行く名高い宮殿や神社仏閣を見ればわかるだろう。京都は、その評判について言えば、日本のナポリのようなものである。京都を見ぬ者は日本を見ぬが如し、また、京都を見て死ね、ということである。京都は、わたしにとって初めての、実に日本的で、実に興味深い町であり、まだほかの町と比較することはできないが、至宝の美を見たり、思いがけずすばらしいものに出会えたりしたことをここに記しておきたい。

人力車は、近世の宮殿や二条城（この名をよく覚えておくべし！）、美術館、寺社へと連れて行ってくれるが、どこへでもというわけにはいかない。いくつかの離宮や神社仏閣へ行くには自動車が必要である。広大で、いくらかがらんとした作りだが、近世の宮殿――とはいえ、天皇は絶えておいでにならない――の周りには大きな庭園がある。どこかハイドパークを髣髴とさせるが、杉の木や、咲き誇る桜の木々がある。そして、宮殿のある内庭への入り口には屋根のある堂々とした木造の門が建っている。

御所

まずは初めに近世の宮殿、御所を訪れることができ、嬉しく思う。御所は屋根つきの壁で囲まれている。その壁は漆喰（しっくい）と土できている――アフリカで用いられる「泥」と同じだが、この「土」は、よりしっかりと練り混ぜられ、立派な建築材料となっており、見た目にも風格がある。壁に沿ってずっと線が五本入っているのは、天皇の特権を示している。靴を脱ぎ、上ばきを履く。というのは、御所の内部や室内では弾力のあるマット、つまり畳の上を歩むからなのだ。畳は、床であると同時にすわる場所でもある。したがって、決して埃まみれの西洋の靴で日本家屋の畳の上にあがってはならない。ソファーの上を歩いているようなものなのだから。この縁（へり）のついた畳は――隙間なく組み合わされて敷かれており――いたるところ、きわめて清潔に保たれている。この宮殿、御所には、塵（ちり）ひとつ、綿毛一本落ちていない。部屋部屋や広間が次々と続く。檜造りの天井は、総じて低い。黒い漆塗りの枠のついた紙の引き戸、襖がその都度目の前で開かれる。この襖の絵は近世の絵師が描いたものだ。色は、いささかけばけばしい。線は、いささか無味乾燥である。きっと、もっといいものが見られるはずだ。

外の光が、長い廊下に沿って設けてある和紙の格子、障子を透かし、淡く射し込んでいる。こうして歩いていると、隣接しつつも一つに溶け込んでいく、いまにも壊れそうないくつかの漆塗りの箱の中を移動しているような気がしてくる。その箱は部屋であり、広間なのだ。家具はない。正方形のいくらか高くなっているところがある。そこに座布団を何枚か用意すれば、天皇の御座所（おましどころ）となるのかもしれない。その場合には、花や枝が活けられた花瓶が、ただ一点そこに添えられるだろう。それに、壺や置物や香炉などの青銅製の芸術品がもう一点、加わるかもしれない。それ以上は何もない。痛々しいほどの簡素さだが、それでも究極の芸術である。われわれは、この美意識は何世紀も前からのものであり、その当時の美学者たちに由来するものであることを知るだろう。そこここに、金蒔絵（きんまきえ）のお盆のように蒔絵の施された作りつけの棚がいくつか備わっており、どこか休憩所（コージーコーナー）のような雰囲気を漂わせている。棚は、この部屋や広間に居住する際に、いくばくかの必需品をしまっておくためのものである。

謁見の間で目を奪われるのは、漆塗りの二つの玉座である。赤、白、黒の絹糸で織られた天蓋の下にある。またもや、あらゆるものが痛々しいほど無垢で清浄である。常に使われていたわけでなく、古びた様子はほとんどない。この清らかで、畳の敷きつめられた、漆塗りと紙に囲まれた箱の数々、その中を歩んでいくのは憚（はばか）られる。その部屋という部屋は、畏（おそ）れ多くも天皇の宮殿の部屋なのだから。紙の格子の引き戸、障子――どの格子の紙も破れていない。ふとした動きで、その真っ白な、透明に近い四角形の紙に穴をあけてしまいそうで怖い――を開けてみよう。そうして、人工美の極致である日本庭園を一目見る。すると瞬時に、なぜ日本人が木々や草花の盆栽――盆栽文化もやはり中国起源であるが――に夢中になるかがわかるような気がする。ふつうの高さの植物や樹木は、低い造りの家屋内からは見えないのだ。庭には、薩摩焼の鉢か七宝焼の壺の盆栽がただ一つだけ置いてあり、身をよじらせている松の木、あるいは薄紅色の花を咲かせた桜の太い幹が、エメラルド色の池の水面（みなも）に映え、美しい姿を見せている。

御苑

日本の公園や庭園を見て魅了されない者などいないだろう。それに、日本人の住まいにも、それぞれ小さな四角い坪庭があるではないか。そこには、古木が一本、身をくねらせ天を目指し、二、三の岩が何かを象徴するかのように並べられ、キノコの——あるいは妖精（ノーム）の——形をした、その家の守り神に捧げられた石灯籠が一基、花をつけた小さな低木の傍らに飾り物のように立っている。それ以上のものはない。それで十分なのだ。

小さな庭の話はそれぐらいにして、外を散策する。開かれた小さな扉の奥を覗くと、漆黒の髪を結いあげ、薄紅色の人形のような顔をした小さな日本女性がこちらを見ている。そこは仙洞御所（せんとうごしょ）——皇太后の小御殿——の周りの庭園で、その優美な姿、人工美に目を奪われる。この造園の仕方はすべて人工的なものなのだ。日本人は、自然の見方に関し、いまだに昔の中世の美学者たちの鉄則を守り貫いているのである。あふれかえる壮大な自然と原生林——われわれの東インドの自然——には、日本人は唖然とすることはあっても、美しさは感じないのだ……ということを、わたしはスマトラやジャワを旅したある日本人の口から聞いた。日本人が美しいと思うのは、この国の岬や小さな半島や身をくねらす木々であり、とりわけ、人が一歩も足を踏み入れていないために一面びっしりと苔に覆われた中に道のある公園や庭園なのである。ぽつぽつと置かれた四角い飛び石を踏みながら、ゆっくりと散策するのにうってつけの場所である。大きな飛び石を一歩一歩踏みしめて歩く。石は雨上がりでさえ常に乾いており、きれいである。池がいくつかあるが、その形は歪んでおり、ときに名勝をかたどったものもある。作庭をした美学者たちは、感じるがままに池の輪郭を歪め、思うがままに小島や岩組みを配置したのだ。過去何世紀にもわたり、このような公園や池を造ってきたのは名高い人々である。棒や股木を利用し、樹木の大枝を下に、また逆に上に曲げ、人間の意思で思いもつかない形にする。自然は、木は、そんなことはご免（めん）こうむりたいと思っていたのだが、さらに精魂こめて世話されるうちに許容し、従うようになったのである。まるで、磨かれた、そしていささか頽廃的でもある芸術家の手が自然を忍耐強く練り上げ、変形させ、やがて、その自然の中に人工的とはいえ優雅な一面が立ち現れたかのごとくである。この変形された自然は、日本美術の中にきわめて忠実に反映されている。こう言うと大胆すぎるかもしれないが、もともと、この国のあちこちの自然そのものに、そのようなくねくねとした奇妙な姿があったのかもしれない。美学者たちは、そのあちこちの自然に夢中になり、自然を忠実に模しただけなのかもしれないのだ。

ディミヌエンド

日本人は自然を造形する際に、最後のやわらかなアクセント、衰退(ディミヌエンド)を好んで用いるが、それも同じように、自然が先にあったのだと解釈できないこともない。突き出た岬が、長く緩やかに傾斜していく線にやがて溶けこみ、海に消えていく光景である。花の咲いている枝があれば、その先には必ず遠ざかるように長く伸び、先端に蕾(つぼみ)をいくつかつけた一本の小枝がある。鳥たちの群がいれば、群よりも先に前景に降り立っている鳥はともかく、群から外れた、あるいは遅れた二、三羽の鳥たちが必ずいる。丘であれ、花の咲いた枝であれ、鳥であれ、遠ざかりやがて消えていくという、この美学的な効果が、やさしい終止の形、ディミヌエンドであり、もの悲しくやさしく、主題(モチーフ)が次第に消えていくということなのだ。これは自然の中でもごくふつうに、おのずと現れるものであるが、日本人はそれを強いて求めて、とりわけ絵画の中にすすんで描き出し、作庭にさえも採り入れた。池の中に立つ大きな岩は、水に浸かったいくつかの小さな石に連なり消えていく。樫や松のずっしりとした幹にまといつく古色蒼然たる藤の太い蔓も、一番先の細い枝を藤棚の上に枝垂(しだ)れさせ、消えていく……

皇室の寡婦の御殿〔おそらく仙洞御所に付随する大宮御所〕の庭はコウノトリの形に造園されている。土や池や岩が、優美なコウノトリの体や足や羽や嘴(くちばし)を表しているらしい。ガイドがそう教えてくれなければ気づきもしないだろうし、教えてもらったとしても、見てなるほどとわかるというより、そういうものかと思うしかない。しかし、日本人というのは、事のいわれ――フランス人たちが、にやりとしながら「文学趣味(ド・ラ・リテラチュール)」

仙洞御所の庭園の南池か？　水戸家から献上された寒水石灯籠（雪見灯籠）が見える。
この灯籠は現在、南池の中島にある。

というもの――を好むのである。したがって、この庭園を好んで「コウノトリの庭」と呼ぶ。庭がコウノトリであるはずはないのだが、名がまずありき――実際、コウノトリは聖なる鳥、好感を持たれている――なのだ。そして、そのイメージと形に合わせ、精魂込めて作庭したのである。ただの庭、名を持たない庭、なんのイメージもない庭、日本の景勝地の模倣でない庭は、貧相なのだ。この「コウノトリの庭」は日本の皇太后の庭である。金箔地に青みがかった屏風にはコウノトリが描かれ、絹やサテンの布地にはコウノトリが刺繍されている。すべては、庭がコウノトリを模したことに端を発するのだ。

椿

ここに花咲く椿の木々がある。われわれになじみのあるオランダの椿は、サンルームにある二、三輪の花をつけた低木で、その持ち主が自慢げに見せてくれるものだが、椿はここでは文字どおり木なのである。そして、いまや満開である。花は必ずしもすべてが八重ではないが、幾千もの花が咲き誇っている。つややかに光る緑の葉の間に、黄金色(こがねいろ)の花芯(かしん)をきらめかせ、何千もの花を咲かせ、また、咲かせてきたのだ。花はやがてその重さに耐えかね、ぽたりと落ち、何人も足を踏み入れることのない黄緑色の鬱蒼とした苔の上にまだ鮮やかに照り輝いている。庭係の女性たちが、くすんだ黒い文字の書いてある白い手ぬぐいをかぶり、箒(ほうき)や籠を手に歩いている。そして、枯れた細枝や枯葉を拾ったり、掃いたりする。落ちた椿の花はそのままにしている。きっと、散った花はすぐには取り除かないようにと指示を受けているのだろう。何百という花のルビーが、緑に漆塗りした葉から黄色がかった苔の上に落ち、散りばめられている。日本人がそこを通り過ぎるなら、その花をいくつか拾いあげ、しばらく先にある池に散らすだろう。そうしてもいいのだ。池を汚すというわけでもなし、見た目も悪くないのである。花々は水に漂い、岩々の間を流れ、冷たい死に向かう。

対極

すべてが、きわめて優美、清浄で、行き届いている。それが必ずしも街や通りには当てはまらないのが、ことあるごとにわかるだろう。日本人が雑種(ハイブリッド)であると気づくことも多いだろう。旧態依然かと思えば、近代的。芸術的に繊細かと思えば、粗野。手入れが行き届いて清潔かと思えば、きわめて不潔。おそらくそれは、どの国民にも言えることであろうし、それに、階級や身分の違いも考慮に入れねばならないであろう。日本人は、だれに対しても深々とお辞儀するが——ホテルで、日本の士官がお猿のようなドアマンにサーベルと帽子を渡しお辞儀をするのを見たことがある——、われわれ西洋の感覚では、その流儀が必ずしも丁重なものだとは言えない。話し方——日本語にしろ、英語にしろ——は、喉にものがひっかかったようなしわがれ声で、ただ単に下品で、褒められたものではない。御殿や多くの住居の隅々にまで行き届いた清浄さとは対照的に、通りや公共の公園は汚らしく不潔である。熱い風呂に入る習慣があるにもかかわらず、庶民の外見は小汚く、いろいろな皮膚病も見受けられ、目をそむけたくなる。両極端なのだ。御殿の中では上ばきを履いた足でさえ一歩を踏み出すのを躊躇する。定期的に熊手で清掃された庭園の道に足を踏み入れるのは憚られる。そうかと思えば、街路や公園では花見客の群集にもまれ、肘鉄砲を食らう恐れがあり、さらに、地面や草の上には、果物の皮や、あきれるほどのごみが散らばっているのだ。

複雑な心境。これまでのところ、わたしの思いはそれに尽きる。しかし、皇太后の庭や椿の花には、いたく感じ入った。その後の二条城や知恩院にも感じ入った！　日本人は、いかにしてこのような御殿や仏閣を、その建物にぴったりの場所に建てることができるのだろうか。宮大工たちが測量をしたとしても、その地には自ずから、ここでなくてはならぬというほとんど神聖なものが具(そな)わっていたのだ。ほかのどこでもない、ここでなくてはならないという必然が！　なるほど、ギリシア人、そしてのちのローマ人たちも、賢者や司祭たちの予言や助言を得たうえで、建物を建てる場所を選んでいた。最適の地を選ぶ際のその特異な心配りが日本にも見られることは注目に値する。先に述べた知恩院と二条城の美しさは、皇太后の庭に感激した後のわたしを文字どおり有頂天にさせてくれたのである。それを言い表すには、新たな息吹、新たな言葉、新たなペンが必要である。日本に来た甲斐があったのだ。日本の春の一日、こうして今、この寺やこの御殿の美を味わえたのだから。

第五章　桜の季節

そして、われわれは桜の盛りに間に合った。この日本の時節は夙に名高く、そこには、お伽噺じみたもの、人の心を掻き立てるものがある。桜の花は散りやすく、短命である。時に、前年より早く咲いたり、遅く咲いたりする。束の間であり、期間を特定することはできないのだ。だから、見逃さぬよう、急がねばならない。日本には、この名高い春の時節のほかに、もう一つ、名高い秋の時節がある。それは、天皇家の花、菊の時節である。菊の寿命は、だれもが知るとおりかなり長く、花もしっかりしている。しかし、菊は、桜ほどにはわたしの心をときめかさないだろう。

長い長い船旅の間、船上でくりかえしこんなことを考えていた。もう遅すぎるのでは！　いや、まだ間に合う！　桜が見られるだろうか。桜はもう風に散ってしまっただろうか。それともまだ、傍げに豪奢に、咲いているだろうか？　……わたしが病気になってしまったのは、きっと桜に思いを掻き立てられたせいに違いない。花咲く桜を初めて長崎で、次いで神戸で見るなり、病気になってしまった。あまりにも待ち焦がれすぎたのだ。運命の女神が味方をしてくれた――夢ではなく、この目で初めて桜を見ることができた――その途端に、インフルエンザに罹ってしまったのだ。

花の盛り

かつて、わが国のベートゥヴェ〔オランダの一地方、田園地帯〕の果樹園で、桜の花が咲いているのを見たことがあった。陽の光に照らされ、月の光に照らされ、現とは思えない光景だった。陽光の中では金色がかった薔薇色、月光の中では銀白色だった。われわれの桜も日本のものに匹敵するのだ。ただ、われわれの桜はおいしい実をつけるが、日本の桜はその限りではない。それは周知の事実だとしても、違いはまだほかにもある。思うに、わが国の果樹園栽培者は、大して詩心のない、素朴な農家の人たちである。

日本人はまったく違う。日本人の魂は、いずれも劣らず複雑である。そして、日本人は——今どきの人であれ、実業家であれ、産業人であれ、商人であれ、政治家であれ——詩心を持っている。少なくとも、その魂にはきわめて詩的な側面がある。それと同時に、文学的である。そして、その詩的、文学的な魂には、レトリックを好む側面がある。日本人は、名称をつけること、大文字で始める言葉——とはいえ、日本の文字に大文字というものが存在するかどうかまったく知らないが！——を好む。ともかく、わたしの言わんとするのは、西洋の概念における大文字で始める言葉、という意味である。

日本人はそこで、桜の季節というのである。それはだいたい、四月一日から十五日ごろまでのことで、めったにそれより早くはならず、ときに遅くなることもある。間に合った。よかった！　周りは桜で囲まれている。ベートゥヴェで見知っているとおり、咲き方は寸分も違(たが)わない。いや、やはり、違っている。木々の一部はひじょうによく育てられており、より大きな、うんと大きく、とても美しい花を咲かせている！　それはともかく、わたしの知らなかったこと、だれからも聞いていなかったことがあった。

日本の桜の季節というのは、何世紀にもわたり、恒例の国民の祭であった。その時期は今もなお、春休みであり、春の大掃除の季節である。だれもが花見に出かける。花見弁当や茣蓙(マット)を持って。列車は大入り満員である。桜は、ある場所では別の場所よりも早めに、あるいは遅めに咲く。どんな地方のどんな桜も、ただの一本すら見逃すまいと、日本人は、家族せいぞろいで、またボーイスカウトや学童たちが群をなして、汽車や徒歩で動き回っているかのようだった。

おそらく、菊の時節は、皇室の祭典や園遊会などでコートとシルクハットを身につける、もっと格

花咲く桜の木々。東京、上野公園。

調高いものなのだろうが、桜の季節は間違いなく国民のお祭りの時節であり、わたしのシルクハットには手をつけないままでいる。

とはいえ、これもまた、とてもいいものである。日本人たちはこの時節を満喫している。四月の花見客たちは、公園や神社の境内の満開の桜――背の高い木、幾星霜も経た古木もあり、ベートゥヴェのものより確かに大きく見える――の下、竹製の幅広の床几――われわれの東インドの「バレバレ」にそっくりである――にすわったり寝そべったりしている。磁器や竹製の弁当入れ、風呂敷に包んだ弁当を持参し、日本のワインである酒を一瓶、注文したりしている。試しにその酒を味わってみたく、ガイドがその機械栓――われわれのビール瓶の栓と同じ――のついた酒瓶を一本注文したのだが、わたしは味見程度しか飲まなかったので、それは結局ガイドが空にした。しかし、もう決してガイドに酒を振る舞ったりはせぬつもりである。とにもかくにも、わたしの口には合わないし、瓶に品がないからである。その晩の英日新聞には、諧謔的な漫画が掲載されていた。花咲く桜の枝と酒瓶が一本描かれており、その下にこんな文句が添えられていた――Which do they like most?（ドチラガカレラノオキニイリ）――

酒

ふむ、わたしにはわからぬ。彼らが、ときに度を過ごすほど、酒好きなのはもちろんのことであるが、桜好きであることも事実だ。ときに、満開の桜を前にして、じっと佇（たたず）んでいる。枝を折るような蛮行はしない。ほんのときおり、学童や小娘――髪を長くし、見る目にも鮮やかな着物を着ている――が、そっと一枝手折（たお）ることはあるにしても。その光景も、また乙なものだ。しかしながら、これほど芸術性に満ちた国民にも芸術性に欠ける点がある。桜の花の下の竹製の長椅子の上に、見るもおぞましい――ただの色にすぎないとはいえ、とてつもなくけばけばしい――赤い羊毛の毛氈（もうせん）を敷くことである。それに、紙くずや果物の皮――その他もろもろ――で散らかし、汚し放題にすることである。酒をつぐのに、あの胴のずんぐりした、首の長い白と青の磁器をなぜ用いないのだろうか。その理由は、着物の襟元や袖からのぞいているイエガー製のウールの肌着が温かく実用的であるのと同じく、西洋式の栓の方が実用的であるからなのだ。つま先の分かれた足袋の上に見えている股引もまた同じことである。足につっかけているのは、すこぶる質素な白木の下駄であり、それには――道がきれいであるか、ぬかるみかによって――低め、あるいは高めのかかとが二つずつついていて、歩くたびにカツカツと音がする。

　陽気な群衆――色鮮やかに着飾っていたり、だらしなく小汚い恰好だったりしつつ、いずれも休暇と花見を楽しむ人たち――に囲まれ、岡崎公園や動物園内の公園を訪れた。岡崎公園は神社の周辺にあり、もうひとつの公園は動物たちの周りにある。木々は文字どおり、みごとな満開の花を咲かせており、その姿は、薄紅色、または薄紅色と白の入り混じった雪のようである。休暇中の日本人の顔を見るのもいいものだ。枝もしなるほどに咲く花をじっと仰ぎ見ていたり、あちらこちらで昼食をとり始め、けばけばしい赤の敷物の上でお茶や酒を飲んだりしている。

　動物たちは元気そうで、虎やライオンたちは健康そうだった。ホッキョクグマは潑剌（はつらつ）として、枝についている見たこともない白いものを、なんと変わった雪だろうと不思議そうに、芳しい花の香りをくんくんと嗅いでいた。カムチャツカ半島産だと思われる巨大な猪は、両足の間に円く広がった鼻先をのぞかせ、いびきをかきながら寝ていた。孔雀は閉じた尾を長々と引いて、日本の置物のようなポーズをとっていた。海鷲は、夢見るように、もの淋しげに、首もとの羽毛に首をすくめ、潮の香りを恋しがっていた。錦鶏（きんけい）はそのきらめく黄金色の弧を描く尾を見せびらかし、高慢そのものだった――この雄鶏が『東天紅（シャンテクレール）』〔『シラノ・ド・ベルジュラック』で有名なロスタン作の、鳥ばかりが登場する劇の名〕を読んだことがあり、もっと美しくなりたいと願う雌鶏に、その豪華な上着を盗まれるのではないかと、心ひそかに怖れていたかどうかはわからないが。日本猿は日本画で見るとおりで、銀色と灰色の細かな和毛（にこげ）にふんわりと包まれ、骨などないかのようだった。

しかし、これらすべてはまだ「あれ」ではない。これが「あれ」だったのか。わたしは「あれ」つまり日本の桜を見たのだろうか。確かに、とても愛らしくすてきで、それに、文字どおり民衆の祭だった。だがしかし、これが、わたしが病に倒れるほど心ときめかせていたあの記念碑的な自然だったのだろうか。そうとはとても思えないこんなもののために来たのか。なるほど、ベートゥヴェのよりも大きな花だとはいえ、数本かそこらの木にちらほらしか咲いていない花を見るために。確かに美しくはあったが、やはり少々幻滅であった。桜の園でもなければ、桜の花に埋め尽された里でもなかった。すべては「いくばくかの文学趣味」だったのだと思う。とはいえ、日本人たちが春を迎える本当の気持ちも少しわかった。結論を言えば、複雑な心境である！

春の掃除

春の大掃除の季節だ。通りの、家々の真ん前に、がらくたやゴミが積み上げられている。通り全体がかくのごとくゴミの山で、かろうじて通り抜けられるほどだ。それに、さまざまに饐（す）えた臭気を発し、悪臭この上ない。こんな汚いところは通りたくないとガイドに言い聞かせるのだが、他にしようもない。前へ進もうにも、大掃除の後のがらくたがいちいち人の行く手を阻（はば）むのだ。人力車にしても同様である。冬の間じゅう、人々は紙の家でこんな汚いものに囲まれて暮らしていたのだろうか。今は畳替えも行われている。

いたるところ、枝に花が咲いている。猫の額ほどの庭の小さな石灯籠の側に、松の古木が身をくねらせ、桜を飾った入れ物が置かれている。思うに、手当たり次第、鉢植えにしたり、花瓶に挿したりしているのだろう。学生たちや学童たちは皆、帽子に桜の花をつけている。しかし、それは造花である。

われわれは有名な踊り(バレエ)を見に行った。毎年四月にここで催される「都をどり」である。アメリカ人が言うところのCherry-Blossom-Dance(チェリー・ブロッサム・ダンス)である(舞台には、桜の花の場面がある)。われわれは、本物の桜にところどころ贋物の桜が添えられている桜並木を通り、劇場へ出かけた。それが悪いと言いたいのではない。今は桜の季節なのであり、外国人観光客の季節なのだ。後者がやってくるときには、前者もなければならぬのであり、だから、桜が散ったり、咲き終わったりした場合には、いくらか手直しが必要なのだ。それが本物か造花かを見分けるには、ときにじっと見つめ、見極めねばならない。

踊り(バレエ)を受け持つのは、芸者の学校の少女たちである。ご存じのとおり、芸者たちはこの劇場に付属する学校で、磨き抜かれた嗜みを身につける。幼少の頃から、踊りや楽器や唄に加え、花の活け方や香――特に、線香のように焚く香――の練り方や茶の淹れ方を習うのである。茶の湯は、粋を極めた儀式で、何世紀も前――度を越えた文化の爛熟期だとも言える時期――に、当時、指導的役割を果たしていた美学者や審美眼の持ち主たちが、その微に入り細を穿(うが)つ作法を決めたものである。

茶の湯

一人の芸者が、若い娘たちを助手に、茶の湯を行うのを見た。われわれは、その周りを取り囲み、お茶が出されるのを待っていた。主人は漆塗りの椅子に腰かけ、漆塗りの机に向かい茶をたてる。その一つ一つの動作は鍛え上げられており、リズミカルだった。

ふっくらとした銅製の風炉(ふろ)の中に銅製の茶釜があり、湯が沸いて、ぐらぐらと煮え立ち、青白い湯気がゆらゆら立ち上っている。主人は、美しい磁器の茶碗に茶の粉を入れ、柄杓で煮え立った湯をすくって、その緑の粉の上に品よく注ぎかける。薄紅色と黒の着物をまとった主人は、ふたたび神像のごとく微動だにせず座り直している。着物の裾は足の周りに大きく広がっている。そして、白鳥の雛の羽根を手に取り、つやつやと光る漆塗りの机の上の、眼には見えない灰と茶の粉をさっとひと掃きする。思うに、茶の頃合いを見計らうために時間を稼いでいるのだ。主人はその後、茶碗にあれこれほどこし、二、三の小さな道具を世にも優美な動きで巧みに操る。その小さな美しい手をいくらじっと見ていても、わたしには、その道具をなんのために使うのかはわからなかった。かくして、茶の湯の美学に則り、一杯の茶がたてられた。その茶は、だれのためなのかわからないが、どうぞと差し出された。すると、すぐに暖簾の背後から、芸者見習いの幼女たちがたくさんの茶を持って現れた。その茶は、思うに、事務所のありきたりのティーポットから取り急ぎ注がれたものであろう。このお人形たちは、実に色とりどりの小さな着物をまとい、背中には巨大なクッションのような——緑と金、赤と青、紫と銀の——帯結びをし、一重瞼の上に黒い眉毛を描き、その小さな首筋まで桃の花の色に——桜の花の色とはいえないが——白粉を塗っている。そして、その着物の柄——刺繍されたものだ——さながらに、まるで鳥や蝶の飛び交う花咲く木々が動いているかのように、かしこまって歩き回り、三度、深々とお辞儀をし、お客の前に茶を出す。わたしの茶は、ひどい味だった。ぶくぶくした緑の泡だった。しかし、茶を差し出すしぐさは、なんともかわいらしかった。同じようにして、真っ白な丸いお菓子も出された。それは箸を使って食べるものらしく、お望みとあらば、そっくりそのまま紙ナプキンに包み、お土産として持ち帰ってもいい。この後者の方が、正しく、礼儀にかなっているようだった。そこで、熱く泡立つ緑の茶はそのままにし、丸いお菓子をそっくりそのまま持ち帰るために紙ナプキンに包んだ。すると、ダンスを観る時間になった。

旭の御影

この「都をどり」——ダンスあるいはバレエの類——は、外国人の観客の間で大変好評を博し、五十年前から京都で行われている毎春恒例の催し物で、ひとえに外国人の眼を楽しませるためのものである。今年の演題は「旭の御影」といい、ひじょうに美しい日本語の演題である。日本には、美しい景勝地が三つある。その第一は、多くの小さな島々の浮かぶ「松島」湾で、島々は、そのすばらしい形、そのすばらしい名で有名である。「仏陀の入寂」と呼ばれる島さえあるのだ〔涅槃門のことで、島の名ではない。『日本旅行者のためのハンドブック』からの受け売り〕。どの島にも、一本あるいは二本、すばらしい松の木があり、日本の松らしく、思うがままに身をよじらせている。二番目は、「天橋立」――天へのはしごという意味である――という砂嘴（さし）である。海の中に長細く突き出し、先端が途切れた橋のような形をしているが、陽の射し加減で、その先端が雲間と陽光の中、空に小さく溶け込んでいくように見える。夏の宵には、幾千という蛍がそこに飛び交い、小さな美女たちが蛍狩りに興じ、その髪や頬、首筋に蛍の光をともすのだ。第三の景勝地の美は、「宮島」にある「厳島」神社の聖なる門、鳥居の上に冬の雪が積もった姿である。その鳥居の間を、潮の干満に伴い、波が打ち寄せては、引いていく。

修復された岩

われわれは「旭の御影」を見た。海や山や渓谷や御殿や神社仏閣を題材とした踊りで、その仰々しい名前がプログラムに載っていた。とりわけ興をそそられたのは、最後の場面、伊勢の「二見浦」であった（伊勢には、天皇の祖先の母である女神の聖なる八咫鏡――今なお誰も見たことがない――が安置されている）。聖なる二つの岩、夫婦岩（めおといわ）が、まるで兄弟のように、波間に突き出ている。岩は、潮の干満に浸食され、蝕（むしば）まれ、消滅の危機に瀕していた。信心深い日本人たちがこの聖なる岩を修復した。藁で編み、総（ふさ）をつけた神聖なしめ縄――この縄は福を招くものであり、今でも神社の前にある鳥居にかけられている――が兄弟の岩をひとつなぎに結ぶ。修復され、結ばれ、泡立つ波の牙をも、ものともしなくなったのだ。この最後の景勝地――その上、神聖な土地でもある――を舞台で見たからには、もはや電気に照らされた中ではなく、本当の「朝日の影」の中で、自然光の中で、ぜひとも早く見てみたいものである。その光景は日本の典型的なものなのだ。日本人は自然を愛し、自然に対し敬虔な気

伊勢、二見浦の夫婦岩。

持ちで接している。だが、その自然に翳りが見え始めると、手を入れることを憚らないのだ。かくして、盆栽を生み出し、聖なる岩を修復する。それが悪いと言っているのではない。ただ、典型的な事実であるとわたしが思うことを、ここに述べたにすぎない。

第六章　黄金のパビリオン

千手観音たち

日本の桜の花咲く月、寒い四月、ここ京都で、わたしはなんとか失望感を乗り越えようとしている。秘密に満ちた遠き国、誉れ高い自然、すばらしき神社仏閣やお城、大小の美術品――銅工芸品、絹の刺繍、漆器――軒を連ねる商店のみごとな品揃え、それに、何もかも東洋と西洋が奇妙に入り混じった暮らし……記事を書かねばならない物書きの観光客にとって、これが宝の山でないとしたら何なのだ？　周りじゅうどこにでも、話の種があるではないか。日ごとにわれわれを夢中にさせないわけがないではないか。

神社仏閣、そう、神社仏閣だ。読者諸君よ、ご辛抱願いたい。きょうは、諸君を多くの神社仏閣へお連れする。日本には幾千もある。神社や仏堂が、国中いたるところにあるのだ。それは全国に散らばっており、どれも似たり寄ったりである。まあ、それはどうでもいい。張りきって寺社巡りをしようではないか。ラフカディオ・ハーンもそうしたのだ。そして、興奮冷めやらぬ体(てい)で帰宅したではないか。そのたびに昼食に遅れ、食事は冷めてしまっていた！　観光客かつ物書きである者が何かに夢中になれるなら、どうして昼飯などにかまっていられるだろうか!?

というわけで、きょうは諸君を神社仏閣へお連れしよう。はじめに、三万三千三十三体の観音像のある寺、三十三間堂だ。観音、それは中国の心優しい女神である観音(クワンイン)と同じである。この記事を読まれたら、あるいはその前でもかまわないが、寺の名などはすんなりとお忘れになるよう。この寺の名を耳にすることも目にすることもなくなると、わたしもすぐに忘れてしまったのだから。

ただ、金箔の女神像が三万三千三十三体あることだけは覚えておいてほしい。正面から見た姿はどうということはない。長崎や神戸で見たものと同様、単調な造りである。これからあちこちの寺にお連れするが、どの寺の像も、装飾が多いか少ないかくらいで、大同小異である。靴を脱ぎ、そこにあるスリッパを履く。堂内の薄明かりの中、円形劇場（アンフィテアトルム）に幾千もの観音像が列をなして並んでいる。その数にうろたえないように、日本人の文学趣味に惑わされないようにしようではないか。この仏堂は、火災で焼け落ち、一二六六年に亀山天皇により再建され、一六六二年には将軍家綱により建物の修復が行われた。それ以来、この薄明の円形劇場の壇上には観音像が鎮座、いや、お立ちになっている。その数は、多くても千体ほどしかない。だが、どの像も、頭部の飾りや胸の部分に、一体あるいはそれ以上の小さな観音像を持っている……この大小すべての像を数えると、三万三千三十三になるらしいのだ。ちなみに、これは美しい神秘的な数字である。それを疑うようなことはすまい。目の前には幾多の金箔の像が不思議な薄明かりの中に長い列をなし、立ち並んでいる。中には千手観音がいる。なぜ千手と呼ばれるのかといえば、この観音は、どんな苦悩にも、どんな人生の挫折にも救いの手を差し伸べてくれるからである。手が十本しかなく、その手が後光のように見えるものもある。それゆえ、どこかインド風である。身をかがめ、女神たちを近くで見ると、彫り目が粗く、金箔は上等なものではないことがわかる。この像たちが生み出す効果は、ひとえに、その数の多さ、数えきれないほどの慈愛に満ちたその手にかかっているのである。愛するだれかを失った者は、この女神たちを見て回るといい。ひとつとして同じものはない。そして、丹念に探せば、その無数の顔の中に、きっと失っただれかに似た顔を見出すであろう。

確かに、こうして亡き人を偲（しの）べば、人の心を慰め、癒しにもなるだろう。とはいえ、ここのすべては粗雑で、どこか見世物的な感じがするのだ。思うに、稀にみる金箔の輝きに身を包んだ、息を呑むほど高貴な姿に彫られた観音像――それを京都の博物館で見たのだ！――その像一体だけで、このようにところ狭しと並べられた醜い仏像の幾千体よりも、少し分別のある信者にはもっと多くの慰めをもたらすに違いない。この女神たちは、その数の威勢を借り、群衆を、無知無学の民衆を圧倒するように計算されている。惨禍や悲しみに打ちひしがれたとき、繊細な心を持つ仏教徒であれば、一人として、この幾千体もある仏堂に足を踏み入れることはないだろうと思えるのだ。かくしてわれわれは、純粋な仏教が――観音という女神は、なんといっても、仏教の殿堂（パンテオン）におられる方なのだ――、日本において何世紀も経つうちにいかに変質していったかに思いを馳（は）せ、この仏堂を後にした。

黄金のパビリオン

この、いささか陰気な、全展望監視収容所（パノプティコン）のような仏堂を去り、郊外にある、もう少し陽気な神域へとお連れしたい。金閣寺である。この名はすぐに忘れていただきたい。ただ、この名が「黄金のパビリオン」という意味であるということだけを覚えておいてもらいたい。そう称すれば、諸君にもっとイメージが湧いてくるに違いないと思うのだ。そして、この寺院は禅宗（日本には、なんと多くの宗派があるのだろうか！）ではあるが、庭園と池に面したこの優美な建物にはさらに言及すべき事柄がある。一三九七年に――その後、檜と杉の樹皮を建材としたこの黄金のパビリオンは、いったい幾度、再建され、修理され、金箔の張り替えが行われたことだろう――大将軍義満は、年少の子息のために将軍職を辞し、自らこの仏閣を建立した。頭を剃り、袈裟を身にまとったものの、世俗の実権は相変わらず手離すことはなかった。

「黄金のパビリオン」を見るとなると、どうしても修学旅行の数百人の男子生徒たちとともに庭園を歩いたり、階段を登ったりすることになる。今は休暇の月であり、桜が咲き、汽車は日帰りの旅の

雪景色に佇む金閣寺。

人々や旅行客の団体でぎゅうぎゅう詰めだ。桜の名所の公園はどこも、桜の花——そして、われわれの周りを、着物姿で群れをなし、下駄を鳴らして歩き回る酒好きの日本人——であふれかえっている。酔漢もまた例外ではない！　それ相応の、心に残る観光ができる月だと？　まさか！「外国人」には辛抱の月なのだ。この国のこうした旅行者たちと一緒に旅をするはめになり、じろじろと見られ——というのは、彼らは地方からやって来た人々で、外国人は珍しいのだ——そのくせ、汽車の席やベンチの席が譲られることはない。いや、なんでもない。いささか、先走ってしまった。今は、諸君をこの「黄金のパビリオン」へお連れすればいいのだった。二百名の男子生徒にもみくちゃにされながら。男子生徒は、これまで見てきた生徒たちと同じ部類で、着物を着て、青地に白の水玉模様の袴をはき、頭には西洋風の帽子をかぶっている。なかなか騒がしい奴らである。先に少年たちを階段に怒濤のごとく登らせ、その間にわれわれは庭園を愛でる。作庭の出来ばえは、相変わらず称賛に値する。

庭師の芸術

これまでのところ、長崎、神戸、京都の、つまり西日本の景色は、わたしにはいくらか貧弱に思われた。しかし、自然の美が大好きな日本人は、何世紀もの間、造園の美に心を慰められてきた。庭園の多くは、名はいちいち挙げないが、高名な作庭師によるものである。例えば、この水辺の形や池の中に小島が点々とある光景は、まさに芸術的で優美の一言に尽きる。その小島には、幾多の日本の絵や版画でおなじみの日本的な枝ぶりの黒々とした松が生え、それは、ふんわりしたビロードのように、鬱然とした水上の点景となっている。このようなところが日本人の比類なき点である。ほんのわずかな材料、わずかな木々を用い、己の美的感覚に基づいて枝を配し、自然の美を演出するのだから。われわれのヨーロッパでは、おそらくル・ノートル【アンドレ・ル・ノートル（一六一三年〜一七〇〇年）フランスの造園家。ヴェルサイユ宮殿の庭園などを設計】の時代を除き、木や花を多かれ少なかれ好きなようにさせてきたではないか。しかし、おそらく日本人は、すでに何世紀も前から、自然を物足りなく淋しく感じ、一本一本の木をまるで絵から抜け出てきたかのように見せる類まれなる技を身につけてきたのだ。淡い陽光がこの愛らしい水面を少しばかり照らし出そうとしている。そこには、花を咲かせた水草の蓴菜（じゅんさい）が悄然と浮かんでいる。すると、鯉が勢いよく水面に姿を見せる。神聖な魚である——とはいえ、どこかの不届き者が隙を見て、その一匹を夕食のおかずにと失敬することなどない、とだれに断言できようか。鯉は、訪問者たちから餌をもらうのに慣れており、飛び跳ねたりする。金色、緑色、黄色である。皆の人気者だ。とりわけ、何百人もの男子生徒諸君の。

将軍像

少年たちがやっと去り、階段が、小さな木の階段が空いた。これでようやく落ち着いて上ることができる。日本の家屋やパビリオンには、安心して上れる階段などというものは絶えてない。大概は、落ちたら首の骨を折るような代物だ。この階には、観音と阿弥陀像——仏教で仏陀に準ずる尊格として愛されている「無量の光を放つ者」である——があり、そして、とりわけ目を惹（ひ）くのは、隠れた壁（へき）龕（がん）の中、半開きの御簾（みす）の奥の、身の毛もよだつような、この仏閣を建てた将軍の坐像である。身をかがめ、近づいて眺める。すると、薄暗い影の中、生きた亡霊さながらに像が浮かぶ。黒々とした、木彫りの像である。白眼をむき、まるで生きているかのように瞳をぎょろりとさせて座している。だがそれは、普通に座しているのではない。膝を大きく両側に開いて脚を組み、権力者の威光を漂わせ、ほとんど真似のできないような格好ですわっているのだ。これはのちに見る将軍像の多くに共通する姿である。敷物の上で膝を曲げた形の脚は、床とまったく平行である。なんというしなやかさだ——将軍たる者は、どうやってこのようにすわることができるのだろうか。この状態から、どうやって立ち上がることができるのだろうか。この姿勢のため、像の底辺はひじょうに長く見え、木彫りの袈裟の強く波打つ襞が、頭部から両膝の先端の一番遠いところまでをピラミッド型におおっている。見たこともない、まったく独創的なものである。亡霊じみた頭部は頭巾に包まれ、その天辺がピラミッドの頂点となっている。片手の一本の指がぴんと伸び、威光を放っている。どうやら、その威光だけで効き目は十分らしく、もう一方の手は静止したままである。この暗い影に包まれた像は、日本の初期の彫刻芸術の例であるが、実に人を圧倒するすばらしい高みに達している。

常に模倣するのみで、その文化をすっかり中国に負っているこの国民が、その遠い昔に、いったいどのようにして、独創的で、表情豊かで、あっと驚かされるような造形を、この肖像の造形を見出したのだろうか。最上階にやっとたどり着く。狭い四角形の内部はすべて金箔で、まるでくすんだ金色の箱のようである。これがこのパビリオンの名の由来なのである。屋根の上には、長い足をした鳳凰が、いささか素朴な姿で、空を背景に立っている。

鳴く床

なに？　まだたったの二カ所しか、諸君を寺院へ案内していないと？　それはいけない、ぐずぐずしてはいられない。自動車で行くか――黄金のパビリオンはかなり遠いのだ――、人力車で行くか――ご存じのとおり、人力車というのは車夫が引いて走る軽量の二輪車のことだが、車夫の仕事は、実際のところ、ヨーロッパのあまたの工場労働者ほど惨めなものではない。いずれにしろ、まだまだ多くの神社仏閣を見て回らねばならない。だが、まあ今日はもう一カ所だけ、すばらしい知恩院へご案内しよう。とくに、高台の上から、桜の花と椿の花の間に見える京都をご覧に入れたい。今は――ああ、奇跡のような眺めだ！――午後遅く、黄金の夕映えの時間である。もし、わたしが英国人ならば、信者たちが途切れることなく群れをなして上る神域へと続く巨大な階段が、いったい何段あるか

知恩院御影堂。

仔細に述べるだろう。その向こうに見える大鐘楼は奇妙なものだ。西洋の鐘とは違い、水平に吊り下げられた棒で突いてゴーンと鳴らすのだ。この種の寺院の内部はいつも神秘的な薄暗がりに包まれていて、輪郭も定かでない黄金の仏像があり、線香の残り香が甘く漂っている。ここから、屋根におおわれた長い回廊を行く。人が歩くと足もとの檜の板の床がきしむ。いや、きしむのではなく、かすかに鳴くのだ……それで、「鳴く鶯」と呼ばれている。なるほど、この鶯の鳴く床は、ただの文学趣味でそう名づけられただけではなく、実際に鳴くのである。

浄土宗はこの地に神域を定め、ここに寺院を持つに至った。大きな本堂の近くにある仏堂には、この宗派が信仰する阿弥陀仏が祀られている。阿弥陀は仏陀の次の位置を占める尊格で、「無量の光を放つ者」と呼ばれる。この尊崇の念を一身に集める如来が、高みに輝かしい姿を見せている。まるで、金粉のきらめく中、金箔の彫刻と夕陽の輝きに包まれているかのように。

阿弥陀は蓮の上に座し、両手を組んで印を結んでいる。阿弥陀は、ときに「智の神」とも呼ばれる。となると、この如来をいつも「無量の光を放つ者」だと思っているわたしには、訳がわからなくなる。阿弥陀よ、汝(なんじ)は何者なのか。汝が放つ「無量の光」とはなんなのか。浄土から届く、輝く光の波なのだろうか。その浄土とは、仏陀自身が瞑想した姿のまま――博物館で、世にも美しいいにしえの掛軸で見たように――神々や女神たちが輪のように取り囲み、祈り、見守る中、涅槃(ニルヴァナ)へ入り、涅槃の蓮の池に身を漂わせたところなのだ。そのときの無垢の水、無垢の光が、「無量の光」の要素の一つなのだろうか。見たまえ、あの見事で、巨大な青銅の蓮の萼(うてな)を。今は、ゆるやかに傾斜する檜皮葺の屋根の樋(とい)から落ちる雨水を受ける容器にすぎないが。

落日

陽が京都の向こうに沈んでいく。そして今、夕陽に赤く染まる足もとには……谷が見える。大きく

艶やかな葉をした椿の木の広がる谷が。その一面の緑の葉の中、血の色を帯びた何千もの赤紫の花が、
蝶のようにひらひらと散り紛う桜の花びらとともに、幾度となく落ちている。

第七章　木々

　わたしが……日本に夢中であり、魅力にとりつかれていると諸君に思わせておきたいのはやまやまなのだが――現にわれわれは、寺社や城内で、あのように美しいものをともに見てきた――、しかし、今はいささか心もとない。わたしの日本熱は、大きすぎてだぶだぶの芝居用のマントさながら、羽織る気のない肩から今にも滑り落ちようとしている。

　いったいなんなのだ？　この国、この国民には、わたしをどこか温かく抱きしめ、迎え入れてくれるものがどうしてないのだろうか、たとえばイタリアのように。イタリアは確かに常に楽園というわけではないし、イタリア人がいつも天使や大天使であるわけでもないが。いったいなんなのだ。わたしは不当な評価をしているのだろうか？　だが、親しみを感じるのに、正当も不当もあるだろうか？　寛容で温かいやさしさに抱（いだ）かれるか、抱かれないかなのだ――この譬（たと）えをお笑いいただいてもかまわない――その寛容さややさしさは、その国や国民、その土地や自然、その言葉や国民性などから自然に発散されてくるものなのだから。――温かく抱かれるようなあの感覚は、パリやシュワーベン〔南ドイツの一地方〕、スイス、マデイラ〔北大西洋にあるポルトガル領の諸島〕やドロミテ〔イタリア北東部の山地〕、ほかにもわたしの知らないどこかで諸君も感じることがあるだろう。しかし、日本では感じられないのだ。

　ここはひとつ、ありのままに告白申しあげよう。しばらく前から、わたしは日本でさまざまなすばらしいものを見たが、しかし……もはや、熱意がない。申し訳ない。熱意を持ち続けたいと思ってはいるのだ。しかし、ここではそれがままならない。この桜の季節の寒い春――梅の木は、枝に雪を残し、赤みを帯びた花をつけているが――、休暇中で大騒ぎの、風の吹きすさぶ埃っぽいこの町、得体のしれない奇妙なこの文化、そして、この人々――これについてはもっとご紹介できればと思う――、そのどれもが気にさわるのだ。そして、英国人やオランダ人など、他の「外国人」に会うと、案外、わたしがいまだ口に出さずに内心で思っているのと同じことを彼らの口から聞くのだ。ああ、日本というのは……！　ああ、日本人ときたら……！

賛美者たち

何が問題なのだ？　今はただ漠然とした反感のようなものだが、それがもっと鮮明になったときに詳しくお教えできればと思う。そう、今はこれ以上、根掘り葉掘り穿鑿し、くどくど話したくはない。さして詩的とはいえぬこの話題を、今はまだあれこれ分析したいとは思わない。わたしの熱意は、再び湧きあがってくるかもしれないのだ。日本について書き記した著者たちは、そのだれもが熱意にあふれていた。それは主に英国人であり、英国人の熱狂ぶりの前では、わたしはまるで子どもである。ラフカディオ・ハーンは、その声が枯れるまで喜びと抒情に満ちた歌を高らかに歌い続け、やがて、失意の挽歌を短調でしめくくった。

バジル・ホール・チェンバレン（メーソンとともに、われわれに「マレー社のハンドブック」と呼ばれるガイドブック――出版社は自分たちが書いたかのように装っているが――を残してくれた人物）は、熱狂を抑え気味にし、幅広く、平穏な道を切り開いてくれた。あちこち横道にそれるとはいえどもだ。ルイ・ゴンスは『日本美術』について、心の内奥にも情感にも、重厚で均整のとれたものを感じさせる論調で、専門家らしく解説してくれ、ヨーロッパのわれわれに多大な知識をもたらしてくれた。ハドランド・デイヴィス〔フレデリック・ハドランド・デイヴィス（一八八三年〜一九六三年）英国の歴史家。一九一二年刊の *Myths and Legends of Japan* の著者〕は、日本の神話と伝説を採集し、そのすべてを、わたしとは違って、真に愛らしく、美しいと思ったようだ。エドモン・ド・ゴンクール〔一八二二年〜

〔一八九六年）フランスの作家、美術評論家。弟のジュールとともにゴンクール兄弟として有名〕は、数えきれないほどの日本の版画集を、うっとりしながらその繊細な指で次々とめくっていき、あたかも言葉の宝石を散りばめるかのように、歌麿や他の画家たちについて多くの記述を書き残してくれた。日本を訪れた経験の有無にかかわらず、この国や国民のことを熱狂的にとりあげた何百という著者を挙げ忘れていることは、自分でも重々承知している。あと一冊だけ、ことさら文学的とはいえないが、すばらしく明解で迫力のあるルドヴィク・ノドー〔一八七二年〜一九四九年）フランスの記者、作家〕の本を挙げておきたい。わたしにもし許しがたい盗作をする勇気があれば、その本を一ページずつまる一冊、自分の作として書き写したいほどである。

　そう、もうよそう。これ以上、日本について、失望めいたことを言うのは。われわれは、まだこれから何千もの美しいものを見るのだ。話題をすっかり変えたいと思う。総じて貧弱だと述べた日本の景色ではあるが、その中の木々を見るとすれば、どうであろう。何キロメートルも続く同じような景色は、確かに貧弱だと言えるかもしれないが、ところどころに見える木にはひじょうに印象的なものがあり、仔細に見ると、感嘆すべきものもある。これまでのところ、わたしが見た西日本ではそうなのである。この先、のちにもっと北へ行くと、わたしが日本の景色をけなしたのを聞きつけ、長い並木をなす杉という杉の木が、わたしをなぎ倒そうと、台風のような勢いで猛(たけ)り狂うに違いない。だが、わたしは、その巨木たちの前にかしこまり、その偉容に見とれることであろう。

柳

　今日は、ここ京都の町の通りの両脇に沿って並ぶあの細い柳の木に、少しばかり心なごみ、また感動させられもした。柳は日本で、また、日本の詩歌でも、大変親しまれている木である。わが国では、田舎に見られるどっしりとした木であるが、ときに牧草地の水路に佇む、どこかもの悲しげな見張り番でもある。日本では、幹はか細く、枝葉はまばらである。諸君は、単にわたしが頭が悪いだけで、通りの柳は植えられたばかりの若木なのだと思っているかもしれない。しかし、諸君は、忘れている。わたしが寸暇を惜しんで日本の版画を――何百枚手に取ったことか――、こと細かく鑑賞していることを。そこに描かれている日本の柳はどれもそのような形をしている。幹はか細く、枝はか弱く、やわらかな葉は悲しく物憂げにうなだれているのだ。そこで、わたしはこう断定する。木々を庭師の技でどのような形にも仕立てる日本人だからこそ、ほかでもない、このような華奢な柳を好むのだと。日本の木々はそれぞれ、その伝説と歴史を持っている。檜――寺社の建立に用いられ、ときに直径六、七十センチメートルにも及ぶ大木――は、多くの場合、僧侶たちによって植樹されたもので、神聖な姿で雲間に向かってそびえている。松はそれほど大した木ではないが、身をくねらせた日本的な姿で庭に立ち、影を落とすその家を祝福して、結婚生活に幸せあれかしと見守っている。吹きすさぶ風にざわざわと鳴る一本の松の木があった。その松は、騒がしい音のせいで眠りを妨げられた後鳥羽上皇に一喝され、すべての枝葉の動きをただちにやめた……それとも、お上の言うことを聞いたのは風の方だったのか〔『遠島御百首』また『増鏡』にある、「われこそは新島守（にいじまもり）よ隠岐の海の荒き波風心して吹け」を翻案したものか〕。柳の幹には木の精がおり、ときに人間の男を愛し、契りを結び、結婚する。やがて、理由はともかく、その木は切り倒されることになる。人間の女と化した柳の精は、斧が打ちおろされるたびに断末魔の叫び声をあげ、木が倒れると死に絶える。墓が林立するある寺の墓所に、椿の巨木を見た。聖なる木で、樹齢数百年である。そのずっしりとした太い幹や枝は紫や薄紅色や白い花で満開だった。奇跡の木だった。重厚な葉のどこを見ても、そこに、赤、白、薄紅色の花を咲かせていた。このような椿は、いくつかの石灯籠――仏堂の庭にあるこの灯籠のことを諸君にご紹介するのを忘れていたかもしれない――にとり囲まれ、祭の夜には、その堂々とした大きな石灯籠にあかりが灯されるのだ。だが、赤い花をつけるこのような椿の中には、不思議なことをするものがある。たとえば、あるとき、椿が動き出す。点々と血の跡が続く。そして、戻ってきたときには、花は一つも残っていない……その不思議な椿の木のある墓所がどこにあったか、何という名の寺だったか、どうしても思い出せない。われわれをそこへ案内しようと思いついたのはガイドだったのだ。われわれは自動車に乗っていたが、ときおり座席からとび跳ねるほどのひどい悪路だった。

日本の観光産業

日本の道路は、まったくひどいものである。裕福なアメリカ人たちが日本をさほどお気に召さないのは、そもそもそれが理由なのである。しかし、ふところに余裕のないアメリカ人は、大挙して日本を駆け抜ける。例えば、神戸で自国の蒸気船を下り、五日後に今度は横浜でその同じ船に再び乗るのだ。そしてその五日間、手提げ鞄(かばん)だけで日本を「見る」わけだ。彼らは、ヤンキーの紳士淑女たちである。みな商売人で、日本を動きまわり、群をなして「日本を見てまわる」ことにかこつけ、商いに励むのである。日本は、そもそも観光客には向かない国だ。わたしが京都で滞在しているこのホテルは、一級クラスのホテルを装っているにすぎないのに、はなはだお高い。およそこんな具合だ――日本円に換算する手間は省くとして……多少の差はあるものの、いずれにしても粗末な浴室つきのツイン部屋が五十ギルダーなのである。しかも、多くの場合、その浴室が部屋の中に設置されており、常にどこか配水管に欠陥があるときている。そこに、雑費とガイド――ガイドなしではやっていけない――の経費がしめて五十ギルダー、それを加えると、一日およそ百ギルダーの支出になる。諸君の金銭感覚ではどうかわからないが、わたしと妻で、ひと月三千ギルダーも使う旅行なら、もう少し贅沢で快適で行き届いたサービスであってもよかろうと思う。ひと月三千ギルダー払っても、下にも置かない歓待を受けたためしはなく、ただの通りすがりの、お人よしの観光客のように扱われるだけなのだ。自動車にはあまり乗らないよう倹約している。そもそも、自動車に乗るのは楽だとはいえないのだ。スマトラの、ジャワの、あの見事な道路はどこにあるのか。イマンよ、タヒールよ、あの無二の運転手たちはどこにいるのか!? さて――台所事情の愚痴は、どうかご容赦を――、われわれの自動車は寺の墓所を出て、穴だらけの道をとび跳ねながら、水田に沿って行く。その水田ときたら、なんとも貧相に、そう、申し訳ないが、こう形容するしかないような代物で、小さな丘のふもとに少しばかり並んでいるのだ(ああ、われわれの堂々たる東インドの棚田よ!)。と、突如としてひどい悪臭に見舞われる。なんだ、この悪臭は。読者諸君、単刀直入に申し上げよう。人間の糞尿である。肥だめにためておき、肥料になるまで発酵させるのである。それをこの桜咲くこの時節、うるわしき春の季節に、道沿いに桶にかついで行き、畑にまくのだ。そこで、この耐え難い――この形容以上に強い言葉をご存知なら差し替えていただきたい――悪臭を放ち、雰囲気を台無しにしてしまうのだ。とび跳ねるガタゴトマシンに乗り、必死で息をこらえ、ハンカチで鼻を強くつまみ、運転手に急ぐよう頼み込む……運転手は急いでくれる、が……無駄な抵抗である。まだ何キロメートルにもわたり、糞尿の発酵した臭いが漂っているのだ。肥かつぎの男たちが道沿いを行く。畑という畑に、この吐きけを催す代物がばらまかれている。なんたることだ、他の国々でも畑に肥料を使っているはずではあるが……?とにかく、この時節、日本の畑に漂うような、これほどひどい臭いをわたしは一度として嗅いだためしはない。行楽気分は消え失せ、ガイドには、なぜここへ連れてきたのだと当たり散らす。そして、突然……

木蓮の木

そう、ここでまた、木の話に戻るのだ! 読者諸君は、今回の便りは話があちこちに飛ぶので、まさか予想していなかっただろうが、また木の話に戻る。突然、悪臭漂う畑のただ中、屋根も板張りで外壁もほとんど崩れ落ちそうな小さな農家の側に木蓮(マグノリア)の木が立っているのが見えた。葉はなく、四方に花を散らし始めている。ああ木蓮、ああ木蓮の木よ。静かに、気高く、堂々と、背筋を伸ばし、思いがけずそこに立っている。おぞましい悪臭のまっただ中で、その広げた大枝小枝いっぱいに、あたかも不老長寿の酒を飲むための盃を神々に差し出すようにして、何百も、何百もの雪花石膏（アラバスター）の盃のような白い花をつけて立っている。そして、周囲の畑にまかれた臭気に憤慨するそぶりなどまったく見せず、白く、潔く、われ関せずと、動ずることなく立っている。その姿を見ると、ガタゴトマシンに乗っているわが身が、どうしようもなく敏感な嗅覚器官を持つ、ただのちっぽけな人間であることを痛感させられるのだった。りっぱな、気高い木蓮よ、知っているだろうか。わたしがお前を見たとき、深く恥じ入ったことを。日本の四月の灰色の空がお前とわたしの上に低くたれこめる、この日のこの時間、お前はその花をひとつとして閉ざさず、いっぱいに広げていた。木蓮よ、わたしは恥じ、お前を振り返って見つめ、何秒もの間、お前が見えなくなるまで見とれていたのだ。それから、前につんのめったり、上に下にともまれながら、このまがまがしい道を進んでいった。わたしはそのとき、動きもせずハンカチに顔をうずめたままだったが、もはや悪態をつくことはなかった。日本では、西洋の感覚ではおおよそ耐え難いまがまがしいものの傍らに、理想的ですばらしく高貴なものが存在しているのだとわたしは悟ったのだった。

宿に戻り、ルドヴィク・ノドーの『現代日本（ル・ジャポン・モデルヌ）』を繰っていると、その一ページにこのような記述を見出し、どんなに腑に落ちた気分になったことか。「日本人は、ヨーロッパ人とは異なる嗅覚を持っているに違いない。というのは、彼らが春に畑にまく肥料は、まがまがしく、千もの病を呼びよせるに足るものだからだ」

老木

複雑な心境。その一言に尽きる。印象に印象を重ねるごとに、そんな思いにとらわれるのだ。そこで、わたしはこの稿を、悪臭を放つ肥料のことではなく、大いなる美の印象で締めくくりたいと思う。

それは、またしても……木の話である！　先にお話ししたとおり、本稿では、主に木のことを書く予定だったのだから。最後にご紹介したい木は、京都の円山公園にある、古い古い桜の木である。わたしは、この木を三度にわたって段階的に見た。最初は、薄紅色をほんのり漂わせた白い花をみごとに咲かせていた。古い幹から古い枝を差し出し、賢者のようにも好々爺のようにも見え、まるでこう言っているかのようだった。「さて、このわたしにも、またもや花を咲かせよと言うのだな」。老木は、雪のように白い髭（ひげ）、雪のような巻き毛をたたえた総主教（パトリアルヒス）のように、そこに立っていた。二日後、再び老木を見た。そのときは、休暇中の日本人たちが酒を酌み交わし、老木の周りに祭りの灯籠を据えて夜に火をともし、酔って踊り騒いでいた。賢者の木は満開の花の中ですっかり白髪となり、いまや、古老の仏教の隠者のようだった。その隠者はこう考えていた。「愚かな真似をしたいだけさせるがよい――あの者たちは、涅槃に至るまで、まだ幾世紀も自らを浄めていかねばならぬのだ……」

変身

そして三日後、ほとんど人間の姿と化した老木を再び見た。花はすっかり散り……老木は、薄緑色の新緑に包まれていた！　まるでわたしに向かってこう呟（つぶや）いているようだった。「そう、君も、わたしと同じく老人だとはいえ、新たに変身（メタモルフォーゼ）を始めたらどうだね……三度もわたしに会いに来てくれたやさしい外国人よ、それこそ、神々の思し召しなのだよ……」

神輿渡御。写真の裏に「神社の神聖な物体のパレード」とある。

第八章　城

すばらしい一日を記すことができるというのは、なんと喜ばしいことか！　今朝見学した二条城は、わたしがかつて見たもののなかで最も見事な城――魔法の城と言うべきか――に属するものである。

まずはじめに、いささか歴史をひもとくことになる。徳川家のこと、かの有名な関ヶ原の戦い（一六〇〇年九月十五日）ののち、徳川家康が将軍の座についたことを思い出していただきたい。すでに十二世紀以来、実権はすべて将軍（武家政権）の手中にあり、帝（みかど）――神の子孫である天皇として常に崇められていた――は実のところ、無力であり、祀り上げられ、京都の御所の御簾の奥の玉座に、足だけ見せておすわりになっていた。この家康は、足利一族（一三三八年～一五六五年、つまり二世紀以上も将軍職にあった）の最後の将軍が夏の離宮を建てた地に二条城を創建した。

家康は、徳川一族の中で諸君が唯一その名を記憶しておかねばならない、十七世紀の日本を代表する人物であり――その紋所、三つ葉葵は、扉や梁（はり）にある銅細工の装飾など二条城のいたるところに見られる――、日本が誇る偉大な武将の一人、天下人の一人であった。先に述べた合戦で――日本史上に残る日である――家康は、そのときにはすでに没していた、かつての主君である秀吉側の城を次々と攻め落とし、秀吉の年少の息子に味方する敵をことごとく打ち破ったのだった。

二条城

この世紀、またその前の世紀の日本の歴史は、内乱に次ぐ内乱の時代だったと想像していただきたい。戦国大名が群雄割拠し、互いに覇権を争っていたのだ。そして、その上には、相変わらず尊崇の対象である帝が、洗練された芸術や文学の香に包まれ、無防備な京都の御所のただ中に、神の生まれ変わりであるかのように泰然自若として鎮座していたのである。その御所の貴族たちを介し、家康は関ヶ原の戦いの後、一六〇三年、自らを将軍の座に就けたのだった。家康の一族は、武家政権――文字どおりの実権――をその後、手放すことはなかった。やがて、一八六八年、アメリカの圧力とペリー提督の到来を機に、将軍職は廃され、帝が日本の「皇帝」となったのである。

二条城は、したがって徳川氏の京都の足場であり、帝を取り囲む宮廷のある御所の近くにある。いまなお、堀と石垣に囲まれており、石垣の石はお互いぴったりと隙間なく組み合されている。鉄の強固な城門は、木彫りの装飾のほどこされた櫓門（やぐらもん）である。つまり、日本の城塞なのである。しかし、それは一瞬の外見の印象にすぎない。内部には、離宮を取り囲む痛ましいほど清浄な庭がある。かつての城は今は離宮、というか、文化遺産となっているのだ。身をよじらせた松の木、岩や石灯籠のある池、三本の八重桜の木。建物群の故意に不規則な輪郭。屋根がだんだん低くなっていったり、離れの建物群が、壮大でしかも優美な母屋（おもや）よりも低く建てられていたりする。日本の衰退（デイミヌエンド）の技巧である。屋根や門の上には、みごとな彫刻がほどこされている。鳥、花、孔雀、牡丹、鶴、蓮。それぞれ、淡い色彩やくすんだ金である。そして中に入る。履物を脱いだ足で、汚れひとつない畳の上をすべるように進むと、さまざまな謁見の間の扉が開けられていく。

襖――絵画の描かれた紙のパネル――の下地はすべて金である。それは原子のように軽い金の砂子である。その砂子を、正方形の枠内の、油を塗った紙の上に刷毛ではたき落として蒔き、屏風の絹や襖の紙に貼りつけるのである。それから、その油を塗った紙をはがすと、そこに金色の下地が現れる。正方形の枠の境はほんのうっすらと見えるだけである。この黄金の下地の上に絵師が絵を描く。襖という襖――時に、金襴や漆塗りの木の枠で縁取りされている――はすべて、有名な絵師たちがその装飾の技巧を凝らして描いた絵画作品となっている。襖の引手には、先にひじょうに大きい絹の房飾りのある紐がついている。

黄金の障壁画

襖の金地は、ところどころ修復されているとはいえ、何世紀も昔のものである。古い黄金というものは、多少くすみ、風化してはいるものの、はなはだ美しい。陽光が外廊下から紙の格子窓である。障子を透かして射しこみ、部屋にあふれている。この障子が開けられることもある。すると、この日本の寒い春のか細い光が幾筋か、いにしえの黄金にふたたび生気をあたえるかのように注ぎこむ。眩(まぶ)しいほどきらびやかでなく、つねにやわらかな輝きをたたえた豊かな色合いほど美しいものはない。どこもかしこも黄金であり、黄金でないものはどこにもない。だが、砂子は、まるで原子と原子がくっつきあったようであり、硬い金属というよりも、細やかな蝶の鱗粉のようである。襖の金の下地は、それを吹きかけて敷きつめられたようで、実体のない、魔法がかったものに見える。この初めの広間は、虎の間(ま)である。金の上に金で描かれ、モノクロームのように見えるみごとな虎たちだ。エデンの園に住む楽園の獣たちの如く、そっと獲物を窺(うかが)い、忍び寄り、飛びかかったり、これも黄金に近い色や緑色の竹がまばらに伸びる中で、戦いあったりしている。この広間に、大名のお供をして来た武士たちが控えていたのだ。いくつか別の広間の襖が目の前で開けられる。そこには、檜――ソロモン王の時代から、宮殿や寺社の建築に用いられてきた有名な木――や、画家が迫力のある画題として選んだ楓の木々が描かれている。ときには、かなり長く続く横幅の広い黄金の襖一面に、たった一本の松、あるいは楓だけが描かれていることもある。松の針葉の青々とした緑や楓の秋の紅葉の色が、実に効果的に、金地に映えている。広間全体の装飾がただ一本の木なのである。家具はない。天井は、くすんだ金色の格天井(ごうてんじょう)である。ひと部屋がまるごと、この迫力に満ちた楓や松の絵のためにのみ存在しているかのようだ。太い幹は、ほのかな金地を背景にずっしりと構え、力感あふれる枝は、上へ横へと身をくねらせている。刷毛のような針葉は先へ行くほど羽毛のように細く細くなっていく。緑の葉の闇の中に点々と球果が見える。その上部の壁も同じモチーフだが、ただ何本かの枝が描かれているだけで、線や色調、色彩も淡い。わき側の壁にも何本かの小枝、ひと刷毛の最後の針葉、そして、球果の一点が一番先端の小枝の暗い部分にぽつんと見える。狩野探幽という名高い絵師がこの木々の創り主である。間仕切りの戸——引き戸で、金色に塗られている——の上にあるのは欄間（らんま）というもので、透かし彫りがほどこされている。風を通す換気用の窓のようなもので、横長で幅広い。彫刻は当時の名だたる彫刻家たちの作品である。その高名な名、西洋人には右の耳から左の耳にぬけてしまうような幾多の名を挙げても、諸君は唖然とするだけだろう。檜の梁の釘や鉄材、そして引き戸の枠の一部は、見事な銅製の飾り板で装飾され見えなくしてある。広間は上段と下段の間に分かれている。上段の間にある、幅広く、長い座布団の上に、将軍はあぐらをかいた姿勢で座っていた——のちほど木像を見るが、その姿勢を見ればよくわかるように、膝を大きく広げた姿で、錦織の衣の襞をその周りにすべらせている。下段の間には、将軍に謁見する者がひざまずき、あるいはあぐらの姿勢で控えていた。造りつけの棚があり、大小の引き出しがついており、漆塗りの盆もある。それは、隅の方にあり、収納や置物の台に使われる。横長の、一種の低い窓台のようなものは机で、木枠で細かく区切られた紙の格子窓、障子の下にある。家具はない。宮大工や絵師が手がけた、趣（おもむき）ある華麗な装飾以外は何もないのだ。上段——高くなっている部分——の脇には、将軍の護衛兵の隠れ部屋があり、やはり金の下地の上に、柳の木や雁のいる小川の向こうに山の景色が見える絵が描かれている。

対比

これは現だろうか。不思議でしかたがないのだ。お伽噺ではないのか。というのも、この男たちはもともと荒々しい武士たちだったのだ。錦織をまとい、笏——閉じた扇子、もしくは位牌のような形をした不思議なもの——を手にし、ここに座していた将軍は、常に恐るべき勇将であったし、大名たちは、鎧ではなく絹をまとっていても、恐るべき強者（つわもの）たちだったのだから。他の侍たちも、おそらく、四角ばった金属製の肩当てや腰当てなどをつけたり、鉄の甲冑で武装したりという出で立ちではなかったであろうが、隠れ部屋——あたかも王女の寝室のようだ——の護衛兵たちは、銅製の鍬形のついた兜をかぶり、大きな太刀、背丈ほどある弓を持ち、完全武装であったかもしれない。まさか、絹の衣を身にまとい、飾り物の刀で将軍を護衛するなどありえないだろう！　不思議でしかたがないのだ。そのような筋骨隆々とした屈強の男どもや血気盛んな者たち——そのたくましい子孫たちを見よ！——が漆塗りの敷居と金色の襖と紙の障子に囲まれた、こんなお伽噺に出てくるような広間で、いったいどのように動き回ることができたのか。まあ、その底に鉄を打ちつけた履物は、われわれのブーツや靴と同様、一応脱いだとしておこう。それでどう動き回ったのだろうか。動くたびに、肘が襖に、少なくとも障子に当たり、破れなかっただろうか。頑強な足に踏まれて、この漆塗りの敷居はひび割れはしなかっただろうか。砂上の楼閣のような黄金のこの家は、男たちの乱暴な情熱や野心や陰謀の渦中にあって、果たして生き延びることができたのだろうか。それが、何世紀にもわたって生き延びてきたのだ。その謎は、わたしには解けない。唯一、確かなのは、幕府の崩壊後（一八六八年）、この御殿は政府に接収され〔二条城二の丸御殿は、一八七一年〜一八八四年、京都府庁舎として使われていた〕、あまたの破壊行為がなされたということだ。だが、その破損個所の大半は今ではみごとに修復されている。つまり、この近代官僚制下のわずか数年間は、太刀と大弓の武家政権の幾世紀を合わせたよりも、もっと破壊的——黄金の襖絵の端から端まで一直線になぐり書きをしているほど！——だったのである。侍やその家臣たちの世代は、数年間ここでインクを浪費した役人たちよりも、芸術を愛し、それに敬意を抱いていたようである。

徳川家

わたしは、城郭に取り巻かれた中にあるこの御殿に、はなはだ強い印象を覚えた。このような美に比するものを目にしたことはほとんどない。いつもわたしにやさしくしてくれるとはいえない国でも、遠い旅をしてきた甲斐があったと思わせてくれる、そういう美しいものの一つに出会えたのだ。それに、この御殿にいると、日本の歴史のひとこまが浮かび上がってくる。徳川家は、二世紀にわたり、この城、この宮殿を居城の一つとして保つことができた。その二世紀の間、日本は比較的に平穏であった。少なくとも、十七世紀から十九世紀に至るまでの時期を、それ以前の、戦国武将たちが戦に明け暮れていた、内戦の続く中世の時代と比べてみればそうであったのだ。その間、徳川将軍は、太陽の女神の末裔として玉座にいる帝に代わり、政（まつりごと）を一手に引き受けていたのである。まったく無力であるにもかかわらず、常に玉座を保っていた王朝とは、不思議なものである。日本の象徴は帝であり、その帝は古代の神話的一族以外の家系から出ることはなかったのだ。宮廷ではどんな陰謀が渦巻いていたのか、そのすべては知らない。ただ、十四世紀に帝の一族が二派に分かれ、六十年間にわたり権力争いをし、南と北に二つの王朝があったということは知っている。しかし、敵同士とはいえ、どちらも太陽の女神の一族だったのだ。それに、ときに帝が病気となり崩御すると、さまざまな皇子が入れ替わり立ち代わり玉座にかつぎ出されることがあったことも知っている。

帝と将軍

このような事態は、その裏にさまざまな陰謀や犯罪行為があったとしても、公家一族たち皆の暗黙の合意のもとに起きていたらしい。この公家たちは、世襲の将軍家を倒し、実権を手に入れたいという野望を抱きはしたが、霊的で神秘的で、世俗的には無力であった帝の座という栄光を手に入れようとは思いもしなかったのだ。神話的な古代一族は、かくして玉座に居すわることができた。そして、今もなお！　この合意のおかげで、何世紀にもわたり、野心は純粋に世俗的な権力だけに向けられるようになったらしい。天下人の笏を奪い合ったさまざまな氏族の武家たちは、もはや世俗的な権力以上のものを望まなかったのだ。この見解や考察は、いかにも皮肉めいているだろうか。いや、そうは思わない。日本の権力の座についた者たちは、さまざまな野望や計画がよぎるその頭の中で、栄光の座におられる帝を、安定した拠りどころだと考えていたのだ。たまには宮中の陰謀で追放されたり交代させられたりすることはあっても、御所の外で起きる大きな出来事に口を出すことはないのだから。何世紀もそうであった帝という象徴は、そのままでよかった。そしてこれからも、父から息子へ、祖父から孫へと引き継がれていくのだ。皇子や皇后たちが御所の中でいろいろと画策したとしても、大したことではないのだ。

将軍が勅使を迎えるときには、宣旨をもたらした勅使の下座にすわる。だが、たいていの場合、ときの権力者、将軍は、その宣旨の内容には、関心も示さなかった。形式が常に重んじられたのだ。将軍は、町という町、野という野、国中の、日本の事実上の支配者であった。京都の天皇家の御堂にどんな偶像が祀られていたとて、別にどうということはないではないか！

御殿の庭園

この奇妙な状況に比べられるものは、どこにも、どんな国にもないと思いながら、黄金の広間をすべるように歩んでいく。そして、庭に出て外の空気を吸う。この優美な庭園――小堀遠州は名だたる作庭師である――には、池の周りを囲む八重桜の甘い香りがあたり一面にたちこめ、池の中では黄金の鯉たちが組石の間をくぐり抜けている。この空気の中に、今もなお当時の雰囲気が漂っているような気がするのだ。芸術をこよなく愛する磨き抜かれた心と、権力をこよなく愛する権謀術数をめぐらす精神、その、徳川時代を象徴する二つの両極端の雰囲気が。

写真裏に手書きで次のように記されている。「京都・平安神宮の時代祭り行列の日のひとコマ（10月22日）。馬上の人物は、徳川将軍が天皇に表敬訪問するために京都へ向かうさまをあらわしている」

第九章　寺院

もし諸君が、これまでご案内した二、三の神社仏閣で寺社見物はおしまいだとお思いなら、それは大間違いだ。日本を訪れたある人がこう言ったではないか。千の寺社、千の芸者を見るまでは、日本を去ることなどできない、と。千人の芸者を諸君にお見せすることができるかどうかはわからない——わたしは、まだはじめの一人にさえお目にかかっていない！——が、寺社については、間違いなく、まだいくつかご同行願うことになる。そして、その寺社ときたら、ときにまったく圧倒されるようなものなのである。今回は、すこぶる近代的な寺院へご案内するとしよう。東本願寺である。浄土真宗の東の宗派——この宗派のことをもっとくわしく解説してくれなどと、どうかおっしゃらないでいただきたい！——の大聖堂とでも呼ぶべき寺で、実に壮大である。とりわけ、この寺は本来、一六九二年に建立されたのだが、現在の建物は……一八九五年のものなのだということを考えると、余計にそう思える。諸君、日本では、寺社は幾度となく火災に遭うものなのだ。そのうえ、ときどき地震も起きる。檜材で建てられ、檜皮で屋根を葺いた神社というものは、ごく一般的には、二十年もすれば老朽化する。するとその同じ場所、あるいはそのすぐ傍らに、まったく同じものが再建されるのだ。この仏教の近代的な大聖堂は、この種の建築のうちでも見事で印象深い建物であり、もし諸君が、もっとこぢんまりとしたものでも、同種の寺をすでに二十ほども見ていれば、さほど興味深くは思わないだろう。そう、それほどに日本の建築物や風景は、南から北までどこも同じようで、すこぶる単調なのである。イタリアを例に挙げよう。イタリアではどんな小さな町も、それぞれ興味深いもの、特色を持っており、その町出身のいにしえの画家がいて、その絵をじっくり見るためにその町の宮殿や教会を訪れたりする。観光客が目を輝かせて夢中になるようなそうしたものが、日本にはないのである。日本で観光する単調さには、実際、ときに堪えがたいものがある。

毛綱

そんな中にあって、この大聖堂——この寺をそう呼ぶことにしよう——は、興味深い。なぜならば、その再建は、純粋に民衆の寄進によって可能になったからなのだ。京都市民や近隣の村民より百万円の寄付金が集まり、檜の梁や板が寄進された。民衆を大寺院の再建に熱狂的に駆り立てたのは、信仰心であった。仏教への厚い信仰心をとりわけ物語っているのは、何千人もの女性がその髪を、巨大な毛綱を二十九本編むために寄進したことである。その毛綱で、梁という梁——そんじょそこらの梁ではない！——が持ち上げられたのだった。毛綱は今もなお、ある展示場の中に、巻いてたたんだ状態で展示されている。しかし……口さがない噂があちこちでささやかれている。当時は、中国人たちが辮髪を切り始めた頃で、あまたの日本女性たちは、この大寺院の再建を祝すために辮髪を何本か買い取って寄進したのだという……いやはや、にわかには信じがたい話だ！

さて次はもちろん、浄土真宗の西の宗派の本願寺——南と北に関しては、ここでは述べない——も、訪れてみなければならない。といっても、くすんだ金の美しい祭壇が薄暗い中に佇んでいるのを見るためだけだが。そこには、金箔の、しかし何世紀もの間に線香の煙のため黒ずんだ木彫りの阿弥陀——わたしが好きになった神である——像が蓮華座におられる。または、その祭壇の傍らの襖絵を鑑賞するだけでもかまわない。桃の枝につがいの孔雀がとまっている。金地を背景に幸せな結婚生活が詩的に描き出されているその姿を見るだけでもよいのだ。それから、そうだ、当然、粟田神社も見なくてはならない。ここには退位した天皇が隠棲していた。その法皇が暮らしていた部屋には、金地に描かれた、土佐派や狩野派のすばらしい襖絵がある。小さな池、弓なりに反った小さな石橋のある庭は、満開の躑躅に埋もれている。

いや、申し訳ない、諸君を急き立てるような真似をしてしまった。これ以上、「それから、そうそう、当然……も見なくてはならない」などと、繰り返すのはよそう。ただ、もう一カ所だけ、等持院へご一緒願いたい。真に日本的な、他に類を見ないものをお見せしたいからだ。寺院の外観は、この種の他のものとさして変わらない。門、境内、石灯籠、寺院や僧院の建物群、池、あずま屋……それらが、古い木々の中に、いつものごとく「まるで絵のように」――おお、なんと忌まわしい言葉だ！――佇んでいる。こんな光景を二十回も眺めたことがなく、これが初めてだったらよかったのだが！だが、中に入ると、蘆で編んだ御簾の奥に、怖ろしい、木彫の将軍たちの座像が幽霊のように身じろぎもせず並んでいる。諸君をここに誘ったのは、この身の毛もよだつ姿をご覧にいれるためだった……

足利将軍家

歴史を少しばかりひもとく。黄金のパビリオンでご紹介した人物、将軍職を退いた義満のことを覚えておられよう。義満は将軍職を継いだ足利一族の一人である。その足利将軍たちの座像をまもなく、ここ等持院で目にすることになる。義満は、十四世紀末、つまり中世のさなかを生きた人物である。ご想像のとおり、中世といえば、いずこも同じく、日本でも騎士たちが、ここでは侍と呼ばれるが、鉄の甲冑をまとい戦場を駆けめぐっていた時代である。実は、この足利将軍家は、足利尊氏という名高い武将を初代として、すでに十四世紀の初めに興っていた。武家政権の下、後醍醐天皇は苦境に立たされていた。帝は、太陽の女神の末裔として――その家系は、綿々と続く無二の王朝で、神話的な起源をもつのだ――相変わらず尊崇の対象ではあったが、権勢を誇る、野心に満ちた貴族たちが画策する中で、玉座の周りには、あまたの血が流されていた。どの公家一族も実権を握ろうとしていた。そうしているうちに、信じがたい事件が起きたのだ。権力を握っていた北条氏が帝を捕え、隠岐の島に追放したのである。足利尊氏が将軍の笏を手に入れようと、忠臣を装い機会を狙ったのは、この乱のときであった。尊氏は帝の寵妃を説き伏せ、帝を忠実な臣下たちと敵対するように仕向け、さらには自らの息子である護良（もりなが）親王と反目させることに成功したのである。親王は謀反を起こしたとかどで投獄され、殺害される。この親王の事件がいかに信じがたいことであるかを理解するには、この王朝——今も続いている！——が常に神話的な神々しさに包まれていたことを念頭に置かねばならない。太陽の女神の末裔の一人は、いわば誇り高き男爵たちに追放され、もう一人の末裔は、牢獄の中で、いわば野心に満ちた公爵たちによって殺害されたのだ。この尊氏の性格には、いくらか、リチャード三世〔一四五二年～一四八五年）ヨーク朝最後のイングランド王。テューダー朝のヘンリー七世と戦い戦死。シェイクスピアの史劇で有名〕の邪心を思わせるものがある。もっとも、その野心に満ちた手を天皇の座に伸ばすようなことはしなかった。帝がそのまだ若い親王の死を嘆き出すと、尊氏は帝に背を向け、京都に別の帝を擁立した。といっても、その帝も太陽の女神の末裔の一人には違いなかった。選択肢がそれほど多かったということである。しかし、旧帝に忠誠を誓う忠臣らも多く、その結果、六十年もの間、二人の帝、一人は北の尊氏が擁立した帝、もう一人は南の正統の帝が両立するという事態が生じた。双方にはそれぞれ、次の帝となる東宮たちがいた。そして、二手に分かれ、国中を激しい内乱に巻き込んだのだった。最後には、正統の南朝が敗北を認め、神話的な——女神の太陽の鏡を含む——を、北朝の帝のもとに返したのだった。

尊氏

いささか無味乾燥な歴史の講釈となってしまい、申し訳ない。それでも、この歴史の中に、もしもある一人の女性——小説家にとっては不可欠の要素だ！——が登場していたとしたら、この歴史のひとこまは小説になっていただろう。かよわき帝に対する、無敵の、恐れを知らぬ尊氏！　そう、ある女性が欠けているのだ。あの若き親王を――シラー〔フリードリヒ・フォン・シラー（一七五九年〜一八〇五年）ドイツの詩人、劇作家〕の――ドン・カルロス〔シラーの戯曲『ドン・カルロス』の主人公〕にしたかもしれない美しい妃が！

等持院は、この尊氏が建立した寺だ。建物の内部は暗く、老朽化し、汚れている。それはともかくとして、この中の、それぞれ大きな壁龕の中に、足利一族の将軍たちが鎮座しているのだ……

亡霊の像

まず、尊氏自身である。その傍らの兜も、半ば朽ちかけた鞍も、それぞれ、逆さにふせた鉄の鍋、古びてしなびた革と化している。しかし、ここに――少し前かがみになって、総紐のついた御簾のもとをよく見ると――その怖ろしい男が座しているのだ。そして、その男の何人もの子孫が、同じ姿勢で鎮座しているのを見ることになる。亡霊のように。少なくともわたしは、この、かつては漆塗りされていた木彫りの像という像に、強烈な印象を受けた。尊氏の顔は、生きた肖像だ。頭には将軍の帽子をかぶり、帽子の後ろ側には、黒くそそり立っているものが見える。帽子はその頭には小さすぎるように思える。顔は一見、温和だが、その鈍重ともいえる表情の奥に並々ならぬ精力が秘められている。目は呆けたように虚空を見つめている。これがあの恐ろしい男なのだろうか。おそらく、彫刻師が最も彫りやすいと思った尊氏の顔なのであろう。リチャード三世が眉を顰(ひそ)めたり、にやりとしたり、熱狂したり、微笑んだりしたときの表情を思い起こしてみるといい。将軍は、伝統的な座り方をしている。床の上に、信じがたいほどのしなやかさで足を組み、横に大きく広げ、古代の神官のように腰を据えている。両足が見える。両膝下も見え、まるで、横長の台をすえたようだ。その身を包むずっしりとした絹の装束は、角ばった襞、たくましい胸部――これらは金属製の鎧なのだろうか――を見せ、全体がまるで立体派の彫刻のような姿である。幅の広い袖は、足の上のさらに向こうに大きく広がり、そのため、上体は舟に乗っているように見える。一方の手には、将軍の笏を持っている。その笏は、上の方が少し幅広くなっている。もう一方の手は静止している。

この種の日本の古い彫像ほど奇異で不可解なものはない。このようにいろいろと説明しても、この亡霊のような姿は諸君の眼には浮かんでこないのではないかと思う。まず、この像がまったく左右対称だとお考えいただきたい。ところが、笏を持つ手と静止している手だけが、不規則な一面を見せているのだ。そして、そこにすわり、薄闇の中からじっとこちらを見つめている。不気味で、身の毛がよだつ姿である。だが、だからこそ、なんとも興味深いのである。

天下人であった、怖ろしく、謎めいたこの男が描いたという掛物が残っている。描かれているのは、か細い僧侶めいた人物である……少なくとも、尊氏が描いたものとして展示されているのだ！　信じてもよいではないか。それによって、この暴君の人物像はいよいよ混迷を深め、それだけ面白みが増すのだから！

他の壁龕からも、別の足利一族が亡霊のようにこちらを見ている。黄金のパビリオンでご紹介した義満という人物のことはもちろん覚えておいでだろう。あそこでは、僧衣をまとっていた。ここでは、子息らに実権を譲る以前の、いまだ将軍の正装の姿である。同じ姿勢で、錦織の袖をいっぱいに広げ、舟に乗っているかのように上体を浮かび上がらせている。ただ、三房に分かれた巻き毛の顎鬚には、どこか異国風の優雅さがある。おお、得体のしれない、不思議な像、十四世紀から抜け出てきた亡霊たちよ！　こちらには義持がいる。義満の息子――義満は位を譲りはしたが、僧衣をまといながらも、息子にはなお目を光らせていた――である。他の像と同じく、錦織の袖が舟のような形に見えるその中にすわり、やぎ鬚をたくわえている。これもまた顔に一興をそえる鬚である。こちらには、まだ幼い義勝、不恰好な義晴、義教は二像あり、義政、義稙、義尚、義輝、義澄……みな、錦織の袖の舟にすわり、扇子をおごそかに構えるかのように、将軍の笏を手にしている。これら「義（よし）」たち、足利一族は、二世紀の間、無力の帝を神聖という檻に閉じ込めたまま、そのお膝元で日本を統治していたのだ。さて、もういくつかお見せすれば、この亡霊シリーズは終了である。ここには、（落飾した）義満自筆の位牌がある。三文字の神聖な漢字が書かれている（何という意味なのだろう？）。そして、向こうの仏堂には（息子の）義持が描いた絵がある。ある日、気まぐれに襖に絵を描いたらしい。髭をはやした僧侶が騾馬（らば）のようなものに乗っている絵である。その人物像や動物はいかにも稚拙だが、なかなか含蓄に富んだ遠近法――とりわけ、その騾馬が小走りに駆ける足の姿を見よ――で描かれている。さてそれでは、寺の愛らしい庭をめぐり、いくつかの池の傍を通って、小さな茶室へお連れしよう。

茶室

茶の湯の接待はない。その方がよいのだ。われわれは、仏教のお茶というものを、賞味するというよりは、好奇心から飲むだけなのだから。しかし、この茶室をご覧あれ。まったく簡素な木造の小さな建物である。床の中央には四角く深い穴があり、それは火のためである。かつてそこには、銅製の薬缶に湯が沸いていた。ふつふつと美的な音をたてながら沸いていたのだ。客人たちは、遠く戦場では剣戟の音が鳴り響いているというのに、礼式に則った姿勢で二時間もすわって待っていた。茶の湯の儀式というものは、たいていの場合、それほど長く続くものだったのだ。そして、不思議なことに、格調高いマニエリスムのごとく、作法が一つ一つ細かく定められていた。

美学者たちは、厳格な法則にもとづき、二、三の花瓶に花を活けた。会話は行われていたが、政治、金銭、家族の事情について触れてはならなかった。ただ、中国の思想や詩の真髄にそれとなく触れることは許されていた。そうしているうちに湯が沸くと、抹茶の粉末を少しゆさぶり、その量をはかり、茶が点てられた。すべて繊細な所作で行われ、世にも優美な道具が用いられていた。茶杓、茶をリズミカルに泡立てるための茶筅（ちゃせん）、茶埃を払うための羽箒。そして、客人たちは、その緑の茶を宗教的なおごそかさで味わうのだった。その茶は、中国風にいえば、液体の翡翠（ひすい）と呼ばれていた。そして、詩人たちが茶に捧げる頌詩（しょうし）を詠（よ）んだ。

そこに女性はいただろうか。おそらくいただろうが、それは給仕としてであろう。日本の女性たちは、いまなお劣った存在とみなされているが、当時はただの奴隷にすぎなかったのだ。しかし、もし女性がそこで茶を点てたとすれば、きっと巫女のようにおごそかな所作で点てたに違いない。その周りには、錦織の着物姿の男たちが、扇子を手にしてすわっていた。茶道の師匠たちもいた。女性たちは、その手ほどきを受け、格調高い所作を見習ったかもしれないのだ。

通の舌は、茶の湯に用いられた水が、川の水なのか、井戸の水なのかを瞬時に判断でき、それどころか、春夏秋冬、季節でさえも、茶をすすりながら感じとることができたらしい。

頌詩

そして、客人の一人が、二、三服茶をすすりつつ、朝鮮経由で中国から到来したばかりの新しい頌詩、半分は中国語、半分は日本語の詩を小声で朗吟し、だれもがこのすばらしい詩に聞き入っている間に、美学者の長い指がすっと伸び、花瓶はおそらく中国の青磁であろう、そこに活けてある菖蒲の花の位置を直すのだった。花は薬缶の湯気の温かさの中で、美的な姿を失いかけていたからである。

日本では、このような午後の茶会（アフタヌーン・ティー）が催されていた。一方、しばらく先の原っぱでは、仇敵同士の武士たちが、鉄製の肩当や刀を打ち鳴らして戦っていたのだ……

その小さな茶室では、薬缶が空だきの音を立てはじめ、一人の若者が、つかのまの人生を楽しもうと、新しい漢詩を呟くように朗詠していた。

第十章　入院

ときは五月である。五月の日本である。五月といえば、ほかでもない、大輪の牡丹が咲き乱れる月ではないか、とお思いであろう。掛物や屏風に描かれているものの十倍もある巨大な牡丹。ああ、それがわたしにとっては落胆に次ぐ落胆の月だったのだ。正直者の手紙の筆者として、その落胆のいくつかを諸君にお話ししないわけにはいかない。まず最初に、わたしはただの一輪の牡丹にもまだお目にかかっていないことを告げておこう。

正直者の手紙の筆者……そう、ごまかさず、正直に言っておこう。諸君がこの便りを読むときには、世界史も自然史も進んでおり、わたしと諸君との間には数カ月の隔たりがあるのだ。このすばらしい任務をまかせてくれた「ハーグ・ポスト」紙は、ひとつ誤りを犯した。週刊である同紙がわたしの便りを掲載することができるのは、年間たった五十二通のみなのだ。そして、なにも頭のいい数学者でなくても、以下のことは理解できるだろう。日本からの便りは、すぐには掲載できない。書簡は数週間の船旅をする。ということは、諸君がわたしの落胆の数々を読むころには、そのすべては跡形もなく消えており、別の感情や気分にひたっているかもしれない。霧が陽の中で晴れていくように……そうであることを祈ろう。

落胆

つまり落胆、寺社の数と同じほどの落胆の数々なのだ（これはいささか誇張がすぎるが）。空は常に灰色で、空気は常にじめじめとしている。これが春の日本なのだろうか。われわれがオランダで言うところの「いい天気」だったことなど、一度もありはしない。ガイドも気に入らない。思ったとおり、長崎でわたしの前に現れた男とは別人に違いない。兄弟なのだろうか。なんとも行儀が悪い。どなりちらすわ、唾を吐くわ、必要もないのに大騒ぎするわ、それに機転もきかない。わたしは疲れ、落ち込んでいるが、それを妻には漏らさない。おそらく、三日間インフルエンザで寝込んだ影響がまだ残っているせいなのだろう。われわれは奈良へ行こうとしている。奈良は、とりわけ興味深いところで、日本に来たからには見ないわけにはいかない。寺社ももちろんいくつかあり、僧院もある。そして、鹿の公園もある。わたしは鹿に目がないのだ。それに、奈良は手ごろな場所にあるらしい。われわれは自動車で行こうと思っていたのだが、途中の道があまりにもひどく、やめた方がいいと言われた(どこへ行くのにも車を使うヤンキーたちは、「だから、われわれは日本に行かないのだ」と思っている)。そこで、われわれは汽車で行くことにした。ちょっとしたピクニックだ。昼食は、ホテルで籠につめて用意してくれた。

ガイドと一緒に自動車で駅へ向かう。ガイドは相変わらず、不作法で騒がしい。しかし、駅では思いがけない事態が待っていた。何千という休暇中の日本人が、弁当籠をかかえ、列車をめがけて——二等車と三等車だけで、この線には一等車はない——殺到しているのだ。なんたることだ。ホテルではなぜ教えてくれなかったのだ。ばかなガイドは知らなかったというのか。そう、こんな事とは知らなかったガイドは、乗車券を買いに行く。そして、乗車券を手にいれたのはいいのだが、改札でこう言われる。奈良行きの列車は満員であると。とにもかくにも、乗車券と弁当籠を持っているのだ。われわれだとて、やはり奈良へ行きたい。ガイドは席を探す。見つからない。列車の中はいたるところに着物があふれかえり、満員、超満員だった。すわれない者は立っている。すわっている者たちの間に立っている。トイレの中にまで！——これは誇張ではない——立っているのだ。われわれに残された選択肢は？　弁当籠と乗車券を持って撤退だ。降参するのだ。ガイドはすこぶる立腹した素振りをし、乗車券の払い戻しを要求する。払い戻しはできたはずだ。

「ですが」と、ガイドは言う。名案を思いついたようすで「こんなところへ出かけるのはいかがでしょう？」と、他の僧院、他の寺社の名を挙げる。ここから何キロか離れた先にあり、そこの草の上にすわり、昼食をとるのはどうか、という提案なのだ。それはすばらしいアイデアだと思い、別の自動車を用意して、乗り込む。すると、運転手の隣にすわったガイドがいきなり振り返って言う。

「うっかりしておりましたが……道の途中には、またしても、例の畑がありまして。あの臭い肥料をまいているあそこのことです。いかがなさいますか？」

「ホテルへ引き返せ！」わたしは命じる。

「承知しました！」と、ガイドは嬉しそうに言う。ガイドにとっては、願ったり叶ったりなのである。

われわれは弁当籠を手に、しっぽを巻いてホテルに舞い戻る。日本人の支配人が、「お出かけを楽しまれ、ようございました」とでも言わんばかりにお辞儀をし、微笑みながら出迎える。だが、弁当籠はキッチンへ消えていく。わたしは部屋に戻り、新聞を読もうと、椅子にどすんと腰をおろす……そして、紅茶を注文し、記事を急いで書きあげてしまおうと思った――それは、わたしがとても美しいと思った二条城の記事である。美しいのは城であり、わたしの記事のことではない――すると、最後の一行を書き終えるころに、体は氷のように冷たく、頭の中が実に妙な感じになった。そこで、わたしは「夕食のテーブルにつく前に少し横になる」と言い……。

病気

わたしは、夕食の席にはつかなかった。病気なのだ。重い病気だ。なんとも、なんとも深い落胆を味わう。奈良へ行けなかったことよりも、そして奈良について諸君に何も書けなかったことよりも、ずっと大きな落胆である。重病だ。何の病気かはわからない。わたしのベッドに、京都大学の医学部の教授だという、まあ、それなりの人物が現れる。教授はわたしを診察し、病状については何も言わない。教授が張り子かセルロイドかのカフスピンをしているのに、わたしは気づく。ヨーロッパ風の服を着ているのだ。教授はさらに数日通ってくるが、それからの三日間というもの、わたしをボロ雑巾のように放置したまま、姿を見せない。実際、診療などしていないのだ。知人である原教授が、「診てやってくれないか、何冊の本を書いたのかはだれも正確に知らないようだが、オランダの作家なのだ」と、わたしのことを紹介してくれ、それでお出ましになっただけなのだ。そして、いまや、カイゼル髭を生やした若い日本人のひよっこ医者を送ってよこす。その医者が聴診し、気持ちの悪い手でわたしの肋骨の下を押さえたりしている間、なぐりつけてやりたい気になる。今では、日本人のナースも現れ、わたしが二条城について記事を書いていた、まさにその場所にすわり、体温や脈拍を計ったり、それをグラフにしたりしている。

否定のしようもない。わたしは病気なのだ。親愛なる友人たちよ、諸君がこれを読むころには——配達制度がうまく機能してもしなくても、日本からオランダへの便りは何カ月もかかる——わたしはまた元気になっているかもしれない！　しかし、目下、今のわたしは病気であり——この便りがどのくらいの長旅をしたか、諸君は正確に計算できるだろう——、プリンス・オブ・ウェールズの一行が数日後にこのホテルに到着するというので、警察の警備はひじょうに厳しく、セルロイドのカフスピンの教授とカイゼル髭の医者は、わたしの病状についていまだ何も言明していないのだ。わたしはといえば、激しい痛みに苦しんでいる。狐がわたしの肋骨の下に棲みつき、内臓を切り裂いているとしか思えないような痛みだ。

神戸へ

教授と医者は、わたしを日本の病院に入院させるべく、徐々に手はずを整えている。確かに、警察はひじょうにうるさい。わたしの病気は、二度も予防接種を受けているにもかかわらず、もしかするとチフスかもしれないのだ。反発のようなものがむらむらと湧き上がる。日本の病院になどに入りたくない。悲惨な話を聞いたことがあるからだ。そこではだれも、片言の英語も話さない。あの教授ですら、何度も咳払いしながら口ごもり、やっと、数語のドイツ語をひねり出すくらいだったのだから。髭の医者ときたら、英語の単語を三つ、つっかえながら発するだけだった。しかも、使い方を間違えていた。日本の病院には入りたくない。学者ぶり、高慢な、あの日本人たちに日本語で治療されたくはない。しかし、警察があれほどうるさいとしたら……そして、もしわたしがチフスだったら？

　わたしのベッドに、一人のオランダ人が現れる。われわれ同様、若い夫人とともに旅行中だという。親愛なる友よ——もし、そう呼んでもよければ——、わざわざ来てくれた君の厚意をけっして忘れることはないだろう。そして彼は言う。「これ以上、ここにいらっしゃってはなりません。奥様と相談し、神戸の、あなたもご存知のバーカー医師に電報を打ちました。今晩こちらにいらっしゃいます。明日、あなたに着替えて動く気力があれば、神戸の万国病院（インターナショナル・ホスピタル）へ移る手はずができています」

　肋骨や胃の下に狐が、邪悪な狐が棲みつき、内臓を切り刻んでいるほどの痛みを感じている者が、どれだけ感謝できるものかわからないが、とにかくありがたかった。

やさしげで長身の、紳士然とした英国人の医師が、その晩わたしのベッドに現れた。その姿は、どこか大天使のようだった。翌朝、わたしは服を着て——どう着たかは覚えていない——、バーカー医師につき添われ、汽車で二時間かけて、神戸の万国病院に着いた。そこには、婦長（マトロン）や看護婦（シスター）が待っていた。わたしはすぐにベッドに倒れこんだ。とても、とても重い病だったのだ。

一時間後、寝ているわたしの上に、妻が前かがみになり、その愛しい顔で覗き込んでいるのに気づいた。驚いたが、嬉しかった。妻は、わたしの病室の隣の部屋に寝泊まりできる——すばらしい配慮！——ことになった。ただし、必要が生じた場合には、また明け渡すという条件だが。しかし、今のところ、入院患者はわずかしかいない。

病院の窓辺から

というわけで、諸君には病院の窓から見える日本をご覧に入れねばならぬことになった。新しい視点かもしれない。前に述べた心底熱狂的な英国人著作家の中に、病院の窓から日本を眺めた者はだれもいないのだから。寛容なる読者諸君、わたしの病状については、場所柄をわきまえ、その多くを語らぬつもりである。しかし、およそ七週間の間、病院の窓から日本を見ていると、実際、語るに値するおもしろいものが見えてくるのだ……

五月は、落胆の月ではなかったかって？　そう、諸君はもうおわかりだろう、わたしが牡丹の花を、この国に咲くという大輪の、お伽噺に出てくるような花を、この国が誇る世界で一番大きな花を、一輪も見なかったわけが。

「先生」と、わたしは言う。「わたしの肋骨の下には狐がいて、そいつが爪や歯で内臓を切り裂いているような気がするのです」

医師は少し動揺し、「日本人のナースにはそういうことを言わないように！　いいですか、日本には人が狐に憑かれるという迷信があるのです」と言う。

わたしは横になったまま、恐怖にかられながら、痛みに身をよじり、呻き、叫びだしそうになりさえする。

「おそらく、パラチフスです」と、医師はついに診断をくだす。「それに、いろいろと合併症も発生していますーーー」われらが主は、われわれの肉体をそんなに複雑にお創りになる必要がおありだったのだろうか。われわれはこの肉体を芸術作品のように讃美せねばならないのだろうか。わたしは、もっと単純に組み立てられていても、そちらの方をむしろ讃美しただろう。

日本のナース

わたしつきのナースは……二人いる。一人は日中、もう一人は夜間の担当である。他にも数人姿を見せるが、大したことをするわけではない。だが、わたしを担当するこの二人は、日本で想像し得る最も優しい女性たちであることを言い添えておきたい。その一人はひじょうに小柄で、観音様のような顔をしている。夜間、わたしの上に前かがみになり、そのしっかりした小さな手でマッサージをしてくれる。もう一人の方はがっしりとしていて、なかなかの個性の持ち主である。どちらも、英国風の白いナース服を着ているが、足もとは、つま先が大小に分かれた日本の足袋、それにぞうりである。どちらも英語を話し、初めにやってきた医者の英語や教授のドイツ語よりもうまい。名前は、ハンダとアラヤという。部屋つきのボーイからは、それぞれ、ハンダさん、アラヤさんと呼ばれている。「さん」は、男女にかかわらず、名前の後につける敬称である。

ナースたちは、「さん」づけで呼ぶ必要はありませんからねと、わたしに念を押す。観音顔のナースは、愛らしく、朗らかである。だが、アラヤの方は大人の女性だ。もっとも、自分のことを半分男子みたいなものだと言っているが。アラヤは、外出するときには、着物を着て帯をしめるが、ほんとうはそんな色とりどりの布きれは煩わしいと思っている。おしゃれには関心がなく、ブローチ一つさえつけずに、ベルトにつけた紐に時計だけをくくりつけている。それと、規定のはさみもそこに携帯している。それは、ナースのだれもが常に持ち歩かねばならないものらしい。褐色の手は力強く、褐色の腕にはうぶ毛が一面に生えている。いくらか少年じみた半面、アラヤはひじょうに母性的でもある。初めてわたしのもとに来たとき、わたしはちょうどひどい痛みの発作に襲われていたところで、狐が内臓をボロボロに切り裂いている！　と、叫びながら掛布団を蹴散らしていた。すると、アラヤはこう言った。

「そんなことをしてはいけません。重病なんですから。今、痛みを少しでも緩和できそうなものを全部持って来るわね。でも、布団はちゃんとかけて、おとなしい赤ん坊みたいに、いい子にしてなくては！　約束ですよ、いい？」

アラヤがあまりにも親身にそう言うのにつられ、わたしも思わず「はい」とうなずき、赤ん坊のようにいい子にしていることを約束してしまったのだった。そして、その瞬間から、わたしはすっかり彼女の言いなりになった。アラヤはわたしをからかうように、「あなたが何歳で、何をされているかなんてことはどうでもいいんです。ただ、赤ん坊のように、いい子にしててくださいね」と言うのだった。アラヤはわたしをそのように言いくるめ、わたしは我慢してそれに従おうとした。のちに、病状がいくらか快方に向かうと、わたしたちはいろいろと語り合った。アラヤは、もうナースは辞めて、小さな土地を買い、農婦になりたいのだと言った。外の生活が好きなのだ。

「でも、ナース」わたしは訊いた。「病める者の世話をするのが天職だと思って始めたのではないのか……？」

芸人

そのとき、突如、彼女が仕事に疲れ、苛立(いらだ)ちを覚えているのが見て取れたのだった。これまで七年もの間、アラヤはあちこちの大病院で働きづめだったのだ。

「病人というものは、十人十色で」アラヤは言った。「患者ごとに扱い方を変えなきゃならない。それが疲れるの。あなただって気まぐれでしょう。突然怒りだしたり、そうかと思えばにこにこしている。きっとあなた、アーティストなんでしょう？　わたしの知ってるアーティストはみんなそう！」

（アラヤは芸術家という意味で「アーティスト」という言葉を用いていたが、この言葉は英語では、どちらかというと芸人というときに使われると思いつつ、わたしは聞いていた）それはともかく、アラヤは質問を続けた。

「何をなさってるの？　音楽？　画家なの？　あ、それとも、本を書いてるの？　ほら、やっぱり、当たったでしょう？　わたしの知り合いの日本の作家、その人とまったく同じ。いつもそういう風に気まぐれなのよね……あら、とても痛むのね。ちょっと待ってて。新しい湿布と粉薬を持って来るから。それから、体温を計らなくちゃ……」

第十一章　民間信仰

「ナースよ」わたしはアラヤに言う。「きみは信じているのかね、日本人が信じているというあれを……なんでも、日本の家庭には、目には見えなくても狐が棲みついている家があって、狐はときおり姿を消しては福を持ち帰ることもあるというので、米飯を供えたりするそうではないか。しかしその福というのは、ほかの人には災厄で、盗んだものであったりさえするとか。それに、ひとたび狐の怒りに触れるや、米飯を供えている家であっても、家内に突如不幸をもたらすとか。それから、ときには人が狐に取り憑かれることもあるそうだが、君は信じるかね……？」

その間、わたしは、肋骨の下の痛みを感じるあたりに手を当てている。痛みはときどき耐えがたいほどなのだが、今は我慢できるくらいになっている。思うに、そこに棲みつき、その歯で食いちぎり、爪で引き裂いているのは、まさしく狐なのだ。アラヤは、少し青ざめる。ひじょうに英国ナイズされてはいるが、やはり、日本人の魂をもっていることに変わりはないのだ。アラヤは答える。

「昔、小さいころ、両親がそんなことを話してくれて、その時には確かに信じてたわね。でも、今ではそんな狐のことなんて、まるで信じてないわ。まあ、まさか、あなた、狐に取り憑かれてなんかいないでしょ？」

そうおどけた問いを発すると、アラヤはあははと笑った。わたしも笑い返したが、それと同時に、二本の足がその爪をむき出し、わたしの内臓を引き裂くのだった。しかし、わたしは医師たちの忠告を思い出し、呻きながら言う。

「まあ、そんなはずはないと思うがね」

アラヤは、毅然と、しかしやさしく気持ちよく、わたしの看護をしてくれる。お笑い草だ。いい年をした男が病院のベッドに寝たまま、このように小柄でがっしりとし、全身を白衣に包んであれこれ世話をしてくれる女性のなすがままになっているとは。アラヤは言う。

「しばらくしたら、小一時間ほど時間ができるわ。お望みなら、そのときに狐の話をしてあげてもいいわよ」

狐

願ってもない。ラフカディオ・ハーンの狐の話はたくさん読んだが、日本人自らの口からぜひ聞いてみたい。病床の気晴らしである。そんな中、数日前に「ザ・ジャパン・アドヴァタイザー」〔一八九〇年、横浜で創刊。一九四〇年、ジャパン・タイムズに吸収合併〕（毎日、わたしの手元に届けられる新聞）で読んだ記事を思い出した。

「日本では、医者のような見識ある人々、また、長い間屋外で、つまり、田んぼの中に稲荷という狐を恵み深い稲神とする場所で過ごしてきた人々は、信じている。心底信じている。人が狐に取り憑かれることがあると。狐はその指の爪と肉の間から人の体内にもぐり込み、心臓と胃の間のどこか柔らかい部分に棲みつくのだと」

この信仰は何世紀もの古来から続いている。

わたしはそのことを考えながら横になっている。病人とはそういうものなのだ。想念が山のようにベッドに押し寄せてくる。そのベッドで、眠れぬまま痛みに身を縮めたり、睡眠薬の影響で深い眠りに陥ったりしている。そして、微熱と高熱の中、あらゆる奇妙なものが、黒い端切れやら赤い吹き流しやらのように頭の中をよぎっていくのだ。

狐に取り憑かれている、と、わたし自身は信じているのだろうか？　こうして病状が快方に向かい、ふたたび小さなテーブルで書き物をすることも許されている今、読者諸君、恥をしのんで告白せねばならない。高熱の中で、狐に取り憑かれていると、ときには確かにそう考えていたと思う。というか、実際には憑かれていなくとも、もし憑かれていたらこんな痛みだろうと思っていたのだ。夜は狐の夢を見、朝はそいつとともに目覚めた。狐は、そのときはまだ肋骨の下で眠っていたが、その歯は、引き裂きはしないものの、内臓の同じ場所に食らいついたままだった。だが、狐が目を覚ますと、引き裂き始めたのだ。わたしが体をほんの少し動かすだけで、狐は目覚めるかもしれなかったのだ。

しかし、そのようなことは二人の日本人のナースには話さないようにしていた。アラヤがふたたび戻ってくる。いつもとても忙しそうにしているが、今病院には患者は少なく、三十分ほど時間があるという。そして、不思議な話をしてくれた。

稲荷

アラヤには、いとこがいる。二十八歳くらいの男だ。世の中に出るや、やることなすこと、うまくいかなかった。初めは、異国人のガイドになろうとしたが、英語の習得に苦労してやめた。それで、自動車を購入し、異国人を案内する仕事を始めようとしたが、大事故を起こしてしまった。それから、珍品や骨董品の店を出したが、客は来なかった。そして、あるホテルの出納係になったが、上層部と衝突してやめた。

町や田畑を雪が覆い、白い大地に吹雪（ふぶき）が荒れ狂う冬の夜、情け容赦なく、凍え上がるほど冷え込むこともある日本の冬の夜のこと、アラヤの、そのころにはもう年老いていた両親が、障子にランプの薄明かりが映る中、小さな家で火鉢を囲んでいた。静かに赤々と燃える炭火の上には、大きな銅の瓶——というよりも鍋である——が置かれ、お茶を飲むための湯がふつふつと湯気を立てていた。炭火はストーブの役目もし、二人はそこに皺の寄った手を何度もかざしていた。すると、戸を叩く音がし

連なる鳥居。伏見稲荷大社と思われる。写真裏に手書きで「400の鳥居をくぐりぬける」とある。

伏見稲荷大社の参道と思われる。

た。二人は驚き、こんな夜分にいったいだれなのだと問うと、かすれた声で返事が聞こえた。老母は怖がったが、老父は、道に迷った者か、乞食か、気の毒な人なのかもしれないと思い、戸を開けようとした。生来心やさしい老母も、戸を叩いている気の毒な人を放ってはおけないと思い、同意した。

それは、甥だった。家の中になだれ込んできた甥は、素裸で奇声を発し、異様な身振り手振りをした。そして突然倒れこみ、狐が空腹のために冬の晩に鳴くような声で啼（な）いた。その口もとからは泡が噴き出していた。そして、あたかも激痛に襲われたかのように、胃の下の脇腹に両手の握りこぶしを押しつけ、叫んだ。「吾は稲荷なり！」「おれは稲荷になったのだ！　狐がおれの中に入り込んだのだ！」

それから、切れぎれに、言葉をすっかり言い終えることもままならず、呟（つぶや）き続けた。眼は飛び出し、泡立つ口から舌をたらし、獣のように喘（あえ）いでいた。その眼が、獣のように、狐のように、ずるがしこい狐のように、ぎらぎらと輝き始めると、笑った。それは、なんともおぞましい笑い声だった。それから、自分に取り憑いた肋骨の下の狐を捕えようとしたが、また笑い出すと叫んだ。

「こいつの頭をつかんでやろうと思うと、やつは、おれの指をするりと抜けてどこか別のところに逃げやがる！　しかしだ、吾はいまや、稲荷なるぞ。吾こそは狐なるぞ！」

そして甥は、笑い泣きしながら、自分の中にいる狐が腹をすかしているから食べ物をよこせと叫ぶのだった。

狐憑き

老母は動転し、いくらか残っていた米飯を茶碗にかき集めた。だが、真っ裸の狐憑きは突如、立ち上がり、わめき散らし、漆塗（うるしぬ）りの枠の襖（ふすま）で囲まれた小さな脆（もろ）い家の中で、あたりかまわずぶち当たりながら戸を抜けて外へ、吹雪の夜へと駆け出して行った。

わたしは横になり、アラヤの話を蒼白になって聞いていた。背中に、冷たい水が一挙に流れるかのような戦慄が走った。そして、わたしの両手は、布団の下の痛み、嚙みちぎられるような、引き裂かれるような痛みをその手でつかもうとしたが、アラヤの話の狐憑きの体内の狐と同じように、痛みは向こうの脇へするりとぬけて棲みつき、そこを切り裂くのだった。

「そして、アラヤ、そ、それから？」半ば気を失いそうになり、口ごもりながら、わたしは訊いた。

「年寄りだから」アラヤは言った。「追いかけられるはずもなかったのよ。いとこはあちこちの家を駆けめぐって、大声を上げ、家の人たちを起こしたりして、泣き叫んだの。警察がやっと捕まえて、派出所へ連れて行って面倒をみてくれたんだけど。吹雪なのに、派出所の周りは人だかり。でも、本当はみんな、いとこを怖がっていたのよ。夜が明けるとすぐに、警察は杖で打ちすえて、その体から狐を追い出そうとしたの。例によって、また指の爪と肉の隙間から。狐は身を小さく小さくして、骨や毛や足などないみたいになって、するりと抜け出てくるの。長いしっぽを体の下にくるりと巻いてね。しっぽをつかまえると、狐を捕まえることができるんだけど、その体というのは、ただの一本の筋、青白く光る筋みたいで、そこに、頭みたいなものがちょっとついてるだけなの。そうしてするっと抜けて、さっと逃げるの」

法印

「それで、みなは見たのか、狐が……逃げていくのを？」わたしは訊いた。

「いえ」アラヤは言った。「それが、時期尚早で、うまくいかなかったらしいの。狐憑きのいとこは叫んで、叫んで血を流していた。それで、仏教のお祓い(はら)をしてくださる方を呼んだのよ。法印さまっていうんだけど。その方は、打ちすえたり、真っ赤に燃えた炭を押しつけたりはせずに――よく、そういうことをするお祓いの人がいるんだけど――狐と話をするのよね。法印さまは呪文やお経を唱えるのよ。狐には、いい狐と悪い狐とがいて、悪い狐の心の中にもいいところが隠れているかもしれないんですって。それで、不幸な人に取り憑いた狐というのは、法印さまのように尊い方の話を聞いて落ち着くこともあるんですって。肋骨の下にいる狐がおとなしくなって、じっと聞くようになるから。すると法印さまは、その狐に山ほどのお供えをあげるって約束するの。そのお供えを、町の向こうのお稲荷さまのところに持って行くって。そこにはね、いいお狐さまが、神さまみたいなお狐さまが祀られてるの。田んぼの稲の守り神さまだって、住んでる人たちに崇められてるのよ。それで、法印さまは、肋骨の下で耳をすましていた狐に向かってこう言うの。お前も、あのやさしい、いい狐たちの仲間になれば、あの信心深い人たちに崇められて、線香を供えてもらえるのだぞ、ってね。そうして狐は、言うことをきくのよ……」

「法印さまは、いとこに向かってそのように話したのか、アラヤ？」

「ええ」アラヤは答える。「それで、不幸ないとこは、毛布でぐるぐる巻きにされてたんだけど、とてもおとなしくなったの。体の中にいる狐がおとなしくなったからよ。尊いお言葉に耳をかたむけていたから。法印さまは、わたしの両親からお布施を受け取り、いとこは自分の家に運ばれて行ったわ。それから一週間、ずっと病気だったんだけど、落ち着いてたって。そしてね、起き上がったときには、すっかり治って、憑きものも落ちたみたいだったわ」

「しかし、アラヤ」わたしは言った。「それで君は、そのいとこが狐に憑かれていたと信じるのかね？」アラヤが病室の窓から射し込む月の光の中で、いくらか青ざめたのがわかった。

「わからないわ」アラヤは言った。「小さいころには、そんなことを信じていたけど。何を信じていいのか、何を信じなくていいのか、ということよね？　わたしは仏さまだって、信じてないわ。善行に励んで義務をまっとうすることだけ、信じて暮らしているのよ。そうしたら、もし極楽というものがあるなら、きっとそこに行けるでしょう」

アラヤは病室から出て行った。わたしは一人、月の光が淡く射しこむ病室に横たわっている。夜の就寝時間にはまだしないでくれと頼んでおいた。そんなに早くは眠れないし、こんなに早い時間に、できれば睡眠薬を飲みたくはないからだ。そして、横になってじっと月光を見つめている。高熱はない。ただ、夜のこの時間にいつも感じる微熱があるだけだ。外は暖かい。病室の窓は上に押し開けてある。生暖かい風を感じる。そして、つくづくと思う。わたしは、この旅の最中に、任務の最中に重病にかかり、よくなるとしても、快復するにはまだ何週間もかかるのだと。

夢の中の光景

さまざまな奇妙な思いが、夢の中の光景のように頭の中を駆けめぐる。わたしは裸で病院を飛び出し、叫んだり、あちこちの家の戸をたたいたりなどするわけはないが、狐に取り憑かれていないかどうかというと、確証があるとは言いきれない。ほんとうにそう感じられるのだ。狐が歯でかじり、爪で引き裂いていると。痛む場所を両手で押さえると、痛みは、そいつは、すべり抜け、別の方へ逃げていく。わたしは、ナースが話してくれた、あのいとこと同じ状況にあるのかもしれない。不思議な、敵意に満ちた力に抑え込まれているのだ。わたしに敵意を抱く日本の魔法の力がわたしの周囲に漂っているのかもしれない。そして、それはおそらく、わたしがこの国や国民にあまり好意を抱いていないせいなのだろう。

そうしているうちに、ますます皓々(こうこう)と月の光が流れこんでくる。そうだ、わたしは信じている。狐の存在を信じているのだ。わたしの中にいる狐をだ。英国ナイズされた、リベラルなあのナースは信じていないにしても……そら、やつがかじっている、わたしをボロボロに引き裂いている。そして、医者は、ただ体温を計る以外に何もできやしないのだ……

アラヤは、こうも言った。神やほかの神々など信じていないと。仏の存在も……？　いったい、何も信じないなどということがあり得るだろうか！　わたし自身は、神を信じているのだろうか？　それはキリスト教の神なのか？　ほかの神々なのか？　美的観点からいえば祭儀が美しい後者の方かもしれない。子ども向け聖書以来のキリスト教の神はといえば、ぼんやりとした存在としてわたしからはるかに遠ざかっていった……

それなのに、奇妙なものだ。重病のとき、耐えがたい痛みに見舞われたとき……人は祈るのだ。頑是（がんぜ）なき子どもがかわいそうな身振りで何かを懇願するように。わたしも……知らない間に……祈っている自分に気づくことがある。両手を組み、痛みに目が飛び出しそうになりながら、祈っている……目には見えない神に向かって。

阿弥陀への祈り

月はいよいよ明るい。そして、突然……見える……阿弥陀が。月光の中、蓮華座にすわり、その愛らしい、いくばくか女性的なやさしい微笑（ほほえ）みをたたえ、わたしの目の前に昇ってきたのだ。その微笑みは、仏陀の近づき難い顔とは違う。見えるのだ……阿弥陀が……本殿の隣の仏堂で何度も目にした、あの阿弥陀の姿が！　阿弥陀は、神の助手のような存在である。中国から渡来した抽象的なものが、ここで具現化したものなのだ。無量の光を放つ者である。おお、天の光の堰（せき）を自由自在に開いたり閉じたりできる阿弥陀とは、なんと偉大な神なのだろう！　阿弥陀は、紫雲の浮かぶ西方の、あるいは、金色の雲の浮かぶ東方の極楽浄土に住んでいる。どちらだったかはもう覚えていない。ともかく、阿弥陀は神々に誓いをたてたのだ。下界の生ある人間たちのだれもが、輪廻転生を経て、浄土での安息にあずかるのを見とどけるまでは、仏になることも、涅槃（ニルヴァナ）の境地に入ることも望まないと……阿弥陀は人間を愛し、わたしはその人間の一人なのだ。

熱が出ているに違いない。しかし、熱があろうがあるまいが、わたしは信じる……阿弥陀を！　そして、降りそそぐ月の光の中に阿弥陀を見ている。かすかに、銀色に、霧につつまれてはいるが、巨大な蓮華座にすわり、額の中央に星のようにきらめく白毫(びゃくごう)があるのもはっきり見える。その下の両眼は慈愛のまなざしをたたえ、笑っている。今や阿弥陀は、ゆっくりと立ち上がる。想像を絶する姿だ。阿弥陀は光の堰を開こうとしているのかもしれない。わたしに向かい無量の光を放とうとしているのかもしれない……

「阿弥陀!」わたしは祈る。「阿弥陀よ! この痛みをわたしから取り去ってくれ……」。わたしは痛みに呻く、あの狐が呻くようにして。ドアが開く。うっすらと妻のやさしい姿を認める。妻が青い巻きカーテンを引き下ろす。阿弥陀の幻影が消え去っていく。小さくやさしい声がする。

「少しはお休みにならないと」

わたしは錠剤をもらう。アラヤが病室に入ってくる。わたしは、子どものように世話されるがままになっている。その夜、わたしには言う勇気がなかった。今しがた、痛みに耐えかね、おそらく熱にうなされ……阿弥陀に祈ったばかりだと……

恥ずかしかったのだ……われわれ人間とはそういうものだ。

第十二章　病床

日中はわりあい楽なので、わたしはベッドでじっと横になっている。病院の四角い庭のまわりを縁取るようにして花壇があり、庭師は毎日、入院患者のために花を摘み取って切り花にしている。そして、ナースが毎朝、その花々、マーガレットやスミレやユリなどを花瓶や花籠に活けて病室に持ってくる。温かい心遣いではある。しかし、わたしは憂鬱な気分でいる。とりわけ日中は、いくらか痛みの少ない分、憂鬱になりがちで、わたしを落胆させ、失望させたことをあれこれ考えてしまう。

中国で、広東や香港や上海の他、どこにも訪れる機会がなかったのも、やはり失望ではなかっただろうか？　たまたまそこに内乱の嵐が吹き荒れていたために。呉(ウー)だの張(チャン)だのという将軍二人が争い合っていたからといってだ。ことによると、諸君がこれをお読みになるころには、内乱はすでに収束しているかもしれないし、ますます悪化しているかもしれない。二人と言わず、四人の将軍が四つ巴(どもえ)になって戦っているかもしれない！　だが、両将軍が戦いを繰り広げている今、中国を旅するのは、少なくとも新聞に書かれていることが事実であれば、楽しみどころではない。北京へ向かう急行列車は、三百、四百名もの盗賊に襲われることがあるというのだ。それも、呉側だか張側だかの賃金をもらえないでいる兵隊たちの大群なのだ。列車を脱線させ、乗客から金品を強奪するという。それでも、まだ危険を冒してでも旅する観光客もいるが、しかし、はっきり言って、そのような目に遭うかもしれない旅など、ご免(めん)こうむりたい。わたしの考えでは、旅行とは、目的地に到達できるかどうかという確率の問題ではない。わたしが好きなのは、旅の間の雰囲気、好ましい天気、美しい風物、周りにいる人々であり、豪華な旅よりも、そのようなものに出会える旅が好ましいのだ。

　以前、各地を旅して回っていたときも、なにも常にいいホテルに泊まっていたわけではない。ときには、質素きわまるペンションの客となったこともある。だがしかし、中国の将軍たちの内乱のただ中を旅するなど、仮に急行列車が何事もなく北京に着くかもしれないとしても、いやいや、やはりご免こうむりたい。というわけで、北京も、中国の亡霊じみた皇帝の影がちらつく宮殿も、明朝の墓も、万里の長城も、すべて未見のままだ……

呉と張

　病床にありながら、くよくよと考えている。日本よりも、できれば中国をもっと旅したかったと思う。その国や国民をわずかにしか見ていない分、好意的に思え、もっと高貴で、洗練され、貴族的であるようにも思えるのだ。確かに、中国は現時点では——諸君がこの記事を読むころもおそらくまだ——つかみどころのない奇妙な国である。何百機という航空機がヴィッカース社〔英国にかつて存在した重工業メーカー〕に発注され……それはどこかで錆（さ）びついたまま放置されている。実用的だとはいえない。だが——少々奇異に聞こえるであろうが、わたしが病気だということで見逃していただきたい——そこに、好感を抱かせるものがあるのだ。中国人たちは、西洋文明の最たるものがまさしく現実にあるということが頭ではわかっても、古来から綿々と続いてきた生来の感覚が、その文明に異を唱えるのである。中国人は、航空機を持ったとて、それでどうだというのだと鼻で笑っているのだ。天空の龍、それが幻であっても、そちらの方がずっと現実的なのだ！　絵に描かれたような広東のスラム街は、そこに立ち並ぶ幟（のぼり）のように、「赤く」染まっている。だが、この赤色は中国全域で多数を占めているのだろうか？上流の中国人は、何世紀も継承されてきた貴族的な魂を、今もなお持ち続けているのではないのか？将軍たちが、実のところ、何をしたいのか知る者はいない。新聞——英日新聞——には、そう素直に認めている第一級のジャーナリストたちがいる。だから、このわたしなどにわかろうはずがない。わかっているのは、そこで戦いが繰り広げられている以上、万里の長城へ行く気にはなれないということだけである。わたしは呉の味方でも、張の味方でもない。

さて、今度は日本の国民について思いをめぐらせてみよう。もちろん、わたしは単なる駆け足旅行の観光客にすぎない。だが、少々の自負も持ち合わせている。旅慣れた者は、限られた時間に多くを見、多くを見抜く技を身につけていると。今から十八年あまり前、初めてイタリアを自動車で旅したときには、何も見えないと不平を言っていたものだ。見ないうちに、あらゆるものが通り過ぎていってしまうからだ。しかし、今はまるで違う。時速二十五〜三十キロで走る自動車に乗っていても、わたしにはあらゆるものが見える。大げさに言わせてもらえれば、一枚の葉も、一匹の虫も見のがすことはない。今、日本では道路事情が悪いので、さして自動車に乗ってはいないが。先に自分のことを駆け足旅行の観光客だと言ったが、表面的にざっとしか見ていないという意味ではない。わたしは観察眼を鍛えてきたし、視力こそ十八年前より低下しているとはいえ、今では物事がもっとよく見えるのだ。細部まで見のがすことはない。ある国民の間に、ほんの数週間いるだけでも、その国民性や精神の奥を探り当ててみせる。そう豪語するのは、見栄を張っているのではなく、自分の鍛えあげられた観察眼に自信を持っているからだ。駆け足旅行の観光客が、現地に三十年在住する重鎮と呼ばれる人にいつも打ち負かされるとは限らない。三十年も住むと、惰性に陥り、洞察力も薄れる。三十過ぎの人でも、人生たるものを熟知し、多くの国々や国民を熟知していることもある。そのために、メトシェラ〔旧約聖書「創世記」に出てくる九百六十九歳まで生きたといわれる人物〕のように長寿である必要はない。明晰な頭脳を持った観光客は、その観察眼を最大限に使い、頭を最大限に働かせれば、堂々と自分の意見を述べることができるのである。

いや、わたしときたら、なんと傲慢なのだろう！　きっと、このようなわたしを罰するために、狐は爪を剝き出し、その歯でわたしの腹をかじり……ずたずたに引き裂いているのだ！

日本の国民

わたしは、静かに横臥している。叫ぶことも、人を呼ぶことも、呼び鈴を鳴らすこともしない。人は、苦しみにも痛みにも、何事にも慣れるものなのだ。目からいくら大粒の涙が流れ出ようと、というのも、これは拷問なのだ、今ではもう普通のことになってしまった、静かな拷問だ。わたしは静かに身を横たえる。そして考える。日本の国民のことを。

さまざまな思いがわたしの中に押し寄せる。思うに、この国民は屈強で活力にあふれているが、粗野である。東洋の洗練されたものが、西洋に追随する中で失われてしまっている。ある国民が自分を失わずにいられるのは幸せなことである。その国民性――国民性を形づくるもの――を、手つかずのまま残すことは幸せなことなのだ。日本の民はそうしなかった。雑種(ハイブリッド)になってしまったのだ。東洋と西洋との両生類になってしまったのだ。もしかしたら、先を見越して、そこに生命線を見出(みいだ)したと思っているのかもしれないが、そう思っているのだとすれば、それこそ、最低の物質主義なのだ。日本人は、永遠に模倣者であり、輸入者である。その文明のすべては、何世紀も何世紀も前から、栄えある知識人の国、中国より輸入したものだ。中国の文明に目を向け、追随したことは、もとより高く評価できるが、そこに毛ほどの独自性をつけ加えることはなかった。日本人の起源はいまなお不思議な秘密に満ちている。そこには、アイヌやポリネシア人が関わっている。住居や衣服についても、その起源は謎である。中国的でも韓国的でもないのだ。その両者、家屋と着物は、日本の文明の中で、なかなか解明できない要素なのだ。とても多くの日本人が猿に似ていることもひじょうに目につく。決して不快な言い草をしようと思って言っているのではない。何人(なんぴと)も注意してみれば、まぎれもない事実だということにすぐ気づくだろう。皇子であろうが、侯爵であろうが、客室係のボーイと同じように、類人猿のタイプである。ひじょうに不細工なのだ、男たちが。客室係のボーイというのが、実に

弟を背負った少女。日本の下駄は、オランダの木靴と同じ機能を持つ。

休憩中の農民。

いいやつなのだが、部屋の窓を掃除する時、そこに登り、窓枠に指やつま先をひっかける。わたしは転がり落ちやしないかと気が気ではないのだが、まるで猿のように平気なのだ。もったいぶった日本人が、大好きなフロックコートとシルクハットを身につけた姿は滑稽至極で、まさに着飾った猿である。このような侮辱的な言葉を用いるのは大人げないかもしれないが、まさにそのとおりで、否定する者はいないだろう。

模倣者

彼らは、類人猿の模倣者なのだ。まず、視野に入った高貴な中国の文化をすべて模倣し、そして、西洋を模倣したのだ。後者は彼らの破滅の元になるであろう。どの民族もその出自を否定することはできないのだ。オランダの農民が、日本人の農民のように、着物を着て、藁で編んだ蓑をまとい、キノコそっくりな蓑笠をかぶったりして、日本や中国やジャワの農具を用い、土地を耕そうものなら、たちまち立ちゆかなくなってしまうだろう。太陽や雨、空や大気、山や水の流れがその民族を決定づけるのだ。民族は手つかずのままやっていくしかない。さもなくば、その国民は、その民族性ともども没落していくであろう。わたしには日本に将来があるとは思われない。アメリカ人たちは——わたしは好感を持っていないが——彼ら民族の掟に基づく法に従って暮らしている。彼らは遠からず——個人的にわたしの最も忌むところだが——この世界、金塊とビジネスの忌むべき世界の強国となるであろう。模倣者の日本人は、そのアメリカの真正さ、独自性に決して対抗することはできないだろう。この民族は、盆栽のように、日本の庭師の技によって手入れされることがなくなってしまうならば、将来、枯れ死にしてしまうだろう。

なぜ、日本人たちは、そのままの姿でいられなかったのだろう。そもそも東洋の民は、そのままの姿でいられないのだろうか？　シルクハットやフロックコートを取り入れ、工場を建て、神戸や大阪のように、煤煙や悪臭でその澄んだ空を汚す必要があるのだろうか。わたしにはわからない。東洋の国はそのままでいられないのかもしれない——中国は、その心の底では、われわれの低級な文化など欲しくもないと思っているようだが。そのままでいられないのだとすれば、それは東洋の破滅の兆しである。われわれ西洋のおぞましい文化がもたらす破滅なのだ。そうして、東洋の国々はわれわれの機械文明とともに歩むしかなく、呪われた道を進むことなる。機械文明は、まだしも理想に満ちていた社会主義を通り過ぎ、共産主義というたわごとをもたらしたのだから。機械、航空機、あるいは何であろうとも、それは世界の破滅をもたらすだろう。実際、世界は、もうすでに地獄の一歩手前まで来ているのだ。

過剰文明

少し大げさすぎたかもしれない。話を限定しよう。まだ発明されてはいないが、これから開発される最新の機械は、日本を破滅に導くだろう。あのシルクハットがすでに破滅、物笑いの種になっているのと同じように。日本人は工場を建てるべき民族ではない。なぜ自分たちの手工芸品にもっと磨きをかけないのだろうか。わたしはガンジーの考え方のすべてに賛同するわけではないが、しかし、ガンジーが自ら織った、あるいは、同胞たちが織った衣服をまとっているのは……幸福へと回帰するための、ささやかながら、初めの一歩のように思われるのだ。このようなことは、次の二つの観点から論じることができるかもしれない。まず一つ目は、過剰文明という観点である。それは、われわれが誕生したときからすでにあり、その後、身につけてきたもので、「紳士淑女」のための文明なのだ。われわれは自動車にはじまり、ミシンにいたるまで過剰に要求する。われわれのばかげた衣服には、いたるところにボタンやら穴やらバックルやら、なんだかんだとよくわからないものが過剰についている。家の設備にしても、蛇口やら押しボタンやらパイプやらを過剰に必要としており、国の組織となると、家の設備をはるかに超え、あり余る書類の山にお役所仕事ときている。すべて、幸福であるためには不要なものである。しかし、そのような余計なものが、あるとき突然、身の周りに感じられないことに気づくと、われわれは呆然と佇（たたず）むしかないであろう。それは、われわれが「紳士淑女」であるからなのだ。もう一つの観点というのは、われわれの啓蒙された魂のことだ。その魂は、突如気づくのだ。小うるさくてくだらない、みじめな物質主義的な生活など無用の長物で、とてつもない誤りであると。人類、あらゆる民族は、違う生き方をせねばならないのだと。神々はすばらしいものを恵んでくださったのに、われわれはそれを踏みにじっているのだと。その恵みとは、美や瞑想や安らかさだ。つまり、花の如く生き、やがて萎れ、さまざまな思いと夢が薫る中、永遠に向かって旅立つという恵みなのだ。

東洋のドイツ人

手当たり次第に書き留めたメモの中にこんなものがある。それは「日本人は、東洋のドイツ人である」というものである……だれかの言葉だったのかもしれないのだが、わたしはこの思いつきを自分の発想の如く書きつけていた。だが、思えば、ノースクリフ子爵〔アルフレッド・ハームズワース（一八六五年〜一九二二年）英国の実業家でジャーナリスト。新聞王と呼ばれた〕が、何度もそう言っていた。ちなみに、日本の憲法は、プロイセンの手本を真似たものである。ノースクリフ子爵がさらにこう言ったかどうかは知らないが、わたしは、日本人にはプロイセン的な矜持や軍事訓練だけでなく、ゲルマン的な感傷性や感受性があると思う。小さな花や小川に熱狂し、貧相な詩に夢中になり、それに曲をつけたりするのだ。わたしに言わせれば、物質主義と詩の間になんとかまだ調和を保ち得ているのは、唯一、ラテン的魂のみだ。そう、日本人は、東洋のドイツ人なのだ。勝ち戦の後、急に誇りを持ち始めたのだ。何を誇りに思っているのだろう。隠れた才能を見出したと胸を張っているのか。周りを見回しても、そんなものはどこにも見当たらない。それとも、次々と輸入し、猿真似をしている、その西洋文明に誇りを抱いているとでもいうのだろうか。

この国、この国民は、ここを旅し、ここに滞在し、ここに住む者だれをも落胆させる。建築は単調である。芸術はますますこぢんまりとしたものになってしまった――あの、多くが実に美しい、だが、その多くは中国を手本にした絵画、土佐派や狩野派のことはさておき。見るべき価値のある偉大な彫像は、三体の巨大な大仏――公園や広場にある巨大な仏陀像――を除いて、どこにもない（もちろん、あの将軍や聖人や尼僧のすばらしい、ただ古代のものであるが、木像を忘れたわけではない）。しかし、日本には今日、いったいだれがおり、何があるのか。当代の作家は、画家は、音楽家は、哲学者はどこにいるのだろうか。精神の貧しさに心が萎え、物質的なものばかりに心が向いているのだ。この国のどこにも、精神の「理想」の輝きを感じない。

望郷の念

これまでいろいろと思いめぐらしてきたが、好意的とはいえない数々の発言の最後に、日本の著名な女性歌手、三浦環（一八八四年～一九四六年）日本で初めて国際的な名声を得たオペラ歌手）の言葉を添えて、しめくくりたいと思う。彼女は八年の間、外国――アメリカ――で、オペラ歌手として活躍し、とりわけ「蝶々夫人」で著名なスターである。彼女は日本に帰還し、インタビューを受けている。彼女によると、日本の人たちは退屈で無感動で無口で、フランスやイタリアやアメリカで見聞きしてきたように嬉しさや感動を少しも外に表さない。そればかりでなく、彼女に言わせれば、日本の人たちは、とりわけ女性たちに顕著だが、何度も何度もお辞儀を交わしはしても、情がこもっているとは思えない。ちなみに、このように微笑みながら四度も五度も繰り返されるお辞儀は、確かに、ことのほか大げさであり、自国の礼儀正しさを誇りにしている他のどの国民にも見られないものである。あらゆることが彼女には静かで儀礼的で形式的に思われる。そう、この国民はどうしてこんな珍妙極まる、形式最重視の西洋風になってしまったのだろう。彼女は、その夜啼鳥のような歌声を称賛されてはいるが、自分の国にいながら孤独で不幸だと感じている。音楽はどうだろう。日本には音楽がない。旋律（メロディー）も、和声（ハーモニー）も！　三味線も琵琶も、彼女を感動させない。彼女は日本を逃げ出したいと思っている……

本物の西洋文明の利点――もっと高みから見れば、疑わしいものだが――を知り尽くし、この地にしばし留まることを余儀なくされている者ならだれでも……突如として望郷の念にかられ、逃げ出したいと思うに違いない。しかし、ご留意いただきたい。今、これをわたしは、「淑女」である妻とともに旅している「紳士」として言っているのだ。両者とも、野道を歩くよりも自動車に乗っている方が楽だと思い、さまざまなパイプ設備や、電気のスイッチ、ほかに何だかわからぬものがあるホテルに寝泊まりする方がいいと思っているのだ。下着のボタンがとれていると、ぶつぶつ言う「紳士」。いまだまったく自分で織った服など着たことがない「紳士」。しかし、ああ、ほかにありようがないではないか。わたしの思考と瞑想がときに高みに昇り、そこから見下ろせば、われわれの文化的存在がいかに悲しむべき、とるに足らないものに見えたとしても。

第十三章　スポーツ

もうひとつ落胆したのは――これ以上はもうあまり言わずにおこう、わたしの気力もいずれまた湧いてくることだろうから――、神戸でわたしがこうして病床にあった五月という月には、東京で大相撲が開催されたということである。だが、観戦できなかったとはいえ、これは果たして落胆といえるだろうか？　実は、わたしはギリシア・ローマの古代格闘技(レスリング)を愛する者である。この競技は鍛え抜かれた技を持つ若者たちにより、今日もなお行われている。それは、齢五十くらいの、すこぶる肥満体の者たちが、全体重を押しつけ、相手を押し倒すようなものではない。わたしはこのような類(たぐい)を格闘技とは呼ばない。しかし、相撲といえば――ベッドに横たわり、窓の外を見つめながら、わたしは今、思い出している――かつて……ローマで、旅の一座の興行を見たことがある。なにも、ローマのみやげ話をするために日本に来たわけではないが、あのとき見たものと、今聞いたり読んだりしたことを合わせ、日本の力士の像を諸君にお伝えできるのではないかと思う……まるで、今しがた、相撲を見て来たばかりのように。

はじめに、いくばくかの予備知識を記す。日本の力士は、われわれ古典教育に培(つちか)われた者の感覚でいえば、スポーツ選手とはいえず、ギリシアの彫像たちのように美しくはない。巨体で、半ば山のような肉の塊(かたまり)の超重量級の者たちである。この世のものとは思えない巨人のように、土俵の上にそそり立っている。力士たちは、同じ一族どうしで婚姻することが多く、その息子たちは幼少のときから相撲取りになるための訓練を受ける。この職業は、すこぶるもうかるのだ。わたしが――ローマで！

——見た力士の姿は、今ここで、京都の博物館の古い日本の木彫りの像を想い起してみると、その木像の姿と重なって見える。例えば、足の下に怖(おじ)けづいた邪鬼をむんずと踏みつけ、大きな手ぶりで天の入り口を守っている四天王の像である。両者が、怪物のような男たちと重なるのだ。力士たちも同じように怪物的な筋肉組織を持っているのだが、その重い脂肪の塊を鍛錬に鍛錬を重ね、そぎ落とし、しなやかな筋肉美を作り上げるという方法はとらない。むしろ逆に、過食に過食を重ね、着々と脂肪と筋肉をつけていくのだ。それが、日本の相撲取りの理想の姿らしい。だが、それは古代ギリシア人の理想ではない。

観客たち

それではひとつ、大相撲の会場にいると想像してみよう。まあ、席はなんとか取れたことにしよう。そのような午後は満席なのだ。一家総出で、弁当籠を持参し、開始より数時間も前から来ている。ていねいに包まれた紙や木で作った弁当箱の中には、まるでモザイクのようにいろいろなものが並べられている。こちらには卵の白と黄色、あちらには何か緑のものや黒いもの、その間には紫や青の砂糖菓子があしらわれ、一番下には真っ白な米飯がしきつめてある。箸を使ってそれを行儀よく器用に食べる。機械栓つきの酒瓶も欠かせない。タバコの煙が家族をとり巻く。子どもたちは大声で叫んだり、用を足しに行ったりする。みかんの皮やらチョコレートの包み紙やら落花生の殻やらがそこらの地面にまき散らされている。日本人は実に行楽好きで、何かと口実をもうけては一家そろって出かける。主人を先頭に、母親の妻が、色あざやかなおくるみに包まれた赤子を前かがみの姿勢で背に負い、おとなしく後についていく。二枚歯の下駄を履いてよろよろと足を運ぶたびに、膝をぐらつかせている。家族の一員の二、三人の学童少年たちがそれに続く。西洋風の学帽を被り、水玉模様の着物、お決まりの袴(はかま)という姿で、その背後に何人かの洟(はな)たれ小僧たちを引き連れている。一番下の赤子の衣服は、最も色彩ゆたかだ。年齢が上がるにつれ、女の子の衣服の色柄は地味になっていく。花見であろうが、神事であろうが、大相撲であろうが、日本の庶民はこのようにして行楽に出かけていくのだ。

さて、観客は、ぎゅうぎゅう詰めの中、下駄を脱ぎ、席につき、何時間も待っている。だからといっていらいらするわけではない。待とうがどうしようがかまわないのだ。お出かけの機会であり、食べては飲み、上機嫌なのだ。ただ、小さい子どもたちは、待ちきれず、叫んだり床をふみ鳴らしたりしている。

大相撲

力士の登場である。山のような巨体を揺らしながら進む。大錦という力士がいる。齢は三十二、体重は英国の重量単位で二百九十一ポンド、一九一七年から横綱である。また、栃木山という力士もいる。齢三十一、体重二百五十ポンド、一九一八年から横綱である。日本の横綱は、この二人だけである。上半身は裸で、肩や胸、首や腕はとほうもなく盛り上がっており、顔は小さく、眼はふてぶてしい視線を放っている。長く黒い髪を結い、整髪油で固められた総状（ふさじょう）の髷（まげ）は、後ろに曲げられ、頭の上にのっている。これは、昔の髪型の名残りで、当時は身分にかかわらず、日本人たちはみな髪を長く伸ばし、それを髷に結って、鶏冠（とさか）のように立てたり、翼のように広げたりする珍妙な髪型をしていた。それは、有名な絵師の描いた木版画に今なお見ることができる。横綱ほどの人気ではなく、観客のお目当てではないが、他の力士たちが登場し、一列に並ぶ。みな、豪華な刺繍のほどこされた——横綱のものが最も豪華である——錦織の、膝下にいくほど幅広くなる、化粧まわしをつけている。はじめに四股を踏み、観衆に挨拶すると、土俵で口をゆすぎ、自分の周りに塩をまく。浄めの象徴である。そして、腰を落とし、手のこぶしを土俵につける。対戦者どうし、上目づかいできっとにらみ合うと、行司が軍配で合図する。すると、恐ろしい男たちは跳ね起き、取り組みが始まる。

力士たち。

前の写真と同じ、二人の力士。

投げ倒したり、持ち上げたり、横倒しにしたり、ねじ伏せたり、一本背負いをしたりして相手を倒さなければならない。美しい動きではない。ときに両者は腰を落とし、目をむき出した巨大なヒキガエルのように、今にも飛びかかろうと威嚇する。勝者として土俵を後にするには相手を倒さねばならない。その動きは、無秩序に思えた。現代もなお続いているギリシア・ローマ古代格闘技の彫刻のような美しさとは、なんという違いだろう！　見苦しくぎこちない肥満した巨体が押し合っているのを見ても、何も感じないし、造形美術的に見ても美しいとは思わない。ましてや、どちらが勝とうがなんの感興も湧いてこない。これは、わたしの西洋的な、そしてギリシア・ローマ的な見方である。日本人はそのぎこちない巨人に熱狂している。観客は、大歓声をあげ、勝者に向かって煙管（きせる）やら、帽子やら、手帳やら、薬瓶など、身につけているものを投げる。このような物は後で返してもらうのだが、投げた相手であるそのお気に入りの力士の当然の権利として、ご祝儀と引き換えなのである。

しかし、われわれは細部をすべて見たわけではない。さきほど、横綱たちが、それぞれ露払いと太刀持ちを従えていたのを見逃していた。さて、力士たち全員がまた並び直し、ふたたび四股を踏み始める。すると、会場がきしむかと思われるほどだ。腕を大きく広げ、肉厚の大きな手を打ち鳴らすと、耳をつんざくほどの音である。そして、かろうじて人間の姿をした、偉容な山々は、巨体を揺らして支度部屋へと消えていく。

ユーモア

さて、これが、わたしがかつてこの眼で見たものと、ここで読んだり聞いたりしたものとを合成した大相撲中継である。ついでに、力士の四股名がどういうものだったかをご紹介するのも一興かもしれない。このような名もある。「愛らしく・しだれる・柳」「梅の・谷間を・渡る・風」、そして「常盤（ときわ）の・岩」。わたしがガイドに——今は別の者であるが、これがひじょうに聡明である。このガイドについては、またたくさんお話しすることがあるだろう！――、今あげたこの四股名は、ユーモアや皮肉のつもりなのかと訊いたところ、断じて違うと否定した。われわれ西洋人が、このような巨漢が「愛らしく・しだれる・柳」などと呼ばれていると聞けば、すぐにそう思うに違いない。東洋人がいったいどういう意味で言ったり考えたりしているのか、われわれにはほとんど理解できないのである。

「われわれはさほど、いや、おそらくまったく、西洋的なユーモアや皮肉のセンスを持ち合わせていないのです」と、新しいガイド、カワモトは言った。

「かつて、わが国に戸籍制度が導入された時、苗字を必要としていた者は、僧侶のもとへ行きました。僧侶は経典をあれこれ開き、開いたページの適当な語の組み合わせを、この名字にしなさいと読みあげます。その名は偶然の産物ですが、有名な力士が引退する際には、若い相撲取りがその名を引き継ぐこともあります」

わたしは、またもや日本や日本人のことはまったく理解できない、という気持ちに襲われた。まあ、日本の力士ついては、これでもう終わりにしよう。もう一点つけ加えると、この五月の東京場所は、本物の相撲取りたちが参加する昔ながらの競技である。過去の世紀には、下級の侍たちが大名のもとで行っていた。ヨーロッパでも知られている柔道の競技は、まったく別ものである。柔道はスポーツであり、学童や学生たちが行っているかなり近代的なものである。

スポーツ

日本のスポーツの話題を今少し続ける。病気になる前、京都の道場で見た剣道について触れておきたい。剣道では竹刀を用いる。竹刀というのは、四本の竹を革でくくりつけ、持ち手の先に革製のまるい鍔（つば）をつけた棒である。その竹刀を、両手の間をかなりあけて握り、前に突き出して構える。身につけるものは、白い胴着、すでにご紹介したことのある例の襞のある袴、竹製の胴当て、前腕をおおう革製の籠手。それから、頭には、木綿の布張りの垂れがついた、内側から相手の見える鉄製の面を被る。

　頭頂、こめかみ、右手、胴をめがけ、攻撃する。喉を突いてもよい。またも同じ言い草だが……これは、剣を用いて優美にわたり合うフェンシング、サーベルを用いて激しく攻防するフェンシングと比べると美しくない。西洋のフェンシングに見られる高度に美的なものが欠けているのだ。剣道の打撃や突きは、優美で見目よいものではなく、いささか残忍である。昔は、あらゆる階級の侍がこのような方法で剣術を行っていた。だが、そのときの防具はもっと手薄だった。金属のバンドである鉢金を額につけ、頭に頭巾をかぶるだけだった。そして、竹刀ではなく、すさまじい打撃を与える重い木刀を用いて剣術を行っていたのだ。

　わたしは、あたかも病気で入院などしていない風をよそおいお話ししてきた。それに、京都で見たなにがしかについても、ついでにお話しした。今わたしは、外を眺めている。何が見える？　スポーツである。病院の庭の向こう、すっかり水の枯れた川の向こうに、運動場が見える。そこでは毎日、いや、毎時間と言ってもよい、神戸の若者たちが運動をしている。カーキ色の服や白いシャツ、縞模様のジャージーの体操着を着て、いろいろなグループが同時にいろいろなことをしている。サッカーや野球、またプロイセン人を見習うかのように行進したり軍事訓練をする。足を大きく広げたり、体を大きく動かしたり、まるでその腕を投げ捨てようとするかの如く腕を振っている。みな、学童と学生たちであり、若い世代はしっかりとした力強い体になるに違いないと思われる。ちなみに、日本人は背は低いのだが、屈強で頑丈な体格である。着物を着ているために、いつもそう見えるわけではないが、労働者や車夫たちはがっしりとした体格で、ふくらはぎの発達した美しい脚、背筋を伸ばした姿で立っている。たいていは膝の曲がった姿勢のオランダ人、中でも同じような地位や身分の者——

兵隊や労働者たち――は、このような東洋人を見習ってもいいのではないかと思う。ただし、のろのろとした足取りを見習う必要はない。といっても、見習うためにはまず、足をすげ替える必要があるだろうけれども。それで思い当たったが、中国に滞在した短い間にも、労働者階級の中国人たちはやはり体格もよく、膝をまっすぐにし、しっかりと立っていた。なぜわれわれオランダ人の男は、あのように膝を曲げた姿勢になるのだろう。

鯉たち

窓の外を見ている。ほかにどんなものが見えるか、お話ししよう。いかにも日本らしい光景である。見えるのはただ、風にはためきながら、群をなして空を泳いでいる大きな魚、巨大な鯉なのだ。鯉は、黒と白、黄と青、赤と黄である。たくさんの鯉たちが、あたかも池を飛び出したように、風にはためきながら群をなして空を泳いでいる、この不思議で幻影のような光景は何なのだろう。

実は、これは五月の男児の祭りなのだ。男児はみな、親に鯉をもらう。鯉は紙や木綿や絹でできており、竹ざおにつけて庭に高く掲げられる。鯉の口は開いており、そこに風が吹きこみ、その身をふくらませ風にはためく。現に、群をなして空を泳いでいるのだ。なぜ五月の祭りの日に男児に鯉を贈るのだろうか？　鯉は剛健な魚で、流れをさかのぼるからなのだ。男児はその鯉のようにならねばならない。たくましい魚のように、流れに逆らって泳いでいかねばならないのだ。屋根の上に、風を受けて身をひるがえす鯉が多ければ多いほど、吉兆である。風よ吹け。風が弱々しくなり、その数知れぬ鯉が、気が抜けたようにだらりと垂れ下がることなどないように。男児たちは、風よ吹けと祈る。風が吹き、見上げる頭上で、自分の鯉のぼりたちが力強く元気にはためくようにと！

歓喜する少年たち

男児たちは、祭りの初日、鯉が風にはためくその日に、ほかにもいろいろと贈り物をもらう。それは、人形である。しかし……その人形というのは、神話に出てくる豪傑たちであり、中には、中国から日本へ伝来した神、鍾馗（しょうき）がいる。角の生えた邪鬼や魔物たちなどの悪者を、その太い足で踏みつけている。また、巨大な熊と相撲を取っている金太郎もいる。そして……近代的な軍服姿の東郷元帥もいる。東郷元帥はおそらく、鍾馗よりも金太郎よりも男の子たちには人気がある……家々の縁側の障子が大きく開いており、小さな日本の家屋の内が見える——おじやおばたちがお祝いに駆けつけ、豪傑の人形を届けている——小さな女児たちが空の鯉たちを見上げて立っている。着ているものは、小さい子ほど色鮮やかである。女児たちにもお祭りの日があるが、それは三月である。女児たちは女の子用の人形、ひな人形をもらう。

今、おじやおばたちは、酒やお茶をしばしそのままにして座布団や畳から立ち上がり、みなそろって縁側にひしめき合っている。かたや男児たちは、庭や通りで大声を上げてはしゃいでいる。一陣の風が吹く。鯉たちが身を逆さに直立させ、今にも水に飛びこむかのようだ。あたりは歓声に包まれている。わたしは病院の開かれた窓から、ベッドの上から、その光景を見、その声を聞いている。

第十四章　横浜へ

七週間後、わたしは退院を許された。医師や「シスター」と呼ばれるナースたちに別れを告げる。不思議なものだ。――重病に罹（かか）ったのが原因でここにいたのに――なにか、神戸の万国病院に前世を残してきたかのような気持ちだ。ともかく、看護がすばらしいものであったことに感謝したい。そして、西日本に住むすべての「外国人」――つまり、日本人以外の者たち――が、花にあふれる庭の中に建つこのささやかな病院の存在に感謝してくれればと思う。病気になり、日本の病院の手にかかりたくないと思えば、ここが唯一の逃げ場なのだから。

われわれは横浜へ向かう。わたしは、まだボロ切れのような気分である。現代風の紳士服、便利なボタンや留め金、サスペンダーや靴下どめ、その他もろもろのものでかろうじて身を支えられている。思うに、ひらひらした着物では一歩も歩けないだろう。しかし、わたしは何もする必要はない。すべて、やってもらうのだから。傍らには、全身全霊でわたしの世話をしてくれるわが妻と、もう一人、われわれのガイド、カワモトがいる（彼の連絡先は、諸君がもし必要であれば、以下のとおりである。サガ・カワモト：ヤマシロ、キョウト、ヤパン）。この「日出ヅル国」を、多くのオランダ人たちが彼の案内で旅している。彼は実に完璧である。日本の船、春洋丸（しんようまる）〔かつて存在した東洋汽船会社の大型客船〕の客室、トランクのラベル、出発用の自動車など、あらゆる手配をしてくれた。わたしは、いまだ身体が不自由であるかのような動きで船に乗り込む。まるで幽霊のように見えるに違いない。だが、きっと船上にたどり着ける。だれが何と言おうともだ。そして、たどり着いたのだ。幸い、いい天気だ。神戸の領事、クイスト氏

〔M・J・クイスト（一八八二年～一九三六年）一九二〇年～二三年まで領事〕が、別れを告げに船上に来てくださる。病気の間、われわれのために領事がしてくださった数々のことに心より感謝していると、ここに公にせずにはいられない。そして、領事館の他のお二方への感謝の念も同様である。オランダ人どうし、外国にいると、兄弟のような気持ちになる。これがハーグやアムステルダムで近所ということならば、長年、同じ道で出会っても、無言で、あるいはちょっと挨拶して通り過ぎるだけかもしれないのにだ。カワモトは、大変な写真好きで、しかも、なかなかの芸術写真を撮る。コダックを二台持っており、さっそく、領事を中央にわれわれ三人の写真を撮ってくれる。

青空にそびえたつ軍の要塞を横目に、由良海峡を通る。ようやく、なにがしかの青い空！　わたしは空と海を満喫している。デッキの上で食事をする。「サンフランシスコ行き」と豪語するわりに、このように大きな日本の船での処遇がこの程度であり、船内に独立した子どもの遊び場や食堂がないことに、いちいち文句は言うまい。「でたらめ」と、あるオランダ人の観光客が、このような日本の汽船のいい加減な待遇を称して言った。とにかく、これでまた日本の大きな船の実態がわかるというものである。しかし、繰り返そう。文句は言うまい。感謝あるのみだ。旅のさらなる目的地へ向かう途上。潮の香りと陽の恵み。とりわけ、人生の最後の日々を日本で終わらせずに済んだことへの感謝。もしそうなっていたら、実に不本意であっただろう。

茶の積荷

このような暗い話はもうよそう。一日が過ぎる。早朝、船は清水港の沖に停泊している。驚きである。突然の茶の積荷、整然と梱包された茶を乗せた艀（サンパン）が水上を揺れながらのたりのたりと近づいてくる。清水で？　茶の積荷？　何時間もの間？　われわれは、午前十一時に横浜にいるはずではなかったか。とんでもない話だ。茶を積みこんでいる。輸出用だ。どのくらいかかるのだろう。だれにもわ

「日野村、鵜によって魚を捕る漁村」と写真の裏に手書きで記されている。
日野村は、現在の岐阜市東部にあった。

かりはしない。もしや、今日中に横浜に到着するなど、無理なのではないか。ならば、寝台(クシェット)で二泊することになるのか。はじめの一日は勇ましく耐え忍んだが、わたしの体力は、いまだ快復にはほど遠く、どうしてもベッドで寝たいのだ。

午前七時前後、船室で、このような最悪の事態をあれこれ考えている。舷窓(げんそう)からは、茶を乗せた艀がのたりのたりと愛らしく揺れながら近づいてくるのが見える。わたしはいささか不機嫌になる。すると、ノックの音。カワモトだ。

「おじゃまして申し訳ありません」

カワモトはていねいに控えめに――退院したばかりの病み上がりの者にとっては願ってもないガイドの態度で――言う。

「上は見事な景色です。お着がえにあまり時間をかけず、お支度を」

上に何があるのだろう？　わからない。わたしは着がえる。といっても、いまだ、少々手伝ってもらうのだが。わが妻は、よろしくと言いながら、カワモトにマントだの、ひざかけだの、クッションだのを託すのだが、それらを見るたびに、汗が噴きでる。わたしとすれば、杖さえあればよい。階段を上る。少々痛む。だが、だいじょうぶだ。明日になれば、きっともっとましになるだろう……デッキに出る。陽光が燦々(さんさん)と降りそそいでいる。そして、その向こうには……？

「カワモト!?」わたしは言う。「なんだ、あれは?」

「富士山です」ガイドは答える。うっとりと微笑みをたたえながら。「お山です、聖なる山です！」

富士山

まったく思ってもみなかった。清水付近で富士山が見えるとは知らなかった。念のために、言い添えておくが、日本人が神のように崇めているこの山は、いつも見えるとはかぎらないのだ。万年雪を

晴れた日の富士山を撮った観光みやげ用の写真と思われる。

いただく姿は、たいてい、霧や雲に覆われており、晴天の日でさえも、霞や靄が漂い、山すそが見えない。山というのはそういう姿が最も美しいと定めた、狩野派の漢画の絵師たちの信条どおりの姿である。こうして、茶を少しばかり積荷するのに悠長なことをしているものだから（いや昨今は、大きな汽船であっても、乗客より積荷を優先するのだ）、今日中にはとても横浜に到着できないか、着いたとしても晩遅くになってしまうと少々不機嫌なわたしの前に、思いがけず富士山が姿を現したのだ。灰色がかった青色の姿で、ゆるやかに傾斜する火山の稜線も、くっきりと見える。かつて流れ落ちた溶岩がなだらかで調和のとれた線を創り出したかのようである。しかし、すそ野にはすでに濃霧がたちこめており、じきに雲のように立ちのぼっていき、一時間後には、この神の山は、われわれの前から姿を消してしまうだろう。刷毛ではいたような雪が、円錐の先を切り落とした形の頂上のすぐ下まできらきらとはっきりと見え、白銀のオコジョの冬毛で覆われているかのようだ。

富士礼賛

「カワモト！」わたしは、積荷ほどの価値もない乗客なのかと気分を害したことなどすべて忘れ、うっとりとして言う。

「われわれは富士山を見たのだな！」

「わたしたちは富士山を見ました」カワモトは、同じようにうっとりとくり返し、そして、もちろんすぐに、富士山を背景に妻とわたしの写真を撮った。至難の業だが、うまく撮れればおなぐさみである。

だれもがこの予期せぬ幻影のような光景に目を凝らし、夢見るように、じっと見つめている。望遠鏡を向ける。だが、わたしがとりわけ感慨深く思うのは、日本人たちがこの山に抱く崇拝心である。この山は、日本人にとって、国じゅうで最も高く、最も美しい山というだけでなく、それ以上のもの

カワモトが春洋丸の船上で富士山を撮った写真か？

前の写真と同様に、春洋丸の船上から富士山を背景にクベールス夫妻を撮ったものか？

なのだ。この山は、神々の加護を象徴している。「不死の山」なのだ。そう呼ぶのは、いささか大仰だとも思うが。この地上に永遠にあり続ける山などありはしないのだから。しかしそれでも、日本が存続する限り、この万年雪をいただく山の頂上から、神の加護とでもいうべき輝きが放たれ続けることだろう。超物質主義的な時期の渦中にあるこの日本で、このような信仰が国民の魂の中にまだ揺るぎなく残っていることを知るのは、なにか驚嘆すべきことだ。これからひと月もすれば、国じゅうのありとあらゆるところからやってくる何千人もの人々が富士山に登るだろう。女性もまた然りである。登山ではなく、参拝のためである。シベリアのステップを思わせる、あの刷毛ではいたような雪は、その時には溶けて、山道も通れるようになるだろう。道中、巡礼者たちは、何度か山小屋に寄る。そこで疲れた巡礼の足をしばし休め、何夜かの短い休息をとる。日は長く、朝日が早く地平線に昇る。夜遅く眠りにつき、朝早く目覚めるしばしの休息なのである。だが、富士を厚く信奉する崇拝者たちには、快適さや休息などは眼中にない。そしてついに、巡礼の目的地、聖域である山頂に到達する。巡礼者たちは、神々も喜ぶひと仕事をなし遂げ、喜びに包まれる。日本人はなぜ、われわれ外国人に、この巡礼のような東洋的な姿を、あの心温まる姿を、その魂の深さをいつも見せてくれないのだろう。それは、比類ない古来の芸術や仏教的な考えの中にも突如垣間見えるものなのだ。なのになぜ日本人は、是が非でも西洋化せねばならないのだろうか。その結果は、外交的ではあるが、美しくもなく、まったく好ましく思えないというのに。そして、西洋化という変容の中で、まるで世界の文明を手にしているのはわれらだと言わんばかりの高慢ちきな模倣しか生まれていないのに。なぜ彼らは、新聞紙上で日本は世界の三大国に属すると豪語するのだろう。自らをアメリカと英国（はっきりと口に出しては言わないが、残りの二国とはこの国のことだ）と同等に置くのである。

今これを記しているわたしは、日本の大都市を四つ見てきた。それは、都市として見た場合、汚く、これといって特徴のない簡素な住居の群の中に、西洋風な区域が点在する場所だと言ってもいいと思う。月光のもとで見る長崎や京都は美しい。とりわけ後者の京都は、九重の塔が九つの屋根を上へ上へと優美に重ね、忽然と銀色の月光の中に浮かび上がるさまがすばらしい。しかし、都市というものは……月光のもとで評価するものではない。日中は、通りの悪臭と、舗装されていない道の埃（ほこり）で景観どころではない。あまりいい話を聞かない東京はまだ見ていないが、これまで見た日本の都市は、どこをどう取っても大国の都市などではない。いわんや、三大国の一つの都市などでは！

カワモト

われわれが憐憫の情とともに微笑むしかない日本の近代の猿真似などよりも、このような――真夏に何千という日本人が宗教的な営みをするために富士の山に登るという――たった一つの新事実の方が、西洋の心に、少なくとも、西洋人の中で高潔な理想を掲げている者の心により強く訴えるのだ。しかし、わたしときたら、富士を称賛している間でさえ、いったい何を息まいているのだ。これはいかん。わたしにしては仏教的ではない。この内なる雑念をカワモトに向かって一言も漏らさないようにしよう。カワモトは……哲学者で、仏教的な思索家であり、わたしがこのように日本をこき下ろすのを容認などしないであろう。同時に、わたしが彼を評価するところは……この日本人が、祖国のまったくの称賛者ではないところである。カワモトは、わたしが日本や日本人についてそれとなく批判めいたことを言うと……ときに思慮深く考え賛同する。それは決してガイドの務めとして追従しているわけではない。いや、この男は、ガイドという職業を隅々まで知り尽くしており、常にありのままの自分を保ち、わたしとはあまたの事柄について会話を交わしてきた。この国民に必ずしもあるとはいえない稀な素質を持っているのだ。優しく控えめで、大いに機転がきき、少なくとも同じ心根をもつ人間を惹（ひ）きつける力量がある。カワモトは、わたしと日本の国と国民を和解させてくれるかもしれない。わたしがそのどちらにもさほど感心していないことを知らないとはいってもだ。というのは、彼を傷つけないようにと、このことを明かしてはいないからである。新しいガイドはつまり、完璧の一語に尽き、わたしは彼の欠点を一度たりとも見たことはない。

富士山よ、わたしはあなたを見た。しかも予期せずに。この世に、予期せずしてたとえようもなく美しいもの、圧倒的な美を見るよりも喜ばしいことがあろうか！　その姿は、取るに足りない数々の失望を慰めてくれ、心を得も言われぬ感情で満たしてくれる。これは神々が突如お恵みくださった、とてつもない贈り物なのだ……

三保の松原

「それでは」とカワモトが言う。――適切なタイミングで見どころを知らせてくれるのは、なんと気持ちのいいものだろう――。「右の方をご覧ください……」

右を見る。長く突き出た岬、せり出した山すそだ。そこに、思うがままに身をくねらせた、かといって荒々しくはなく、優美に踊るかのような松の木々が見える。

「あれが三保の松原です」と、カワモトが言う。日本語の長い名前を聞くと、決して覚えられぬことがわかっているので、いくらか苛立つのが常である。しかし、その苛立ちをまたも黙って隠している。口に出すと仏教的ではないし、きっとカワモトは、物言わぬ生真面目なまなざしで咎めるようにわたしを見つめるだろうから。

「このような伝説がございます……」ガイドは先を続ける。

天人伝説

伝説とは次のようなものである。あるとき、この岬に天界から、天人（サンスクリットでは、アプサラー）が舞い降りた。天人は、われわれの天使のように性を持たぬ者ではなく、常に女性、天女である。天女は色鮮やかな羽衣をまとい、裳（もすそ）をなびかせている。衣の先は長い羽毛となっており、極楽鳥の尾と見まがうばかりである。髪を華やかに結い上げ、鳥の羽の飾りを挿している。琵琶を手にし、天界の前庭で歌ったり舞ったりする。この天女があるとき地上に舞い降り、羽衣を脱いで海で沐浴していたのだ。しかし、それを見ていた若い漁師が、その羽衣を取り上げてしまった。海からあがった天女は、それに気づいて悲嘆にくれた。その衣がなければ再び天に昇っていけないからである。そこで、天女は漁師に羽衣を返してくれるよう懇願した。「じゃあ、おいらに舞を見せてくれ！」と、漁師は意地悪く言った。すると、天女は舞うことを約束したが、まず先に羽衣を返してほしいと言った。「衣を返せば」漁師は言った。「お前は、舞うどころか、すぐに天へ飛んでいってしまうだろうに」。天女は、憤慨して答えた。「地上の人々は約束を違（たが）えますが、天界の者たちはそのようなことは決していたしませぬ」。それを聞いた漁師は恥じ、衣を天女に返した。天女は衣をまとうと、天女の舞を舞った。漁師はそれをうっとりと眺めていた。木々もうっとりと眺め、身をくねらせて舞う天女の優美な姿に合わせ、心なしかその幹や枝を舞わせた。天女は約束に違わず、一心に舞い続けた。漁師にはその舞が理解できなかったが、ただ、木々にはわかった。すると、天女は地上から浮かび上がった。羽衣の極楽鳥の羽が潮風にひらひらとはためいていた。そして、さらに上へ昇ると、微笑みながら手を振り、別れの挨拶をした。漁師は、わけもわからずにその場に横たわり、うっとりと見つめていた。それは、至福のときにほかならなかった。天女は、果てしもなく奥深い夏空の下、低くたれこめた光り輝く小さな雲の中に消えて行った。地上で起きた不可思議な出来事だった。

　そして、この不思議な出来事の名残りは、寺社で催される能舞台で、今なお見ることができる。能は、われわれ西洋の神秘劇に似て、ほんのわずかな舞台装置を用い、数人の役者で演じられるものである。

第十五章　箱根

同日、遅い時刻に横浜着。下船手続き。まったくおざなりである。

ロビーには、緊張はしているが、わざとなにげなくすわって待つ乗船客が集まっている。その中を日本人の医師が、鋭い目つき、軍人のような足取りで通り過ぎていく。パスポートの提示。いや、われわれは神戸から乗船したので、その必要はなかった。税関。カワモトは、わたしの外務省からの推薦状を持ち、そこへ向かう。意気揚々と戻ってくる。曰く、

「万能の書類です！　スーツケースはひとつも開けられませんでした！」

三泊し、二日見物の横浜滞在である。殺風景な街並みで、大した町ではない。輸入や輸出やビジネス、それに人類の幸福を左右するあれやこれやを営む町にすぎない。というわけで、横浜については別にお話しすることはない。船に乗り下りするのに欠かせない場所、それだけである。

バーカー医師から退院許可をもらったとき、十四日間は絶対安静にするようにと厳命されていた。神戸から横浜までは「絶対安静」というわけにはいかない。旅のあわただしさを避けて通ることはできない。だが、仏教的な哲学者であると同時に実務的な人物でもあるカワモトのおかげで、わたしは難なく過ごせた。宮ノ下に着いたら、ようやくゆっくりと休養できるだろう。鉄道で国府津（こうづ）まで稲の苗が植えつけられた田んぼに沿って二時間――ああ、東インドの水田（サワ）とは比べものにならない！　おもしろいのは、農家の茅葺（かやぶき）の屋根である。屋根の上に、増強のためにさらに草が植えてあるのだ。すると、ふたたび突然――思いがけず――カワモトが指さす。「富士山です！」汽車の車窓から見える

日本の田舎家。芝棟のある屋根。

横浜から鉄道で国府津へ向かう道すがら見えた富士山だろうか？

のだ。その幻影のような姿は、しばし左側に見えていたかと思うと、汽車がカーブすれば、右側に移る。山の神はまたも、まわりに雲を従えていた。こうしてわれわれは、二、三度、富士山を見ることができ、ありがたく思った。もっとも、日本の偉大な絵師である北斎は、この山を三十六度も見て、その姿を錦絵の木版画に残しているが。

富士屋ホテル

国府津に到着。下車すると、自動車が待っている。宮ノ下まで乗ること一時間――悪路であるが、日本にしては上出来だ。宮ノ下は、箱根の山あいの、芦ノ湖の近くにある、有名な「夏のリゾート地」である。そこにある日本の高級ホテル、「富士屋ホテル」へ向かう。

小田原を通る。われわれはただ通り過ぎただけだが、そこには白い石垣を組んだ古城がある。重要な史跡である。小さな村々、そして日本の旅館やホテル。その中で最も大きいものは福の住む楼閣、「福住楼」という。裕福な日本人たちは、夏になるとここへ湯浴にやって来る。ここには温泉が湧き出ているのだ。

山肌は、松や羊歯（しだ）に隙間なく覆われている。いくつかの滝もある。雨の恵みですべてが緑に染まっている。神戸や横浜の悪臭の後の新鮮な空気。生き返った思いがする。すると突如、われわれを待っていてくれているホテルが現れる。スイスのシャレー風の日本の山小屋、あるいは大きな展示館（パビリオン）のように見える。白と黄色である。正面の精巧な木彫細工は黄色に漆塗りされており、遅咲きのアザレアが赤く咲き誇る中に建っている。

重病をわずらった者にとって、このような理想的なところで休養できるのは願ってもないことである。われわれの部屋にはガラス張りのベランダがついており、そこから箱根の山々が見える。浴室――大理石の浴槽つきである。思ってもみたまえ！――には、炭酸と塩分を含む湯が、熱い源泉から

川）356」で、富士屋ホテルの所有する自動車である。同ホテルは1914年、ホテル客送迎専用の自動車の運用・管理のため「富士屋自働車㈱」を設立している。

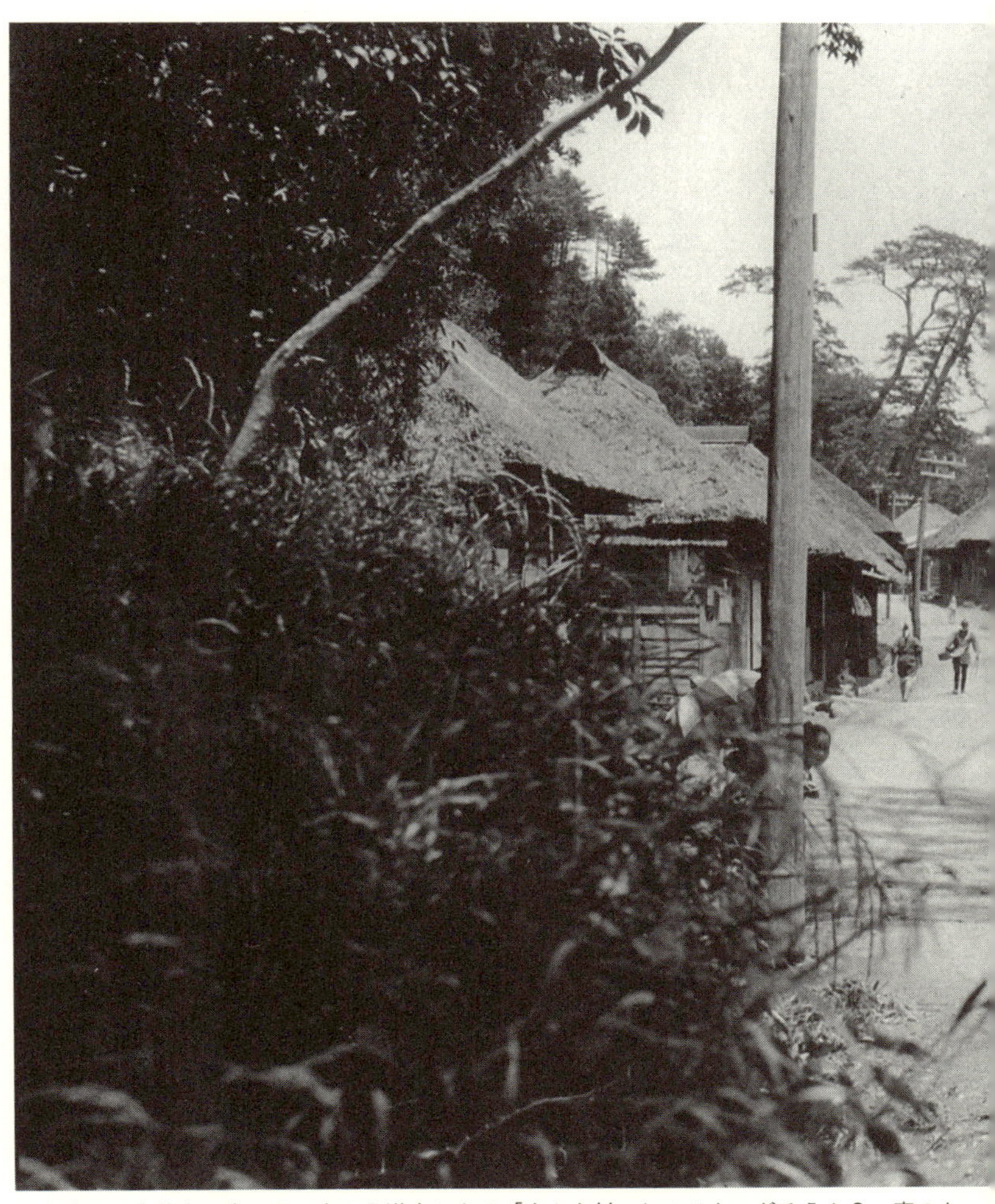

国府津から自動車で宮ノ下へ向かう道中にある「小さな村々」のひとつだろうか？　車のわきに子どもなどが集まっている。手前の電信柱のかげから覗いている少女の笑顔がかわいらしい。背景に見える電信柱に「自動車」の看板。自動車のナンバープレートは「神（神奈

前ページと同じ場所。家の前での農作業。奥の農家の壁に「浅田飴」の看板が見える。

富士屋ホテル前に立つカワモト。

引かれている。医師のアドバイスがなくとも、いつでも利用できるのだ。わたしは、例のごとく、書き物用の机に向かい、執筆を再開できる。アヤメの季節、紫と青と白の王笏のような大輪の花が花瓶に挿してある。すばらしい。ここですっかり怠けて、長椅子から起き上がらずにいようかとしばし考える。

しかし、どうであろう。わたしは怠惰であるように生まれついてはいない。というわけで、到着して間もない初めの日々、カワモトが午前九時に迎えにやって来て、彼の案内で石段を上り、ホテル裏の公園を横切って、テニスコートやプールがある高台に登る。そこから、すばらしい山の景色が眺望できるのだ。そこで、石の上に座布団を敷き、一緒に腰かけ、景色を眺めたり、あれこれと話したりする。すこぶる大きな黒い蝶たちが赤いアザレアの上をひらひらと舞い、すこぶる小さな黄色と黒のセキレイたちが、しっぽを振り振り枝から枝へと飛び交っている。黒地に鮮烈な模様のあるトカゲが、するすると地面をはっていく。太陽が輝き、わたしに新たな活力を注いでくれる。われわれは話し続ける。なんと心優しい男であろう。もし、これまで道中で出会った日本人のだれもが彼のようであったならば、わたしはこの国民とすっかり仲直りしていたに違いない。背は高くなく、強そうにも見えない。眼鏡をかけた姿は、実際よりもいくぶん年かさに見えるような気がする。カワモトは着物を着て、その上に、たとえ自分で暑いと感じていても、羽織をはおっている——羽織は必需品なのだ。部屋の中でさえも。要は礼儀上の問題なのだ。そして、扇子を用いる。カワモトが身に少しも合わない背広を着用し、セルロイドのカフスピンをつけたりしていないことを実に嬉しく思う。カワモトのような者といると、日本人と話している気がする。カワモトは日本のことや仏教のことをあれこれと教えてくれる。すべて……わたしが読んだ普通の本には書かれていないことだ。彼にはなぜわかるのだろう。わたしがそのあれやこれやを知らなかったということが！

人生において、たとえ限られた時間でも、意気投合できる相手にめぐり会えたのは、喜ばしいこと

富士屋ホテルのダイニング。花瓶に挿した大輪のアヤメがテーブル上に置かれている。

富士屋ホテルの室内からの風景。

富士屋ホテル庭園内の水車小屋横にある五重塔とクペールス夫妻。

客室あるいは高台からの眺めか？　富士屋ホテル本館（1891年竣工）の屋根が見える。

である。こうしてわたしは、カワモトにあれこれと問いかける。

盆栽

「カワモト、盆栽については、どんなことを知っているかね」

「さほどではありませんが」彼は、即座に正直に言う。「バナナでも、楓、松、木蔦（きづた）でも、また、杉のような木でも、まず、苗木をかなり大きな鉢に植えるのですが、それをその後、何度も小さい鉢に植え替えていくのです。庭師は、それぞれの樹木について、また、何週間後に植え替えなくてはならないかを心得ていなければなりません。すべて、忍耐のいる仕事です。イチョウの木も……」

「扇子のような葉の、たくさん実をつけるあれか？」

「はい、あれも……盆栽に適しています」

「われわれ西洋人は、あの無理強いに、どこか不自然なものを感じるのだが」

「われわれにとっては、そこに一つの意図があるのです。樹木に従順さと諦念を植えつけるのです。仏教でいうところの徳です。同時に、美も植えつけます。盆栽をきれいだとはお思いになりませんか？」

「いや、思うことは思うのだ。青や緑の小さな磁器の鉢に、小さいけれども頑丈な幹で、そこに石が一つ添えてある」

「その石にも、やはりまた象徴的な意味合いがあります。石は、その小さな木の士気を高め、木に力をあたえます。そして、よく世話をし、しかるべきときに剪定してやれば、木は健全に育ちます。さもなければ、野生になってしまいます。人間も野生に育つということはございませんね？　大きな樹木も同じように、時期を見計らい、技を駆使して剪定されるのです。この公園は広大すぎますが、病気におなりになる前、わたしたちが京都で訪れた裕福な商人の家の庭を覚えておいででしょうか。そ

盆栽を手入れ中の庭師。印半纏に富士屋ホテルの「富」の文字が見える。

うなのです、どんな木でも、大木でさえも、矯正されるのです。幹がまっすぐすぎるならば、ある高さのところを竹の棒で縛り、針金で下方に引っ張り生育させます。そうすれば、幹が優美な曲線を描くようになるのです。われわれは、野生の自然をさほど好んでおりませんし、自然は野生の状態では必ずしも美しくはありません。でも、野生の自然の中にも、ひじょうに美しく成長した樹木というものもございまして、そのような樹木は絵に写され、記述され、何世紀にもわたって手本とされたのでございます。例えば、あそこの松の木は、枝がすべて一方を、西の方を向いて水平に突き出し、太い幹から伸びた枝が一本一本、上へ上へと重なるように出ています。あれは、そのような手本に倣(なら)い、剪定、矯正されたものに相違ありません。今は、その手本どおりの形を維持するための時間や技術が、ホテルの庭師たちに十分あるとは言えないのですが。まあ、盆栽の話はこのくらいにいたしましょう。ご容赦(アイムソーリー)ください。さほど知識があるわけではございませんので。そういえば、もう一つ。金持ちたちは冬の間、温室に盆栽コレクションを保管し、その盆栽は、ときに何千円もするそうです」

オランダと日本

そうして、カワモトは話題を変える。そして、かつてのオランダと日本との関係を持ち出し、われわれは出島に思いを馳(は)せる。私の記憶が確かならば、そこでは、年に一度、一隻の商船が入港し、積荷の揚げ降ろしを許可されていたはずだ。世界に幸福をもたらすこの輸出入業を担(にな)う実業家たちは、一度ではあまりにも少なすぎると思ったことであろう。

「カワモト、ビジネスとはまるで仏教的でないものだな」と、わたしは冗談まじりに言う。しかし、カワモトは先を続ける。

「ある日本人の医師が当時、長崎でオランダ語を学びました。その医師は、オランダ語の辞書と本草書を持っていました。日本人たちはその人のことを、オランダ語風にドクトルと呼んでいました。医師の教え子たちは竹ペンに東インドのインクをつけ、にじみ止めをほどこした和紙に、辞書と本草書を書き写しました。その筆写本の数冊が今でも京都大学に残っています……」

われわれは石に腰かけ、箱根の山々を眺め、周囲のアザレアやセキレイやトカゲを見ている。するとカワモトが突然、何かを思いついて言う。カワモトお得意のやり方である。滝の流れる音が、われわれの足もとにとどろいている。

愛書家たち

「当時、そしてその後もなお」とカワモトは続ける。「わたしどもは蘭学に熱中していました。一八六八年、天皇が復権した維新の際、徳川将軍を支持する者たちは大政奉還を受け入れたくなかったのですが、その徳川家の最後の将軍には、勝海舟という名の家臣がいました。勝は、海軍について知ろうと、ひじょうに向学心に燃えていました。ある時、勝は、書店で厚くてずっしり重い海軍関係の書物を見つけました。値段は三十両でした。今でいえば三千円ほどです。勝は友人という友人、親戚という親戚を訪ねまわり、三日間でその金額をかき集めました。三という数字は、この勝の苦労話につきまといます。さて、勝がその書物を買おうと店に行くと……すでに売れてしまった後でした。勝は、書物の新しい持ち主に頼みこみました。その人が寝ている間に、本を筆写させてもらえないかと。持ち主は願いを聞き入れました。三年の間、勝は筆写を続けました。その間、勝は持ち主に、海軍のことについていろいろと質問をするのですが、持ち主は船乗りだったにもかかわらず、何も答えることができませんでした。そこで持ち主は、たった一冊しかないその高価な書物を勝に譲り、自分は勝の筆写本でがまんすることにしたのです。ところで、英語の書物も大変値うちのあるものでした。あるとき、薩摩の大名が家宝を鮫島公にお見せになったことがありました。何だったとお思いになりますか。総紐のかかった桐箱の中に、ひとまわり小さい箱がまた入っており、その中にまたまた小さな箱があり、その中に、おそらく日本に一冊しかない、ウェブスターの英語の辞書が錦織の布に包まれて入っていたのです……」

鯉の餌やり

話がもはやオランダ語の本のことではなくなったので、わたしの関心はいくらか薄らぐ。そこで、立ち上がりながら言う。

「カワモト、鯉に餌をやらないか？」

われわれは鯉に餌をやりにいく。ホテルの裏には、高くせり上がる岩組と赤く燃えるアザレアを背景に、岩に囲まれた池があり——真ん中には草むした岩がある——、百匹はいるかと思われる鯉が泳いでいる。大小、色とりどりである。赤と金、黄と金、青と黒、銀色と灰色、白に黒い斑点のあるもの、白と黄、そして白と赤、また、純白の巨体で、背中いっぱいに鞍にしく敷物のような紫色の模様がついており、櫛のような背びれのあるものがいる。これは、一匹百円の値打ちがある鯉である。大きな頭をし、その大喰らいの口にはひげが生えている。どれもみな、観賞用として非の打ちどころのない鯉たちだ。水は、山の上の天然の滝から引かれ、岩の上から流れ落ちている。この「満足しきった小市民」のようによく肥え、宝石のように輝いている鯉たちが、まったく同じ時間、六時にみな一斉に水浴びをしようとするということにわたしは気づいた。なんとも奇妙なことである。鯉たちは午後のその時間、岩から流れ落ちる水流の強いところに集まり、心地よさげにじっとしている。行列をつくり、押し合いへしあいしている。最も強いものが最も長く水を浴び続ける。ルビーのように輝く赤と金色の小さな鯉たちは、何度も水から跳ねあがってはとび込み、その水流の下に行こうとするのだが、うまくいかない。水流が強すぎるので、みなで戯れている方がいいと思っているのかもしれない。午後のいつもの時刻、わたしがこのことに気づいたのは、一度や二度ではなかった！

富士屋ホテル裏にある鯉のいる池。

鯉に餌をやるクペールス。奥に夫人の姿も見える。

われわれは、石の上に腰かけている。ボーイがパンをいくらか皿にのせて持って来る。そしてわれわれは鯉に餌をやる。なんとがつがつしていることか！　そもそも、必要があるのだろうか？　このように肥えた、大喰らいの鯉に――この鯉たちがコースメニューに登場するとは考えられないが――こんな大きなパンの塊をやる必要が？　しかし、パン屑をやるのはおもしろくもないが、大きな塊をやるとおもしろみが増すのだ！　流れに逆らって泳ぐといわれるほどあって、力強い鯉たちは、パンを取り合って争い、寄ってたかって食いちぎり、興奮のあまり水から高くとび跳ね、バシャッと大きな水しぶきをあげるのだ。これが美しい鯉の姿であろうか。あまりにも体つきががっしりとし、あまりにも厚かましく、優美とはいえないではないか。この鯉たちは、その宝石のような色という色を陽光の下できらめかせるよりほかに取り柄がないというのに。突然、わたしはガイドに言う。

「われわれの周りの命なき岩々は、あの肥えた魚たちに比べ、仏教的な瞑想の姿をしているとは思わないか？　あの魚たちがいつかそういう姿になれるとしての話だが」

鯉と人間

「確かに」と、カワモトは言う。「しかし、岩々は命なきものではございません。ご推察のとおり、瞑想しているのです。そして、彼らがひとたび涅槃（ニルヴァナ）に達すれば、何に生まれ変わるのか、だれにもわかりません。そして、その鯉ですが、鯉たちもまた、象徴にすぎないとしても、別の徳をもっています。わたしどもの侍は鯉のようなものなのです。料理人が鯉を料理するときは、わたしどもはそういうふうに食すのですが、生で出します。まず、すばやく縦に半分に切りさばき、その二枚の身をもとの魚の形にして置きます。そうして、テーブルに出されると、魚の片方の目に、醤油を一滴垂らします。すると、魚は一瞬とび跳ね、絶命します。侍も、切腹をせねばならないとき、そのようにして絶命しました。刀を腹に突き立て、痛みに一瞬驚くのです。しかし、それで終わりです。それで、鯉のように、絶命するのです。人も動物もその運命を受け入れるしかありません」

わたしは沈黙し、パンの塊を、自分のすわる岩の周りに群がる魚たちに投げる。

「荘子という、孔子の後の時代の賢者のことをご存じでしょうか？」

荘子はあるとき、鯉の泳ぐのを見て、妻に言いました。

「なんと楽しげに泳ぎまわっていることだろう」

すると、妻はいくぶん不機嫌になり、応じました。

「どうして、そんなことがおわかりになるの。わたしたちは、魚ではないでしょう？」

そこで、賢者はこう答えました。

「自分の心の奥底を見つめるのだ。そうすれば、生きとし生けるものが理解できるはずだ。鯉とわれわれとの間にある違いとは何だろうか。足もとのこの蟻たちとわれわれとの間にどんな違いがあるだろうか。どちらも、それ以上でもそれ以下でもない存在なのだ。わたしには、鯉たちが楽しげに泳いでいるのがわかるのだ……」〔荘子「秋水」の中の知魚楽の話をクペールスが自分なりに解釈したものだろう〕

パンはなくなった。色とりどりにきらめく鯉たちは、すぐさま池の方々へ散っていった。そう、鯉たちとわれわれとの間に、違いなどありはしない。

富士屋ホテル裏の滝のある池。

鯉にえさをやる富士屋ホテル客室係の女中。

第十六章　雨の憂鬱

　土砂降りの雨。驚くことはない。今は雨の季節なのである。わたしのガイド、カワモトは、われわれのために買い物に出かけ、郵便局に寄ってくれている。わたしはひとり、ガラス張りのベランダに座り、雨を見ている。箱根の山々は、降りしきる雨のベールにすっかり包まれている。気がふさぐ。わたしのいまだ弱っている体には太陽が必要だからである。そして、このような雨降りに気が滅入ると、太陽のもとでカワモトと話すときとは裏腹に、日本や日本人についてまたもや異論を唱えはじめるかもしれないのだ。

　わたしは五十年、百年、百五十年先に、この国と国民――世界三大国家のうちのひとつである！――が、どのようになっているかを見てみたいものだと思う。アメリカと戦争をすることになるのだろうか？　中国を手に入れるのだろうか？　粉砕されたヨーロッパは、では、どうするのか？　とはいっても、日本人が西洋に立ち向かえるほど強大になり、世界をわがものにするかといえば、それは疑わしいと思う。日本人は対抗意識から西洋の物質的なもろもろを手に入れてはいるが、そもそも彼らは不器用で柔軟性に欠ける。やがて、思い上がりがすぎ、結局は没落してしまうだろう。少なくとも大きな幻滅を味わうに違いない。彼らは軍隊や軍艦を保有し、そのどちらも剛健だと信じるにやぶさかではない。東京には西洋にならった政府があるが、他の諸都市では、市政や社会秩序や衛生面など、西洋の概念とはほど遠い状態である。おそらく、日本人は一度、苦杯を喫した方がいいのであろう。外交的に、あるいは、それ以外の方法で。一度屈辱を味わい、身の丈に合う位置にもどった方がいいのだ。そうすれば、日本人たちはよき人々になるだろう……

広告

土砂降りの雨。わたしは、毎日カワモトが届けてくれる「ザ・ジャパン・アドヴァタイザー」を手に取る。英語の記事と、たまに、日本の新聞から引用された興味深い日本の（英訳）記事がある。同紙の編集部が日本の記事を借用する際、尊大きわまりないものをわざわざ選ぶとは思えない。だがしかし――わたしは紙面を繰る――なんたる広告だ！　日本人は、将来の敵、アメリカ人たちからなんと上手に誇大宣伝の術（すべ）を学んだことだろう。一例をあげる。日本の仕立て屋が豪語する。「紳士の皆様、貴殿にぴったりの流行の紳士服は、当店でしかお買い求めになれません！」。バターだのオートバイだの、あらゆるものがこの尊大な口調で推奨されるのだ。彼らはなぜベルリッツの語学学校を持たず、なぜ正しい発音を学ばないのだろう？　そもそも、流暢な英語を話す日本人はおらず、ドイツで勉強した者たちが話すドイツ語は片言である。日本人は話すときに息を吸い込む――これは礼儀作法の一つである。しかし、言葉を探す間、おぞましい咳払いをすることがある。発音練習のコースで教われば、すぐになおるだろうに……

新聞を片手に、ぶつくさ文句を垂れる。北京の「グランド・ホテル・ペキン」の広告は噴飯ものだ。中国国内の観光旅行は現時点でも不可能ではないかのような謳（うた）い文句ではないか。鉄道会社は、満州の観光案内の広告を出している。ここなら理想的であると！　いやいや、ルドヴィク・ノドーを再読すべきである。彼が描く満州の地の陰鬱な姿を見るべきである。そこは理想郷だ、と広告はいう。しかしそれは実のところ、「観光客」だからこそなのだ！　観光客は苦難の道を行く「探検家」というわけではないのである！

観光客は、特別扱いされたい。その国や国民から気持ちよく遇され、美しく、心地よく、楽しいものに出会いたい。それが満州にはあるという。その根拠は、ただそこに鉄道が開通しており、株主たちがたまには宣伝が必要だと思っているというだけなのに……そう、もちろん知っているとも。日本人が、われわれ西洋人の部屋を雑然としている——実はちょうど今、新聞でそう読んでいるところなのだ——と思っていることを。なるほど、それは正しかろう。しかし、見のがしていることがある。われわれは、土産物や本、夢中になっている趣味の品々に囲まれながら、実際にその部屋で日々暮らしているのだ。日本人の家の中の整然とした秩序は、われわれにはどうでもいいことだ（それに対して、通りや汽車や劇場の中のあのむっとするような不潔さは一体どうなっているのだろう）。日本人は週に一度の茶の湯の間、しみ一つない畳に正座し、茶をすすりながら、一心不乱に生け花を見つめる——ご存じのように、少女たちは古来の作法どおりに生け花を習う。花びんや籠や竹の筒に活けてある三本か五本の切り花を見つめるのである。だが、われわれの方は自分の部屋の中で日々の暮らしをあれこれとしているのだ！（とはいっても、彼らの言い分はやはり正しい。われわれ西洋人の部屋はごちゃごちゃと雑然としていることが多い！）

日本の季節

新聞が、わたしの手から落ちる。雨はまだ降っている。しかたがない、雨の季節なのだ。ここでしばし、日本の季節についてお話ししようか。冬は、雪がたくさん降り、厳しく凍える寒さが長く続く（日本のあらゆる巨匠たちの作品、錦絵や木版画を見よ）。そして、冬の名残りはあるが、梅、桃の時節が来る。四月、桜が寒さに身を震わせながら花開く。五月、いわゆる春の季節であるが、空には雲が低くたれこめている。青空と酸素が恋しい。六月、都市部は蒸し暑く、青空も見えない。暑さは、目下わたしがいる山の中ではがまんできる範囲だ！　七月は、八月とともに、息がつまるほどの暑さである。九月、まあ、この月は快適であるとしておこう。そして、十月には、楓——英語でいうならばない。

「メープル」である——が、一面に赤紫に紅葉するとしよう。そしてまた、大輪の菊——サンルームにだが——が、太陽や星のように咲き誇るとしよう。日本に来るなら、きっとこの時節がいいに違いない。

真面目な話、風が吹き荒れ、寒い、桜の花咲く月、埃っぽく、街中は汚い、そんな春は——実際、体験上の話なのだ——必ずしも快いものではない。

もう一つ、的確な例を挙げて話をしめくくろう。わたしは一度、ブリンディジ（イタリア南部、アドリア海に面した港湾都市）からローマへ旅したことがある。月夜の晩であった。そして、汽車の中で寝つかれないまま、外の景色を見ていた。すると、月の光の降りそそぐ中、どこまでもどこまでも花をいっぱいに咲かせたアーモンドの木が続いている。わたしはその夜、妖精の国の景色を見たのだった。その美しさを決して忘れないだろう。しかし、そのことはどのガイドブックにも一言も書かれておらず、南イタリアのその美しさを称賛してみせるイタリア人はだれ一人としていない。

だが、日本人は違う。花咲く桜ならどんな小さな木一本にも愛着を示す。そういう木が五、六本もかたまってあれば、もう、鉄道で何時間かけてでも見に行く。一見の価値があるというのだ。しかし、そこに「逆効果」が現れることになる。日本人が桜を——あるいは他の木でもよいが——誉めそやし、それに輪をかけたような熱狂的な英国の著作家たちも追随する。それで、そこまで期待感を高めなければ観光客にはきっと愛らしく見えたに違いないものが、大いに期待に反して失望をもたらすことになるのだ。ここで率直に申し上げておこう。酒瓶と物見遊山客の大群がつきものであった日本の花見よりも、月夜のイタリアのアーモンドの花の方に一層魅惑的な印象を抱き続けていると。

日本あれこれ

以前にも申し上げたとおりである。日本に関しては、複雑な心境になるのだ。それがわたしの頭から離れないのだ。別の人の意見をここに添えさせていただきたい。ルドヴィク・ノドー。彼の、実に辛辣だが、それでも折り目正しい本からの引用である。

「日本人というのは、万物の前でポーズをとる民である」

そのとおりである。日本人は、桜の花の前でポーズをとり、強大な艦隊や軍隊の前でポーズをとり、西洋のシルクハットのいかめしい姿でポーズをとっている。

そして、次の的確な一節。「日本は、西洋を驚かせるために、天皇の臣下はみな、腹切りをする覚悟ができているのだ」

そのとおりである、まったくそのとおりである。この言葉は日本人が勇猛果敢であることを認めるものであり、何人(なんぴと)も日本人がそうであることを否定しないであろう。だが……西洋は「驚かされ」ねばならないとは！

ああ、わたしは、いつまでぶつぶつと批判を続けているのだ。英国人の礼賛者たちが高らかに歌う賛歌に、諸手をあげて同意しかねるのはわたし一人ではないと、毒づき、一人悦に入っている。それでもやはり、さらりと核心を突く、この的を射たフランス流には、胸のすく思いがする……

嬉しいことに、やさしく微笑みながら、カワモトがやってくる。そして、いろいろと語り合ううちに、カワモトの礼儀正しさの中にほんの少し親密さの空気も漂う。彼は、わたしの顔を見て何かを悟ったようだ。

「仏教的な気分ではないようでございますね」と、冗談まじりに言う。「きっと、おひとりで、日本のあれこれについてぶつぶつおっしゃっておられたのでしょう」

「カワモト、だとすれば」わたしは答える。

「現代日本のあれこれにだ。とてもじゃないが、夢中になれない。だがね、君がわたしのガイドに、それから、わたしの仏教の師——少なくとも、わたしが何かを学ぶのに年をとり過ぎていなければの話だが――になって以来、日本に来た当初より、美しいものにいろいろと出会えたよ。それはともかく、君もわかっているだろうが、ガイドであり、師である以外にも、君はわたしのストーリーテラーなのだよ。また何か話してくれないかね。わたし自身もストーリーテラーだが、小さいころから、お話を聞くのが大好きだったよ……」

カワモトは微笑み、わたしが手ぶりですすめると、わたしの長椅子の隣の椅子に堅苦しい態度で腰かける。ガイドとわたしの間には、ある親密さがすでに生まれてはいるが、カワモトは、わたしに促されるまでは、決してすわろうとはしない。

雁

「何をお話しいたしましょう」部屋の中に話の種があるとでもいうように、あたりを見まわしながら、しばらく考える。「医者の話はいかがでしょう？　日本の医者には三つの階層があります。まず、学問を究めた医師です。この医師は、国そのものを治療することができます。次に、それほど学問を究めたわけではありませんが、国民を治療する、治すことのできる医師たちです。そして、その他は、ただ病気を治療するだけの医者たちです……」

「カワモト」と、わたしは言う。「わたしは長いこと病気をしていたんだ。医者の話はもうたくさんだ。何か他の話にしてくれないか」

カワモトは、ドアの前に広げられている屛風を指さす。そこには、淡い下地の色に、セピア色の雁が数羽、高く茂った葦から飛び立つ姿が描かれている。

「雁のことをお話ししましょうか」

「ああ、その方がずっといい。雁の話をしてくれ」

「それでは、少々回り道をしてお話しせねばなりませんが、ご辛抱くださいますよう。ちなみに、短気で苛立っておりますと、いかなる仏陀でも涅槃に達することはございません」

あるところに、水戸光圀という名の大名がおりました。ひじょうに聡明で、博学の人でございました。家臣たちにも中国や日本の古典を――まあ、どちらも同じようなものですが――学ぶよう奨励しておりました。この光圀公が、お供に侍をひとり連れ、お忍びで日本中を旅したことがございます。旅の初めの晩、とある宿に入りました。お酒とご飯、そして山女魚が出され、二人は食事をしておりました。そのとき、二人の周りにめぐらされておりました屛風に目がとまりました。おそらく狩野探幽の描いた、あるいは探幽を模したもので、屛風には雁の一群が一本の松の木にとまっているさまが描かれておりました。二人は、絵師はなぜこのような奇妙な組み合わせを思いついたのだろうと不思議に思い、それについて話し合っていました。絵師が雁を描く場合、たいてい、葦原の中にいる姿や水の上を飛ぶ姿だからです。そのとき、同じ宿で食事をしていた旅の途中の商人がそれを耳にし、見知らぬ二人の旅人にとても謙虚な態度で近寄ってきて、その絵の画題をよろしければご説明しましょうと申し出ました。その商人の話というのはこうです――日本の東北の奥州には、秋になると必ず、北の海を越えて雁が群れをなして渡ってきます。そのときに雁はみな、くちばしに松の枝を一本くわえています。それは、渡ってくる途中、その枝を止まり木にして、波の上でしばし休むためです。海が荒れていても、枝に止まってゆらゆらと浮いているのです。奥州の浜にたどり着くと、雁たちはその枝をそこに残していきます。翌春になると、雁たちはもっと北の方、蝦夷の島へと向かうのですが、そのとき、それぞれ自分の枝をくわえて旅立ちます。しかし、そこには枝がたくさん残っています。たくさんの雁が猟師に撃たれてしまったからです！　そこで、土地の人たちは、亡くなった雁たちのはかない運命を哀れみ、成仏するようにと供養をします。僧侶たちが祈禱し、人々は残された枝を集めて火をおこし、大風呂を焚きます。そうして、なみなみとお湯をたたえた風呂は、だれでも入りたい者に無償で提供されるのです。これが雁風呂というものです……

「商人は、光圀公と家来の侍にそのような話をしたのです。まあ、この続きは、またの機会ということにいたしますが、あと少しだけつけ足しますと、その商人は、かつてはすこぶる裕福だったのでございますが、だまされて家財すべてを失ってしまったそうなのです。そこで、探幽がなぜ松の木に雁を描いたのかを知ることができ、ありがたく思った光圀公は」

「いや、もう結構だ、カワモト。その先は、もう雁とは関わりがないだろう。雁たちはおそらく成仏したことだろう。ところで、カワモト、仏の崇高なる教えによれば、この世にはほんとうに不幸も悲惨もないのか？」

地主の物語

あるところに、ある地主がおりました。地主は、ほんの少しのお金で、すばらしい馬を手に入れました。「君はなんと幸福なのだ」と、友人たちが口々に叫びました。地主は、幸福とはなんぞやと、肩をすくめるだけでした。翌日、地主の一人息子が馬に乗ると、暴れ馬は息子を振り落とし、息子は腕と足を骨折してしまいました。

「君はなんと不幸なのだ」と、友人たちは口々に叫びました。父親は、肩をすくめ、「不幸とはなんぞや」と、問うだけでした。

戦争が起こり、多くの若い男たちが戦場で亡くなりました。しかし、地主の一人息子は、腕と足を折ったおかげで父親のもとにおりました。

「君はなんと幸福なのだ」と、友人たちは大喜びしました。しかし、父親は言いました。「幸福とはなんぞや。今このとき、われわれは天下分け目の戦に敗れようとしている。もしわが息子が骨折していなかったら、息子の剣の一撃で戦況を変えることができたかもしれないのだ。親愛なる友人たちよ、この地上には、不幸も幸福もないのだよ。すべてはなるべくしてなるのだ。出来事が起きては消え、消えては起き、そうしてつながっていくだけなのだ。寺の鐘が鳴れば、それは、こう言っているのだ。この音の如く、地上のあらゆるものは過ぎゆくのだと。この音も一つの出来事で、やがては幻のように消えていくのだと……そして最後には、安らぎがわたしたちを包みこんでくれるのだ」

必然の連鎖

そして、カワモトはこうしめくくる。

「というわけで、ご病気もご不幸というわけではございませんでしたし、今のその落ち込んだお気持ちもご不幸というわけではございません……」

第十七章　東洋美術

日本の偉大な芸術はどこにあるのか？　これは、すでに何度かわたしの頭をかすめた問いである。日本には、強大な中国の影響を受けた、人を圧倒するすばらしい美術品——絵画や彫刻——がある……いや、あったに違いないと思うのだ。

たくさんの——たとえば、イタリアにもひけを取らぬほどの——、人が長い一生をかけても鑑賞しきれぬほど、記述できぬほど、目録を作成しきれぬほどの、すばらしい美術品がかつてこの国にあったはずなのだ。そのような美術品はどこにあるのだろう。イタリアではすばらしい美術品をいたるところで目にする。美術館のみならず、貴族の宮殿——守衛はチップがもらえる——でも路上でも。物乞いがベンヴェヌート・チェッリーニ〔一五〇〇年〜一五七一年〕〔イタリアの画家、彫刻家〕の作品にもたれかかっている。偉大な美術品はイタリアやスペインやオランダでは探す必要はないのだ。だが、日本ではどこにあるのだろうか。

奈良や京都などの、とある美術館でそのようなものをたまに目にすることがある。わたしはそこで、何体かの隠者、一体の尼僧の木彫像を見た。実にみごとな、真に迫った、等身大の像で、同時にあふれるような情感をたたえていた。それから、高貴な子ども姿の銅製の仏像を見た。生まれたばかりの仏陀で、一方の手で天を、もう一方の手で地を指し、天上天下唯我独尊と言っている。そして、蓮の花を手にし天に浮かぶ観音の姿を見た。得も言われぬ顔の表情に心を奪われ、その姿をいつまでも見ていた。寺院が所蔵する宝物を一時的に美術館へ貸し出すこともある。それで、すばらしい美術品にときには出会えるのだ。だが、それは、ほんのわずかでしかない。とりわけ、過去何世紀にもわたり蓄積されてきたものが膨大にあるはずだと考えれば。では、残りの日本の偉大な美術品はどこにあるのだろう。お教えしよう。それは、鉄道で何時間もかかるあちこちの小さな村や町の古寺に秘蔵されているのだ。もし、そこに大変な苦労をしてたどり着いたとしよう。そして、そのお寺がうらやましくも所蔵している、世にもすばらしい美術品をお見せ願いたいと言ったとしよう。すると、そこの僧侶はこう言うのだ。これはお見せするものではございませぬ。お見せすると神罰があたります。異国の方がいらしたというので、秘蔵の扉を開いたり、秘蔵の掛物の幕を開けたり、秘蔵の像を巻いた布をとりのぞいたりすれば、必ずや地震が起こりますと。

永遠の探究者

そして、それから、ほかにはどこに日本の偉大な美術品があるのだろう? まあ……ボストンに、大英博物館に、アメリカのあまたの個人所蔵のコレクションにあるとしておこう。ほかでもない、あるきわめて重要な著作を見れば明々白々なのだ。その著作とは、かつて東京帝国大学で美術史の教授を務めていたアーネスト・フェノロサ〔(一八五三年~一九〇八年)アメリカの東洋美術史家。お雇い外国人として来日〕の著した『東洋美術史綱』のことである。

フェノロサ教授は、長年にわたり日本の偉大な美術を探し求め、見出し、丹念に研究し、詳細な註をほどこした。その前にもすでに何ページもの貴重な論文を書いている。ときには自国、アメリカに戻ることもあった。スペイン系であるが、アメリカ人だったのだ。フェノロサは各地で日本美術について講演し、それが中国美術と密接な関連があることを説いた。彼は、日本の画家一族である狩野家に迎えられている。狩野家は今なお存在する。この一族は才能ある画家たちを養子としているのである。フェノロサの日本名は、永遠の探究者を意味する「永探理信」といった。その名のとおりである。フェノロサはあまたの偉大な日本の美術を探し求め、それを見出したのだ。日本人はフェノロサに今でも感謝している。日本やヨーロッパに日本の芸術家たちの美を教えてくれたからである。天皇はフェノロサに栄えある勲章を授けている。ただ、前世紀末、今世紀初頭という当時は、人々はまだ素朴で甘い考えをもっていた。偉大な美術品を、それが花開いた土地から抜き取り、別の土地に移しても問題ないという考え方である。それは、ちょうどエルギン伯爵〔第七代伯、トマス・ブルース（一七六六年～一八四一年）イギリスの外交官〕がパルテノン神殿から大理石の浮彫（メトープ）の石板や装飾彫刻（フリーズ）を大英博物館へ平然と移送したあの当時のようなものなのだ。現在ではそのようなことは起こり得ないであろう。国々が自国の古き美術品をことさら大事にしているからである。だが、日本全土で敬われていたフェノロサ教授は、あまたの美術品を、おそらく微々たる値で、何事もないかのように買い取り、ボストンの自宅へ輸送させていたのだ。そのいくつかは、あちこちの荒れ寺で自分自身が発見したものである。

膨大な仕事

だからといって、彼を非難することはできない。この類まれな鑑識眼の持ち主が抱いていた素朴で甘い考えは、時代の精神だったのだ。日本政府でさえ、それに制限を設けようとは考えていなかった。おそらく、われわれとて、フェノロサと同じ状況にあったならば、同じようにしたであろう。純朴な考え方というものは、野に咲く花々の如く、周囲にも同時に芽生えるもので、一本だけ高く突き出た花などではないのだから。フェノロサ教授は、日本に数年腰を落ち着け、多くの人が期待をよせていた、待望の本の執筆にとりかかるはずだった。だがしかし、日本に旅立つ間際に急逝してしまった。

この悲劇の死はさらなる悲劇を招いた。フェノロサ教授は、本を書き上げるまでには至っていなかった。ただ、何ページもの原稿を書き残していた。まあ、各章の半分ほどはできあがっていたということにしておこう。ところが、フェノロサの仕事を長年ともに見てきた未亡人のフェノロサ夫人〔メアリー・フェノロサ（一八六五年～一九五四年）フェノロサの後妻。小説も執筆〕が教授の遺志を継いで本を完成、いや、執筆することになったのだ。夫人は膨大なメモの山を見つけ、多くの芸術家や学者に支えられ、早速仕事にとりかかった。

しかし残念ながら、人は物書きの星のもとに生まれなければ、本を書くことなどできない。それで、アーネスト・フェノロサ著『東洋美術史綱』は——こう言っては実に申し訳ないのだが——よく書けた本ではない。亡夫の残した圧倒的なメモの山に、書き手であるフェノロサ夫人は文字どおり圧倒されている。そして、その深い学識にもかかわらず、文体の中に女性特有の癖がいたるところに感じられる。夫人はメモの山から脱せず、その中に埋もれてしまっている。その論法と見解には、ときに奇妙で非論理的な混乱が見受けられる。そして、今度は逆に、われわれの方が山のように出てくる名称や王朝や時代区分などに圧倒されてしまう。あの偉大な鑑識眼の持ち主を追悼するためにも、論述に沿って読み進めていきたいのはやまやまなのだが、日本の美術評論の数々も山のようにあり、その中に埋もれて身動きがとれなくなる。「ああ、泥濘(ぬかるみ)を歩いているようだ」と、フランス人なら言うだろう。

もう一点だけ指摘して、これ以上、このすばらしい本の悪口は言うまい。この著者の文体は——亡夫の文体とは違い——どこを見ても文学的にすぐれているとは言いがたく、ときにすこぶるぎこちなく、ときに粗雑でもある。実際、すばらしい本なのだ。まず、ずっしりと重い二巻本であることがすばらしい。次に、どのページも——不備な点はあるものの——知識の宝庫であり、見事な文化遺産に出会えることがすばらしい。日本に来て、日本の偉大な美術を満喫したければ、まずはフェノロサを読むことである。もっとも、そこに記述されている美術品をその目で見ることはできないであろうが。それは、はるか遠方の寺や……ボストンに保存されているのだから。この書物を読むときには、不備な点には目をつぶり、ときに神経にさわる文体の欠陥にも腹を立てぬことだ。ただ、知られざる美に初めて出会える喜びにひたるべきだ。そして……みごとな写真や複製の数々を見てみたまえ。ただそれだけで、博物館の中をさまよっている気になる。というわけで、ほんのしばし、諸君とともにこの本の博物館をさまよいたく思う。

慈悲の菩薩

まず、法隆寺のこの観音の立像と、夢殿——夢のお堂という意味である——を見よう。この像は、フェノロサ教授により、秘仏をおおっていた幾世紀も前の朽ちかけた布を取り払われ、その姿を現したものである。聖なる像たちがなぜ覆いに包まれていたのかは、明らかでない。この慈悲の菩薩は、水瓶（すいびょう）と薬箱を手にしている。「菩薩（ボディサトヴァ）」は、性を持たぬ神であり、いつ何時でも涅槃に入ることができるのだが、救いを求める人類のために地上にとどまっている。次に、半跏思惟像を見てみよう。すわって、指を頬に当て、瞑想している。このような像を見つめていると、数々の美術の様式の間に類似性があることが忽然と感じられてくる。これは、ゴシックである。そのままフランスの大聖堂に移しかえたとしても、その姿になんの違和感も感じないであろう。痩身の禁欲的な身体、その身体をなでるかのように密着した衣の襞を長くなびかせ、肉のそげ落ちた、それでも優美さに満ちた四肢は、ゴシックである。心持ち体を折って立っている姿は——そのため、腹部が少し前に出て曲線を描いている——ゴシックの聖人のようだ。座像はといえば、蓮の葉の形をした宝冠の下に大きくゆったりとした顔、心持ち曲がった華奢（きゃしゃ）な背、恥じらうようなか細い腕、その姿は、まさにゴシックの聖母のようである。これらは、朝鮮系の彫刻であり、おそらく彫刻師でもあった僧侶の手になるものであろう。まあ、法隆寺に行って、これらの像が見られるものかどうか、ためしてみたまえ。僧侶たちは何も知らないし、例のマレーのガイドブックを見ても何も書かれていない。ガイドもこの信仰心に満ち満ちた逸品のことなど、一度も聞いたことがない。観光客のなかで、この両像を、偉大な日本の美術品を——朝鮮系だとしても——実際に見たことがある人がいれば、ぜひお目にかかりたいものである。われわれはこの像を、フェノロサの本に掲載されている写真で拝んだにすぎない。

彫刻

日本の偉大な美術を日本で探し求めることが、いかに絶望感をともなう作業であるか、少しはご理解いただけただろうか。ほかの複製写真を見ると、同じ寺院で、細部に装飾がほどこされ、宝冠をかぶった見事な仏陀の顔を見ることができるらしい。その顔というのがギリシアの像を模したものなのだ。アレクサンダー大王のアジア遠征の折に同行したギリシアの彫刻師たちの影響である。その影響はとりわけもともとは未開であったバクトリア経由で波及していった。バクトリアは来襲した古代ギリシア文明を熱狂的に採り入れたのだった。この神秘的で限りなく柔和な仏陀像や菩薩像と対照的なのは、奈良にある東大寺の執金剛神の立像である。実に対照的なのだ。くしゃくしゃに顰めた顔、怒りにぎょろりと見開いた目、深淵のように開かれた口に稲妻のような歯、ベンヴェヌート・チェッリーニが鋳造したかのような重そうな鎧をまとい、今にも金剛杵を振り下ろそうとしている（行基［六六八―七四九］作とも言われる）。別のジャンルではあるが、おどけ者たちの巧みな姿を、かつては興福寺――今は、奈良の美術館に移管されている――で見ることができた。地の精たちがにやりと笑い、おもしろおかしく舞ったり、音楽を奏でたり、弓を射たりしている姿である。当時の彫刻は、神秘的なものが圧倒的に多かったことを考えると、対照的で興味深い。

とりわけ、観音像が主流である。閻立本、中国風に読めば、イェン・リーペンだが（初唐の人）、彼が描いた観音を見てみよう。すこしばかり世俗的に見える掛物の作品である。チャールズ・フリーア氏〔一八五四年～一九一九年〕アメリカの実業家。蒐集品をもとにフリーア美術館創設〕のコレクションで見ることができる。これはボストンだかニューヨークだかにあると思うが、つまり、日本からはいささか遠い。この観音は、女性的な要素が男性的なものを完全に圧倒している。ときに、女性的な観音像にも、唇の上やあごに、伊達ひげのようなものが描かれることもあるが、そのような絵師の趣向はわたしの好みではない。やはり、この全く女性的なものの方がよい。なんと優美な姿だろう。座して、頭と体全体に淡く後光がかかっている。しかし、これはこの世の高貴な女性以上の存在である。神秘性を解かれた存在、おそらく肘かけ椅子に――それは見えないが――腰を下ろし、一方の足先をもう一方の膝にのせている女王である。両手は優美にしなだれている。慈悲の女神の面影はほとんどない。優雅で、頭上に高々と宝冠を戴き、デコルテの胸に王族風の宝石のついた首かざりをつけた貴人である。それにしても、その姿は興味深い。残念ながら、その姿は絵画でしか見られない。

呉道子の掛物

フリーア氏は、そのコレクションの中の、これとは別の観音をアメリカのどこかで展示している。前述の伊達ひげの生えた観音である。これは、呉道子（中国名は、ウー・タオツー）の掛物である。呉道子は、宮殿の壁全面に天国と地獄を表すフレスコ画を描き（唐時代、八世紀半ば）、中国のミケランジェロと呼ばれている。観音が降臨する姿は、その伊達ひげがすぐに目にとまり、不快である。そのほかは優雅な貴婦人の姿であるのに。まあ、それはともかく、その足元にうず巻いている雨粒の泡のような雲から降りたってくる。水は観音の慈愛を表すものである。高く結い上げた髪。頭の上や周りに丹念に描かれた後光。そして、真っ白な薄い縁どりをもった、かすかにレース模様のある紗（うすぎぬ）のベールが、頭の上から肩や半分持ち上げた腕にかかっている。爪の先のとがった両手の美しい指先には、慈悲の象徴である水瓶と柳の枝を持っている。下方の地上では、二人の少年が蓮の花を花瓶に活けている。信心深い人々の象徴である。しかし、龍の形をした雲が左手に漂い、迫りくる運命を予兆している。偉大かつ高名な画家のこの構図は、まったく単純なものではない（どのような色彩なのか、いかに見たかったことか！）。

釈迦牟尼

きわめて技巧的だとわたしが思うのは、世にも優美な紗の衣の線や襞に包まれ、雨空から降臨する、この慈悲の菩薩の姿である。のちほど、芸術的には完成度の低いものかもしれないが素朴な深い信仰心に感動するものを掛物で見るだろう。だが、今しばらくは、フリーア氏の見事なコレクションの中を（思うに、やはりワシントンである）歩き回り、まずは、迫力ある呉道子のこの釈迦牟尼（仏陀自身）を讃嘆することにしよう。まったく新しく、豪胆で、独創的な発想だ。実に「ミケランジェロ」そのものである。甘美な神秘性がすべて排除されているわけではない。何かを見つめ、瞑想している仏陀らしき人物を正面からとらえた姿は、まさに仏陀自身であり、また、システィーナ礼拝堂から抜け出てきた預言者のようにも見える。驚くべきことである。われわれは、日本にいるのだろうか、それともローマにいるのだろうか。乱れた髪、伸ばし放題の口髭（くちひげ）や顎鬚（あごひげ）。これは仏陀のものだろうか。人間やあらゆる物事、神々やこの世、天と地に思いをめぐらし、身を切り刻むような苦悩を宿すその眼は、仏陀の、仏陀自身のものなのだろうか。いや、子どものときにはシッダールタと呼ばれていたように、そのときはまだ、釈迦牟尼と呼ばれていたにすぎない。その釈迦を苦悩する人間として、呉道子が驚くべき力量で心の襞の奥まで描いたのである。

第十八章　『不如帰』

わたしはどこかでこう述べた。現在の日本人は、音楽家を持たず、画家を持たず、文学者を持たないと。少なくとも、国境を越えて広く知られる者はいないと。この数日で、わたしは徳冨蘆花の『不如帰（ほととぎす）』の英語訳を読んだ。それ以来、ひときわ異彩を放つものではないにしても、日本にも現代文学が存在することを知った。日本には心理的写実主義的な作品を書く小説家たちがいる。蘆花の周囲には、別の作家たちがおり、その先達もいる。その作家たちについて述べるのは今は控える。わたしの述べたい事柄に関しては、この有名人である蘆花だけで十分話題が尽きないのだ。

　この小説は、日清戦争のころを時代背景としている。スタイルや手法は、いささか控えめであっさりとしたものだ。この作家を華美にすぎると非難する者などいないであろう。登場人物を浮き立たせるために、周囲の状況を描写することにも無関心である。作者は、日本の家屋や風景は書かずもがなのことで、海戦のさなかにある軍艦でさえも、日本の読者はおのずとまぶたに浮かぶはずだと無意識に想定しているようだ。したがって飾りけは皆無である。しかし、みなそれぞれ劇的な役割をわり当てられてはいるものの、登場人物たちは生身の人間である。まだ二十（はたち）に満たない、愛らしい悲劇の女主人公（ヒロイン）の浪子（なみこ）――波のお嬢さまという意味である――は充実した人生を求め、熱い思いを抱き、その短くも悲しい人生を歩んでいく。男主人公（ヒーロー）は、彼女の配偶者の川島武男男爵で、海軍の士官であり、健康で心やさしく、浪子と同じく、あまりにも気高い心の持ち主である。浪子の父親の中将は、なかなかの好人物だが、一徹の武骨者である――オランダの人気役者ルーマーがこの父親の役を演じる姿が目に浮かぶ。ちなみに、この小説をもとにした演劇もあり、劇場はいつも満席である。「裏切者」がいる。川島男爵の従兄の海軍少尉である。この男は、なかなかうまく人物描写されている別のタイプの男と組んで、日本政府に粗悪な軍事物資を売り込み、何千円という金を得て私腹を肥やしている。自国でも海外でも「リアリティがある」と称されている作家がそう言うのだから、間違いなくそのような事態が起きているのだ……日本でも。愛らしいヒロインの姑となる女性は、ひじょうによく描かれている。この姑は、昔ながらの「姑」のイメージの最悪の部類である。ひとたび家内の実権を握るや、かつて自らがこうむった苦しみの恨みを嫁に向かって晴らすのだ。ヒロインと違い、自分はなにもそれで死に至ったわけでもないのにである。その他の脇役の登場人物たちもよく浮き彫りにされている。

使い古された心理学

全体として、色彩に富んだ作品ではないが、感情や心理描写に長けている。文学の心理学とでもいうべきものである。もう二十年以上前にもなるが、われわれ作家たちのだれもが、デビュー作に採り入れようとしたものだ。その心理学のモットーとは、人間は善でも悪でもないということである。だれもがみな、隔世遺伝や境遇や環境の子なのだ。この作品からその一例を挙げてみる。浪子が亡くなったことを聞いた姑は、心底悲しみに沈む。だが、姑が送った花が、この悲劇のヒロインの父親の中将によって突き返されたと聞くや激怒し、涙は一瞬にして乾いて、もう二度と泣くことなどない。われわれの世代の作家はこぞって、この文学的な心理学を自分の「心理小説」の中で実践してきたが、それは、今や小手先の技術にすぎないものになっており、若手の作家たちは、自分の作品の登場人物たちの心の奥をさらに深く掘り下げる必要があるだろう。

結婚生活

　この小説は、新婚の若き日本女性、浪子の苦難の人生を描いている。母親を肺病で亡くし、父親の、大柄で貫禄のある片岡中将は、浪子を大切に思っている。浪子にはまだ「阿媽（アマ）」、つまり乳母がおり、浪子にとってはかけがえのない存在である。妹とは折り合いが悪い。そこに継母がやってくる。日本人だが英国滞在が長く、変に西洋かぶれしている。それが数行の中にうまく描かれている。そのため、このいささか無口で内気な母なし子の暮らしは、いよいよ息苦しいものになっていく。そうこうするうち、伯母――お人よしのタイプだが、型にはまりすぎてはいない――が浪子の結婚相手をさがす。伯母は、片岡中将子爵家と川島男爵家との「仲立ち」をする。日本では、血縁の者か両家どちらかの友人である仲人なくして婚姻は行われない。浪子は、若い海軍少尉の川島武男男爵と結婚する。作者は、浪子の幸せなようすを実に温かく描き出している。また、二人の新婚の日々のようすを読むと、日本にも愛情というものが存在し得るのだとわかり、ひじょうに興味深い。身分が高くても低くても、愛情というものは日本には存在しないとよく言われていたからである。親戚のお膳立てによるお見合い結婚でも、幸せで愛情に満ちた家庭ができるのだ。作者は、まさに控えめな写実主義と呼ぶべき作家にふさわしく、一切の感傷をはさまずにそう語る。こうして、継母との折り合いが悪く、父親とは顔を合わせる機会の少なかった浪子は、実家を出たのだった。浪子は――伯母の選択は正しかったのだ――、美男で、健康で、明るく、やさしく、真面目な夫にめぐり会った。夫は浪子を愛し始める。浪子も夫を愛し始める。それ以外にどのような成り行きがあり得ようか。当然の成り行きである。もしも、伯母が同じように好ましい性格の別人を選んだとしても、浪子はその男を愛したであろう。というわけで、浪子は武男を心から愛し、武男も同じである。日本にも愛情が存在することは疑いようがない。しかし、ここにははなはだ「厄介な事情」がある。日本では、若夫婦は独立せず、夫の実家に同居する習慣があるのだ。

嫁と姑

武男の父親はすでに亡い。母親だけが住んでいる。日本の息子というものは母親に一目置いており、武男もその例にもれない。日本の女性というものは、少女時代は子犬のように厳しくしつけられ、それでも愛らしく振る舞わねばならない。化粧も行き過ぎぬ程度に怠(おこた)らず、袖や背に極小の家紋を丸く刺繍した地味な着物をまとって、控えめにし、心の中で悲しい思いをしていても、常に微笑んでいる。実際には、背筋を伸ばして歩くことも忘れ、膝をがくがくいわせて下駄で歩いているが、それでもやはり、ありきたりのたとえで言えば、優美に「細くはかなげな柳腰」で歩くのだ。漆をほどこしたような黒髪を「髷」、というか「丸髷」――既婚女性の高々とした髪型――に結う。そういう日本の女性に、ものの数にも入れてもらえなかった若き月日に受けた仕打ちの恨みを晴らす瞬間がやってくるのだ。それは、自分が年をとったそのときである。姑がこの世を去るや否や、今度は自らが一家の女主人になるのだ。そして、今からは自分が子どもたちを支配し、子どもたちには服従を強い、使用人たちを支配し、女主人に尽くすよう要求する。さらに、嫁をも支配する。母親というものは、どの国にあっても息子の嫁に嫉妬するものだ。ましてや日本では、浪子のように心根の優しい新妻であれば、姑の恰好の的になってしまう。

この嫁いびりは、ごくごく控えめに描かれる。作者は読者の想像にゆだねようと慎ましげに筆をすすめる。嫁いびりは、とりわけ武男が軍艦に乗り、不在のときに起きる。二人の間に愛情のこもった往復書簡が交わされる。そうなのだ、日本にも愛情は存在するのだ。この往復書簡の部分は読みどころであり、人生の中で実際にありそうな内容である。海軍少尉とその若い妻とが離れ離れになっている状況に触発され、作者は抒情的な文章を書くことになるのだが、抑えた口調で、度を越すことはない。

口には出さないものの嫁いびりに遭ってはいたが、愛情に恵まれ幸せな生活を送っていた浪子は、病気になってしまう。実の母の死因となった菌を浪子も受け継いでいたのだ。肺病である。この病は、文学では涙を誘う題材としてよく用いられる。だが、作者はこの題材をはなはだ控えめに用いている。浪子は、少しずつ、ゆっくりと衰弱していく。

因習

病気が明らかになったとき、浪子はまだ子を授かっていなかった。そこで、姑の画策が始まる。日本では、子を産めないことは離縁の理由になるのだ。そして、母の意見を尊重しろと迫る母親と親孝行の息子の間に――あたかも劇の脚本のような――はなはだ劇的な場面がくり広げられる。母親は息子に妻を実家に送り返すよう迫る（これは、わずかな形式的な手続きで済むかもしれないのだ）。息子は拒絶し、母親に反抗する。そして仕事に戻る。軍艦での職務が待っているのだ。それから、読者は黄海の海戦の場面を読むことになる――過度なほどに、実に淡々と描かれている。武男はその戦いで負傷してしまう。

そうこうしている間、姑はじっとしてはいなかった。姑は、激しい口論の末、武男が去るや、まず初めに、お人よしの伯母――覚えておられることと思うが、あの「仲人」である――に相談するが、伯母には離婚話に手を貸す考えはまったくない。落胆した姑は、内情に通じた友人の一人に話を持ちかける。その友人とは、例の「裏切者たち」の一人――さほどひどくは描かれていない――である。政府の物や金をくすねている者たちだ。そして、その友人を浪子の父親である片岡中将のもとへ使いにやる。口達者な裏切者の使者は、美辞麗句とお辞儀を連ね、言葉巧みに言いくるめる。武男の若夫人が病気であること、おそらく川島家の跡取りの誕生は望めず、武男の母親が先行きをすこぶる憂えていると、片岡中将に訴えるのである。日本の家庭では、息子、跡取りというものがすべてであり、なによりも大切なのだ。中将は意を決し、娘をそれとなく実家に引き取る。一方、夫の武男は、ことの成り行きをいまだ何も知らない。このあたりの事情はまったく日本的で、この部分の描写はひじょうに興味深い。

痛ましいのは、ますます病状の重くなっていく浪子の苦しみである。妻から夫へ、夫から妻へと手紙が行き交う。愛し合っているのに、なぜ一緒にいることができないのか。手紙には、そんな互いに求め合う切ない思いがこめられている。武男は負傷している。浪子は夫の看護ができない。絹の襦袢、縮緬（ちりめん）の帯、そして浪子自ら一針ずつ丹精こめて縫った雪のように白い足袋——爪先のところが分かれているソックスである——を夫に送る。受け取った武男は胸が熱くなる。浪子をいとおしく思うが、どうすることもできない。従順を重んじる日本の伝統にがんじがらめになっているのだ。浪子は身も心も疲れ果て、海に身を投げる寸前にまで追いつめられる。その後、文学的な出来ばえは今ひとつだが、重要な場面が続く。浪子は、キリスト教の信者になった日本女性に救われる。その女性は浪子に聖書を貸しあたえる。日本には、あまたの英国の伝道師がおり、東洋の民には神道や仏教よりも、われわれ西洋の「キリスト教」の信仰の方が合っていると思いこんでいるのだ。

偶然

舞台であればそれもいいかもしれないが——すでに申し上げたとおり、この小説をもとにした人気の高い演劇がある——、いくつかの芝居がかった偶然の場面がある。その点もこの作家の構成力不足を思わせる。例えば、戦場で武男がそれとは知らずに、深夜、曲者に襲われた浪子の父親の中将の命を救ったりするのだ。

だが、それとは別の「偶然」はみごとである。次の場面だ。中将は病気の娘をともない別荘へ向かう。二人は汽車の中にいる。別の汽車とすれ違う……浪子は窓枠に肘をついて外を眺めている。蒸気をはいて目の前を通りすぎる汽車の中に……浪子は叫び声をあげる。武男を見たのだ。その時、武男にも浪子の姿が一瞬目に入る。二人はどちらも外に身を乗り出し、互いに手を振り合う。それですべてが終わりだった。

作者は、たとえようもなく痛ましい、この人生の中の残酷な一瞬をいつものように控えめに描いている。だが、その筆致はやさしく、気品に満ちており、日本の読者がこの作家をひじょうに高く評価しているのも十分うなずける。日本人は、このような悲劇的で詩的な状況にひじょうに敏感なのだ。と同時に、この一瞬の再会には、仏教的な深みがあり、斜め読みをしても決して読み過ごすことはないだろう。この世では最後となるであろうこの再会は、後生での再会を、来世での再会を予兆しているのだ。したがって、偶然はここでは偶然ではない。

浪子は亡くなる。はかなげな、波乱に満ちた、短い、悲劇的なその人生が、本書の中にやさしく描き出されている。薄墨色の雲の一群のかすかな輪郭の中に幾筋かの金色の光がゆらめくように。そして、本書は「偶然」で幕を閉じる。仏教的な偶然ではなく、劇的な偶然である。ある秋の日、中将と武男が偶然に出会う。二人はそれぞれ、菊の花束を手に浪子の墓参りに来たのだった。墓の上には、小さな松の木が喪に服すかのような枝振りで身をよじらせている。父親と義理の息子は、ひしと抱き合う。以上、あらすじといくばくかの批評を記したにすぎないことは承知している。とはいえ、このような写実主義の日本作家がいる――そして、その周囲にもさらにいる――ということを知り、わたしは、目から鱗が落ちる思いがした。それで、文学的にも実にすぐれた作品、また、すぐれて日本的でもあるこの小説について紹介せずにはいられなかったのだ。

第十九章　詩心

いったい、現代の日本に、詩というもの、われわれ西洋人が、これはまさしく詩だと言えるようなものが存在するのかどうか、わたしは知らない。もしかしたらあるのかもしれないが、しかし、詩は、写実主義の小説のようには翻訳できないものであるし、英語訳で読んだり聞いたりした日本の詩は、気のぬけた安っぽい作品のように感じられた。わたしが揶揄しているのは、年末に天皇が下されるお題をもとに、あらゆる階層の日本人が詠む、というか、詠んでもよい、ひじょうに短く抒情的な警句〔短歌のこと、以下、適宜「短歌／和歌／歌」と訳す〕のことである。一九二二年の新年の歌会のために天皇が下されたお題は「旭光照波」であった。わたしが京都で観劇し、ご報告した芸者たちの踊りの演題と同じ趣旨である。歌は、十二月十五日より前に――この歌会にはだれでも参加できる――東京の宮中に提出せねばならない。富める者も貧しき者も、老いも若きも、上流下流を問わず、だれもが詩を詠むことに専念する。上流であれば、なおさら詩作の義務があることは、諸君にもおわかりいただけよう。今年は二万六千作の詠進歌の応募があった。歌の権威、宮中の関係者が、それを篩にかけ、二百八十首を選ぶ。そして、宮内省の監督のもと、特別委員会が、その中から十三首（なんと不吉な数字だ）を選ぶ。選ばれた歌は、皇后と摂政宮の御前で、一月十八日に詠みあげられる（天皇はいまだ御不例で、いかなる公式行事にも姿を見せない）。皇族――皇室の血を引く親王や内親王が大勢おられる――の詠んだ歌は、当然のごとく批判の余地などなく、初めに詠みあげられる。「詩の祭典」、宮中歌会始である。西洋の真似ばかりしている日本で、いまだにこのようなことが行われるとは、いささかおかしな事に思われる。

詩歌の祭典

埃っぽい町に高く立ち並ぶ煙突の列を見たり、着方のなっていないフロックコートやシルクハットの群れを見ると、この時代に、そんな古めかしい伝統をいまだに追い求めようとするのは、なんとばかげたことかとにわかに思ってしまうのだ。確かにこの伝統は、日本の宮廷や大名の御殿で一世を風靡していた。それは、とりわけ、藤原氏（九世紀～十世紀）の時代のことであった。その頃は、武士のだれもが歌人だった。それよりも錦織の衣装をつけることの方が多かったのだ。淑女のだれもが歌人だった。中国の宋時代の雅（みやび）やかな宮廷の流行を真似し、重く波打つような絹の鬘をその身にぐるりとまとい、着物の裾を長く引いて歩いていた。その頃は、人足でもなければ誰もが、それが時流であるからにしろ、また、実際に自分の思いを詠むにしろ、短い詩つまり和歌を作ることができ、絹の短冊や金の砂子の撒（ま）かれた巻紙に筆と墨でさらさらと書くことができたのだ。それなのに、今はどうだ！この物質主義的な世界を乗り越え、高い理想を実現するためにわれわれが必要としているのは、天皇というお方にあらかじめお題をいただき、いくらか抒情的でちまちまとした歌を詠むことではない。それよりもさらに別の輝かしいものを必要としているのだ。わたしが目にした歌は――くり返して記すが、英語訳である――、みすぼらしく貧弱だと思った。しかし、なんともいえない……わたしが見当違いをしているのかもしれない。あれこれと訳が劣悪なだけで、本当はそこに短い「詩」が感じられたのかもしれない。それというのも、これは確かなことだが、日本人はずっと詩心を持ってきたからである。

日本の文学に、偉大な叙事詩（エポス）があるとは思われない。しかし、中世の磨き上げられた言葉と詩を持つ能楽――わずか数人で演じられる仏教的な劇――というものがあり、これについてはのちほどご紹介しよう。日本には、数えきれないほどの伝承があり、語り部たちが舞台や路上で、散文や詩歌の形で、語り伝えてきた。一つだけ確かなことは、その伝承の中に出てくる偉人や武士たちは、その多くの者たちにまつわる魅力に満ちた逸話が嘘でなければ、疑いようもなく常に歌人であった。その逸話をいくつかご紹介しよう。

日本には、さまざまな方言がある。南の地方の人は北の地方の人の言葉を完全には理解できなかった。あるとき、二人の大名のそれぞれの使者が会うことになった。一人は北から、もう一人は南から来た者だった。二人は意思疎通に努めたが、無駄だった。やがて、すばらしい名案が浮かんだ。能楽の言葉、ゆったりと、仏教的で、古い、あの難解な言葉で、つまり、歌で呼びかけ合おうというのである。すると、ひきずるように朗吟調で歌ううちに、完璧に理解し合えたのだった。二人は、歌(ポエジー)で会話をしたのだ！

歌枕

藤原氏の時代——美の粋を極めた中古の時代——に、ある貴族が日本の東北、奥州に左遷されたことがあった。その地は、都の宮廷生活に慣れた者には実に住みづらい土地だった。その寵を失った廷臣に、天皇は「歌枕を見てまいれ」と命じたのだ。日本語には、新しい概念を作る際、われわれ西洋人の感覚からすると奇妙な言葉の組み合わせが多い。「歌枕」とは、歌を詠むために用意された枕であり、眠るためではない。まさにこの言葉は、藤原時代に生まれた日本語にしかない概念なのだ。流謫の身の貴族は、眠れぬ夜な夜な、粗末な寝床に横たわり、歌を作っては京都の宮廷へ送った。その歌の多くは、見向きもされず捨て置かれた。ところが、ある時、世にも美しく優美な歌を送ると、許しを得、都に召還されたのである。

あるとき、源義家は、天皇の名誉を傷つけた安倍貞任(さだとう)の誅罰を命じられ、その跡を追っていた。貞任はすでに何カ月も逃亡を続けていた。しかし、義家はついに追いついた。二人は馬に乗ったまま対峙した。義家は、天皇に命じられた誅罰のことは隠していた。その道には宿屋がたくさんあり、計画を成し遂げるには時刻も悪かったからである。そこで、その意図を隠そうと、貞任の袖の綻(ほころ)びを見て、その場で戯れに和歌を詠んだ。だが、それは和歌の下の句のみであった。

衣のたてはほころびにけり

すると、貞任はすぐに上の句を詠んだ。

年を経し糸の乱れの苦しさに

そして、その歌で、切々と訴えるのだった。天皇の不興を買ったが、その名誉を傷つけたり、謀反を起こしたりする意図は毛頭なく、流浪の身となり、あちこちを転々とする間に、顔を洗い、衣服を整える暇さえなかったのだと。その歌はあまりにも美しく、義家は感激のあまり、逃亡者に言った。
「たとえ、天皇の命であろうと、これほどまでに歌をよくする者の命を奪うことなどできぬ」と。

そしてもう一つ、実に優美な逸話。またまた、何事も歌で会話が交わされ、物事が進んでいたらしい藤原時代の話である。あるところに、紀内侍(きのないし)という女流歌人がいた。彼女は庭に、立派な幹と三重の花をつけることで名高い梅の木を所有していた。これを聞いた天皇は、その梅の木をご所望になった。頃合いを見て、梅の木は天皇の庭に移植された。だが、歌人は細長い短冊に和歌を記し、その短冊を梅の枝の一本に巻きつけておいたのだった。

勅(ちょく)なればいともかしこし

鶯の宿はと問はばいかが答えむ

その和歌の中で、夜ごとに来て梅の木で歌うのが常であった鶯たちに、悲嘆にくれて呼びかける。「ああ、鶯よ、そなたらは、新たな庭、天皇の庭にある梅の木を探し当てるであろうが、わたしはどうしたらいいのだ。そなたらと歌い交わす歌が美しい二重唱になることはないのに、どう歌い返せというのだ」天皇はこの歌を読まれ、梅の木は歌人のもとへ戻された。そして歌人は鶯たちと、何度も歌を交わし合うのだった。

東洋の詩心

伝承されてきたこのような逸話から、日本人はずっと詩心を持っていたことがわかる。東洋人たち、中国人や日本人やジャワ人には、西洋人の場合よりも、詩が普通にもっと身近にあるのだとさえ思える……もちろん、どちらかがより洗練されているはずなのだが、わたしには、たいていの東洋人の内面には、詩心が、少なくとも潜在的な詩的な心が具(そな)わっているとますます思えてきてしかたがない。日本人は必ずしも壮重な叙事詩(エピーク)を必要とはしていない。この種の日本の文芸では、譚詩(バラード)の一部程度の量を詠むだけで十分なのだ。日本人はいささか感傷的な面があるが、世にも短い詩（和歌）のとりこになっている。その際、注意していただきたいのは、一つの言葉、言葉の組み合わせ、また、この時代でもいまだ組み合わせて用いられる漢字は、文体が少しでも格調高くなると、その言葉の位置を変えたり、二、三の別の漢字を組み合わせることにより、すぐに秘教的な意味合いを帯びてくることだ。リズムや韻律や押韻に慣れ親しんできたわれわれ西洋の耳には、その違いを聞き取ることはできない。そのような難しい歌の場合、英語訳にすると、原作の「詩」はほとんど何も伝わってこない。次のような和歌をいかが思われるだろうか。

春はただ花のひとへに咲くばかり
もののあはれは秋ぞまされる

生の至福

これは、われわれにはさして意味をなさぬものだ。メッセージにすぎない。歌人は、春よりも秋を好むと言っているだけである。しかし、日本語では違うのだと、日本語の奥深いところに通じたあるオランダ人がわたしに保証してくれた。この単純なメッセージを伝える、さまざまな、さほど多くはない文字は、その置かれた場所や、その神秘的な韻律を通じ、細やかで優しいニュアンスや色合いを醸し出しており、ほんの数秒に過ぎぬとはいえ、音楽性に溢れ、ひじょうに高度な詩的感覚や生き生きとした詩的表現を創り出している、と。この短い頌歌（オード）をともに鑑賞しようと英訳してくれた人に倣い、「あはれ」を「生の至福」とオランダ語に翻訳してみたが、これは日本語で「嗚呼（ああ）！」以外のなにものでもない。そして、この「嗚呼！」は、日本人にはあらゆる秘密めいた、神秘的なものを意味しており、天にも昇る感覚、恍惚として浮遊する感覚なのである。それを、心ある中国人ならば、「愉（ゆ）！」という漢字で表すだろう。

このようなことは、われわれには理解し難く、またそれだけ、われわれ西洋と東洋の魂との間にある途方もない深淵を明らかにしてくれる。両者のなかで心ある者は、その魂の奥にある触角を伸ばす術を心得ており、およそ同じ感じ方をしているのだが、われわれの方はずっと多くの道具を必要としているのだ。

細長い和紙の短冊に優美に書（しょ）された何文字かの神聖な文字（ヒエログリフ）では、われわれ西洋の詩人は満足せぬであろう。また読者も、われわれの詩人の詩がこれほど短いとなれば、せせら笑うに違いない。ところが、日本では、十四行詩（ソネット）でさえ、詩想を鋳（い）るには大きすぎるのだ。チリンチリンと鳴る鈴——僧侶が手にする仏教の鈴——の音に似て、日本の歌人の詠む歌は、わずか二、三秒響くに過ぎない。
われわれは、ほんの二、三秒、詩的な気分にひたる心の安らぎや精神を持ち合わせていない。しかし日本人は、そう、少なくとも過ぎ去った世紀には、そうした心の安らぎや精神を持っていた。日本人の多くは詩心を持っており、夢のような人生の中で、常に鈴の音にしばし耳を澄ます心構えができていたのだ。

われわれはといえば、われわれこそ相当の心構えが必要だ。というのは、われわれが机に向かって詩を読もうとすると、決まって手紙やら電話やらでもう疲れ果てているのだから。美しい十四行詩（ソネット）の最初の四行連（クワトレイン）はわれわれにはどうということはない。二番目になると、いくらかそそられる。三行連（テルゼット）ではついに興に入る。そして、われわれを魅了したその十四行詩（ソネット）を再読する。しかし……そのとき、電話がジリリと鳴る……というわけで、中国人やら日本人やらの東洋人のように、われわれには「嗚呼！」だの「愉！」だのという気分は訪れはしない。東洋人は仏教的な隠逸の境地に浸り、五つか六つか七つほどの漢字（イデオグラム）を、あたかも極上の料理を楽しむかのように、ゆっくりと味わう気構えを持っていた。そのいくつかの漢字は、まるでそこから神霊がすうっと降臨してくるお伽噺（とぎばなし）に出てくる小さな宮殿のような、細長い絹や紙の短冊の上に作り上げられた建物なのだ。

血を吐くホトトギス

東洋の詩歌に対する感覚と西洋の詩的感覚とが深淵を隔てるが如くかけ離れていることは、次のような例からも理解できるかもしれない。「ホトトギス」とは「カッコウ」のことである（「ホトトギス」は、わたしが例に挙げた小説の原題である。肺病に苦しむ女主人公（ヒロイン）の浪子は、詩的な、泣いて血を吐く「不如帰」なのだ）。カッコウは、東洋人には苦悩の鳥である。聞く機会は少ないものの、その鳴き声は、永遠の苦しみを嘆き、血を吐いているように聞こえるのだ。この詩的な意味合いを示すために、日本語ではホトトギスという言葉を中国の漢字を用いて書く。あらゆる高尚な事柄は、いまなお、日本の文字ではなく、漢字で書き表されるのだ。さて、その鳥の名を描き出す漢字、不如帰は、同時に、別の意味を表している。それを深読みすれば、次のような意味になる。「この世の人生は苦しい、どこか別の場所の方がましだ」（これはもちろん、過分に意訳である）。中国人や日本人は、この鳥が声をあげ、血を吐くとき、そのように嘆いていると思っているのだ。中国の最古の漢詩には――それを日本人も学ぶのだが――カッコウを題材にしたものがある。また、ある歌人は次のように詠んでいる。

ほととぎす鳴きつるかたをながむれば
ただありあけの月ぞのこれる

この二行のうちには、もの悲しい世界が見え隠れしているのに違いない。しかしだ、われわれ西洋人にとって、カッコウは……苦悩する詩的な鳥ではまったくなく、別におもしろくもない、ただの身勝手な鳥にすぎない！

どちらが正しいのか。いや、われわれは、中国語や日本語、その考え方や感覚に、隅から隅まで習熟していなければ、彼らの詩歌を理解することはほとんどできないであろう。

宮廷の御製

前代の天皇、明治天皇は、歌人であった。九千首の御製がある。その選集三巻が刊行予定である。刊行部数は、わずか三百部限定で、木版であり、読まれるのは宮廷内に限られる。前代の皇后、昭憲皇太后は、女流歌人であった。三万六千首の御製がある。宮廷ではやはりその選集を刊行する意向であるが、選定にあたる宮廷の編纂担当者たちにとっては、気の遠くなるような仕事である。奇妙な、なんとも奇妙な国民である。われわれから遥かかなたの、考え得るかぎり西洋から遠く離れたところにある東洋の国の民なのだ。日本人は、われわれの機械文明の、いったいどこがいいのだろうか。その近代化はうわべだけのことなのだろうか。近代国家の政治家や実業家たちは、この世の悲哀に血を吐く鳥、不如帰の鳴き声を求め、やはり人知れず森へ赴（おもむ）くのだろうか。

第二十章　東京

　仲のいい友人が、東京から便りをくれた。「東京には来ない方がよかろう。今は七月、誰もが東京を出はらっているし、東京は辺鄙(へんぴ)な田舎町で、埃っぽく、蒸し暑い……東京はよした方がいい。東京は、病み上がりの者には向いていない。それに、帝国ホテルは火災で焼けてしまったばかりで〔一九二二年四月十六日に本館全焼〕、他に適当な滞在場所はない」まあ、これは賢明な助言かもしれないが、やはり、日本にいるというのに首都をまるで見ないというのは、妙なことに思える。それもそのはず、われわれは五月にはそこにいるつもりでいたのだ。だが、諸般の事情がそれを許さなかった。このように、いくらか陰鬱な面持ちで物思いにふけっているところに、われわれの公使、デ＝グラーフ準男爵(ヨンクヘール)〔A・C・D・デ＝グラーフ（一八七二年～一九五七年）当時は大使館はないが、事実上の駐日オランダ大使。オランダ領東インド総督、オランダ外務大臣を歴任した〕から手紙が届き、東京へおいでになるなら、実際問題、東京にはいいホテルがないこともあるし、ぜひともわが在外公館に客人としてご招待したい、と記されていた。われわれはその申し出を喜んでお受けすることにした。デ＝グラーフ夫妻が近々箱根近辺、つまり、今われわれのいる宮ノ下からさほど遠くない場所へ、数カ月の間、居を移す準備をなさっていたことを思うと、なおさらありがたく思った。

　まず、自動車で国府津へ、それから横浜経由で東京へ鉄道で一、二時間である。この旅は思ったよりも楽だった。しかし、日本人のこの車中での奇妙な習慣はどうだ。衣服を半ばはだけ、くだけた姿で、それは不思議に優雅であるが、座席に腰を据え、あたかもこう嘯(うそぶ)いているかのようである。「シミひとつない畳のわが家じゃあるまいし、礼儀作法などかまうものか。汽車なんぞは、どうせ、神聖なるわが祖国に対する西洋のお仕着せだ……」

汽車は、めったにない一等席や特急でさえ、快適とは言えない。たいていは二等席しかなく、しかも、ぎゅうぎゅう詰めである。この一等席というかベンチは、狭くて奥行きが浅く、尻と膝の置き場に困り果てる。あちらにある低い肘かけ椅子風の座席はどうかというと、座席の上に出た頭が落ち着きなく揺すぶられ、しかもたいていの場合は、座席が前後に並んでおり、前の座席の客の頭髪のポマードの匂いが鼻の孔(あな)のすぐ間近に漂うことになる。ロッテルダム―ハーグ―アムステルダム間の、あの快適なコンパートメントを日本が模倣していたならば、もっと心地よいものが出来上がっていただろうに。

東京へ

東京駅には、デ゠グラーフ氏が直々(じきじき)に迎えに来てくれ、自動車で、緑の丘へ、その上の公園にあるわれわれの在外公館へと向かう。そして、デ゠グラーフ夫人の行き届いた世話のもと、首都のこの涼しい一角で、暑さや埃に悩まされることなく、最上の日々を楽しく過ごさせてもらった。ホテルでのつまらぬ逗留生活――ホテルでの生活は、そのホテルが近代的なものであればあるほど、さらにつまらなくなる――を余儀なくされていたわれわれには、感謝しきれないほどの息抜きのひとときだった。われわれオランダの三色旗がはためくその下で、大家族に囲まれ家庭の雰囲気を満喫した数日間だったのだ。

日本の首都で三日間を過ごす。読者諸君、本当なのだ。観光客にはそれで充分なのだ。東京は、友人が言ったように、辺鄙な田舎町でしかない。しかし、果てしないほどの距離をもつ広大な田舎町だ。日本の他の都市同様、殺風景な町だ。もう一つ言えば、何マイルも続く皇居の石垣――中は見えず、入り込むこともできない――が、おそらく東京という秘密を端的に物語ってくれている。その奥には

東京の公使館。オランダ国旗の下をよく見ると、長身のデ＝グラーフ公使らしき人物（左端）が写っているのがわかる。デ＝グラーフ氏の隣にいるのがクペールスかもしれない。

病気がちの天皇がおられることは想像に難くない。そこかしこに、省庁や銀行やルーヴル百貨店〔一八五五年創業、一九七四年まで存続〕風の巨大な百貨店（デパート）など、趣味の悪い西洋建築があり、さらに、日本風の家屋や商店がところ狭しと並ぶ、幅の広い通りが長く続いている。そして、町の光景に欠かせないのは、市電（トラム）である。数えきれないほどの、はちきれそうに満杯の市電には、乗客が折り重なるように座り、つり革につかまっている。

それから、銅像だ。われわれの国において銅像は、すでに美しいとはいえないものだ。ここ日本で、フロックコートや軍服を着て台座の上に立つ人形の姿は醜悪である。日本人は、西洋風の死者たちへのオマージュを拙（つたな）く猿真似するばかりで、あらゆるよき趣味を失くしてしまったというのだろうか。それに加え、日本人は生きている者までも顕彰する。そして、ご当人が自分の銅像の除幕式を行うのだ。

観光客は何を目的に東京へ来るのか。それは、東京が日本の首都であるからだ。世界の三大国のうちの一つである国の首都がどのようなものであるか一目見てみたいからである。それなのに、その首都は期待はずれであるし、近代化された他の日本のどの都市とも同じように重要でない。日本で何が重要かといえば、それは、古きものであり、近代のものではない。しかし、観光客がここに来たときには、時すでに遅しである。古きものは大部分がすでに近代化され、魅力を失ってしまっているのだ。

大倉集古館

大倉集古館という個人所蔵の博物館がある。そこには、まだ物がただ同然で手に入った古きよき時代に集められた日本や中国の美術工芸品の蒐集がある。光の具合がよろしくない。今日のように晴れた日にさえ、格別に興味を惹く彫刻がよく鑑賞できないのだ。それゆえ、諸君に語れることもさほど多くはない。所蔵物は多岐にわたっているが、所狭しと積まれており、この光の具合ときている。光は、醜い色とりどりのガラス張りの近代的な天井の下に右から左から射し込み、必死の思いで神経を集中しなければ、見えもしないし賞玩のしようもない。そこには、われわれがフェノロサの本で読んだり、クレイカンプで見たりした、世にもすばらしい掛物がかかっており、阿弥陀像や観音像がある。しかし、体勢をどう変えてみても、ガラスがチカチカと眩しく、その向こうの美しい作品は、見るというより想像するほか術がないのである。

漆工芸

とはいえ、そこにはまた、類まれな蒔絵の蒐集品もある。重々しい絹の総と紐のついた数々の箱。その箱の上の蒔絵の意匠は、蒔絵師たちが精魂を傾けたものである。それらたくさんの箱に混じり、長めの書棚がある。それは、短い脚のついた文机なのだ。その前に敷かれている絹の座布団に座り、文机に向かうわけである。さまざまな文具も用意されている。これらは一式すべて、徳川将軍がお気に入りの家臣へ下賜したものである。すばらしい作品である。すべて蒔絵であるが、このひどい光の具合の中では、砂子を蒔いたものか、梨子地を研ぎ出したものか、定かにはわからない——蒔絵をほどこすには種々の方法があり、ときに朱漆、ときに黒漆を用いる——おそらく、両方の技巧が用いられているのであろう。この木工の技と漆芸技法の粋を集めたすばらしい工芸品は、あたかも魔法で造られたもののようで——いささか非実用的ではあるかもしれないが——、信じられないほど美しい。そして、か細い竹や葉の絵柄が浮彫りにされている。この工芸品もまた、日本人が何世紀にもわたり、洗練されたもの——茶の湯、生け花、作庭、あらゆる儀礼——を磨き上げてきた証である。あたかも魂を切り刻み、精緻の極みを、耽美の極みを求めるかのように。このような金蒔絵の宝石のような家具を前にすわり、書き物をし、書籍をそこに収めていたかと思うと、信じられない気持ちになる……

だが……それが使われたことがないのは、見ても明らかである。これらは、一世紀以上前のものに違いない。そして、ずっと火事から守られ「お蔵入り」になっていたのだ。無傷である。ひっかき傷ひとつない。金蒔絵のかけらひとつ剝げ落ちていない。もしも、これほどすばらしく、品のいいものでなかったならば、この貴重な品は、昨日できあがったばかりかと思うかもしれない。

日本人は、このようなものを誂え、大枚をはたき、贈り物とし、受け取った者は、蔵に納めて鍵をかけておくのだ！

日本の首都には、少なくとも見るに足る公園が三カ所あると聞いているがねと、諸君は言うだろう。それは、皇居前の公園、日比谷公園、そして芝公園である。皇居前の公園、いかにも高貴な響きだが、ほかのなによりも、ただただ広大だということが印象に残った。他の公園はどちらも、何本かの美しい大木が深く印象に残っている。ただ、手入れが行き届いておらず、いにしえの造園の美学は一体どこにあるのだ？　と、首を傾げざるを得なかった。

それから、われわれは、「平和記念東京博覧会」〔一九二二年、上野公園で行われた博覧会〕の醜い建物や塔門――もちろん、近代建築である――の側を通り、博物館を訪れた。それは上野にあり、思ったとおり、興味深い像や掛物の数々を見ることができた。さまざまな寺社の宝物が一時的に、何度も入れ替えを行いながら、陳列されている。この公園には徳川家の将軍のうちの六代の霊廟（寛永寺）と、それに付随する神社がある。その徳川家はまだ存続している。まだ、徳川公爵なるお方がおられるのだ。どうして、もっとその博物館のことを教えてくれないのかと言うのかね？　建物の中央にある壮大な帝政様式の丸屋根に、すっかり気分を害したからだ。わたしはわざわざ東洋にまで帝政様式を見に来たのではない。この雰囲気にナポレオン的なものがあってはならない。もしそうであれば、繊細な芸術家にしてみれば、雰囲気は台無しだろう。どうして、もっと徳川家の墓のことを教えてくれないのかと言うのかね？　日光に行き、この徳川家の初代将軍の墓所を訪れるからである。その墓所は、日本でも有数の建築美を誇る場所なのだ。今、東京の徳川家の霊廟のことを話すと、後で日光の霊廟のことを語るとき、文体に新鮮味が感じられなくなってしまうだろうから。それだけでなく、この墓所は、天皇を奉じる尊皇派と徳川将軍――最後の将軍――に味方する佐幕派との戦いが起きた明治維新（天皇の権力の座への復位）の間に、尊皇派によって被害を蒙り、破壊され、略奪されてしまっている。

見えない像

この公園にあるものは数知れず、随所に散らばっている。この墓所の神社は色鮮やかで、金箔もほどこされている。歴史的にも重要な場所だが、見ても見なくてもどちらでもかまわない。博物館やあちこちの神域から、独特の雰囲気は味わえないのだ。東京のすべてにその雰囲気がないのである。浅草観音のお寺で功徳を授けてくださる像を見ようとすれば、その像はどこにも見当たらないときている。もちろん、ありがたい像を、それについて各種伝説を読んだだけの単なる観光客ごときには見せないというのは、まことに殊勝な心掛けで信心深いことであるが、その哀れな観光客の方も気分を害し、首を傾げたくもなろうというものだ。並外れて神聖だというその見られぬ像は……そもそもそこに本当におられるのか、それとも、ボストンやフィラデルフィアにお出ましになっているのではないか？　僧侶たちと皇族たちだけがそういう像を拝観できるのだろうが、まあ、前者に関しては異論はないとしても、後者に関しては……線香が濛々（もうもう）と立ちこめる薄暗がりの中で、本物の像が見えたのだろうか？……と。

そうは言うものの、このような恨みがましい考えは、落胆した観光客の八つ当たりでしかない。すぐさま恥じ入り、お詫びする次第だ。世界はいたって公平なのだ。人類は皆、あるゆる徳の化身なのだ。というわけで、観光客も「懺悔（ペカーヴィ）」したことだし、芝公園の神社仏閣を訪れよう――英国人の熱狂的なファンたちによると「日本美術の驚異」だそうだ。そこには、またもや何人かの徳川将軍の墓所がある。この霊廟では、今の徳川公爵の祖先たちが今、神としても崇められているのである。ただ、神域の中や奥にある、日本のオリュンポスの神々の墓石はそう簡単に見ることはできない。この巨大な寺社の建物群は、捨て置かれ、だれにも振り向かれず悲しげに佇んでいるかのように思えた。湿潤な気候のため、漆や金箔がかなり浸食されている。もちろん、美しいものもある。大きい広間と小さい広間のバランスは、建築学的に見て今なお的確である。二本の垂木のように、外側の唐門とともに神社と一体となっている二匹の龍、昇り龍と降り龍は、崇高な発想である。しかしときに、黒漆の羽目板に描かれた獅子や龍や一角獣は、中国のものを無理に模したのであろうが、中国のきめ細かさには及ばない。

過ぎ去った栄華

すべては、栄えある一世紀前、栄えある儀式の中で堪能すべきものであった。少なくともそのときには、この寺社の建物群はおごそかな雰囲気に包まれていたであろう。時の将軍が祖先参拝のために到着すると、ただ独り、最も神聖な場所である至聖所の高みに昇って行く。大名たちは回廊に、その身分の順に居並び、正座する。西洋人には真似のできない姿勢である。髪を結い上げ、奇妙な背高帽子という典型的ないでたちで、袖を大きく広げ、錦織の着物があたかも舟のように見える中にすわっている。それ以下の侍たちは左右に控えている。線香の煙が、獅子や龍や一角獣の形をした青銅の香炉から立ち上っている。煙は燻りながら、いくつかの花立ての中にそびえる青銅製や金箔のほどこされた蓮の花や蕾や葉の間を縫うように立ち上っていく。花立ては、精巧な木彫り細工がところ狭しとびっしりほどこされた祭壇の上に置かれている。その祭壇は、今見ると疲れを覚えるものでしかないが、当時は、後景として、また天井として、この世の権力を一身に集めた男たちにふさわしい背景であったのだ。神道と仏教は手に手を取り合い、協力していた。神聖な巻物の仏教の「経典」は、巨大な総がいくつかついた、蒔絵のほどこされたいくつもの櫃に納められている。向こうで幅が広く白い装束に身を包んだ僧たちが、祖先の名の記された神道の位牌の前で勤行をしながら、その手に持つ仏教の鈴を鳴らしている……

当時、この光景をたとえ遥か遠くからでも眺めることができた者には、芝の寺社は、奇跡の場所と見えたであろう。今は、東京を「観光」する哀れな旅行者の落胆でしかないのである。

第二十一章　泉岳寺

東京では四十七人の浪人の寺を見に行こう。この侍たちは、歴史上の英雄である。この「人生の波間を流浪する」侍たちは、自らが「浪(なみ)（波）」の存在であり、つまり、主君を失った浪人たちであった。そして、藩主の敵を討つため、「大挙して」一命を捧げた。主君である大名は東京（江戸）におり、ただ、朝廷の使者、勅使にほんの一度、礼を失したに過ぎなかったのではなかったのか？　わたしにはわからない。彼らは数知れない複雑な伝説に包まれているのだ。日本の歌舞伎好きに大人気の長たらしい悲劇も書かれている。この四十七士は死ぬまで主人に忠義をつくし、今では忠臣の鑑(かがみ)となっている。彼らの武勇伝の一部始終を語るのはご勘弁願いたい。諸侯といえども、大名たちは本来臣下ではなく、戦をくぐりぬけてきた男たち――つまり礼儀をわきまえない武骨者たち――である。江戸――東京の昔の名前――にある自分たちの屋敷に、ある一定期間、将軍に強制的に住まわされる――それは、彼らの家族を将軍の人質とするためだが――以外、自分たちの国に居城を構えていた。さて、人気のある長い話のあらましは以下のとおりである。浅野というある大名の一人が、勅使を迎えるにはどんな装束を着て応対するしきたりであるかと、相談役の吉良に尋ねたのだが、吉良は賄賂を十分にもらわなかったので、わざと誤った情報を与えた。その結果、その応接は、心ならずも天皇の使節に対する侮辱となってしまい、こんな儀礼に無知な田舎大名など見たこともない、と思われてしまう。こうして、大名の浅野と彼をだました金に汚い吉良、この二人は不倶戴天の敵となる。血の気の多い、田舎者の浅野は、将軍のいる城へ行き、そこで邪(よこしま)な吉良に出くわして、彼を傷つけてしまう。将軍の城の中、並み居る貴人の前で血が流されることは、それ以上でもそれ以下でもない、犯罪なのである。浅野家の家財は没収され、浅野は四十七人の忠実な侍たちに、自分に仕えることはもうできないと告げる。それ以来、彼らは主人を失った「浪」、放浪の身の「浪人」となる。そして、浅野は将軍に切腹を命じられる。

流浪

「浪人」たちは主人の仇討ちを誓う。忠臣蔵の始まりである。浪人たちはその計画をひた隠しにしている。しかし、吉良は彼らに惧れ（おそ）を抱き、密偵を送る。密偵は、吉良殿の心配はまったくご無用と報告する。というのも、大石を盟主とする彼らは、土地を買い、豪邸を建て、毎晩吉原に入りびたっているのだから。吉原というのは歓楽街で、その青楼には若くてきれいな娘たちがいる。

吉良は安堵する。浪人たちは復讐など考えていないのだと。しかし、間違っていた。浪人たちは、浮かれ騒いでいるうちにも、復讐しか、ほかでもない復讐のことしか考えていなかったのだ！　彼らはひそかに、吉良の屋敷がどのようになっているかを探ろうとする。屋敷に攻め入ろうというのだ。浪人の一人が屋敷を建てた大工の娘と結婚しており、屋敷の図面を手に入れる。四十七士は、それから一年、堕落した生活を装い、着々と準備を進める。そして、その夜、ついに決行のときが来る。吉良の屋敷に押し入るのである。彼らは、布団——絹のマットレスのベッド——がまだ温かいのを発見する。だが、吉良はいない。長い槍であちこちを突き刺し、吉良を追い求める。やがて、炭小屋で発見し、引きずり出す。主君を死に追いやった吉良に切腹を迫る。吉良は拒否する。臆病者なのだ。逃れようとするところを、大石がその首を打ち落とす。槍の先に首をつき刺し、浪人たちは江戸の街を凱旋する。それを一目見ようと、人々が集まって来る。彼らは浅野の名前を記した位牌が安置されている寺へと報告に行くのである。位牌の前に吉良の首を供え、主君の仇討ちをしたことを報告し、勝（かち）

鬨（どき）をあげる。

　将軍は浪人たちをあっぱれだと思う。しかし、彼らは自分の臣下の一人を殺（あや）めたのだ。そこで、四十七人全員に切腹を命じる。彼らはそれに従う。伝説なのか、それとも史実なのか？　わたしはその両方が入り混じっているのだと思う。どちらにしても、この四十七士はこの仏教の寺、泉岳寺に眠っている。そして、今なお何百人もの日本人がこの墓所を参拝しに訪れている。東京のど真ん中で、突如、謎めいた、古風で信じがたい光景に遭遇するのである。というのも、飾りけもなく、まっすぐに立っている墓石の前には、まるで永久（とわ）の炎のように、日々、毎時、刹那刹那、とぎれることなく線香が燃えているのだ。手にした線香に他の線香で火をつけ、白い灰の中に立て、供えているのである。寺の僧たちがそうするのではない。訪れる何千人もの人がそうするのだ。墓所は狭い、寺はいささか雑然としている。しかし、そこには、日本の近代的なものとは対照的に、不思議な気配が漂っている……

　ある広間の中の壇上に、浪人たちの像が並んでいる。木製で色とりどりに彩色され、思いきり埃（ほこり）にまみれ、なおざりにされている、美しいとはいえない像だ。目を引くのは、その各種各様の劇的な姿である。座しているもの、立っているもの、中にはまさに刀を腹に突き立てようとしているものも数体ある。

　墓所で感じたせっかくの雰囲気を台無しにするこのパノラマ像を眺めていると、大きな鼠が一匹、一体の浪人像の背後から現れたかと思うと、また別の像の後ろに姿を消した。外の墓所で絶えず燃え続ける線香、そしてこの中の、埃まみれで置き去りにされたような像たち、さらに鼠。わたしには、すべてが謎であった。

百貨店

妻が急を要する買物をせねばならず、大きな「市場（バザール）」、つまり大きな百貨店へ赴（おもむ）いた。動く歩道も一カ所あり、いくつかのエレベーターもあり、楽隊もいた。そこでは晴れ着からジャムや歯ブラシに至るまで何でも買える。実に大都会的だった。入口では、お寺のように、靴を覆う袋を受け取った。幸いにして、畳を汚さないように――畳の部分はほんのわずかしかない――靴を脱ぐ必要はなかった。日傘や雨傘は預けなければならず、パリのルーヴル――今度は美術館の方のことだが――のように、番号札をもらった。そして、その日傘や雨傘は、入って来た《入り口》とはまったく違う地階にある別の門のところの《出口》で受け取った。

東京には偶然、数人の友人たちがまだあちこちにいた。皆、中禅寺や軽井沢、どこかしらとにかく山の方へ避暑に行こうとしているところだった。その友人たちが「日本のあれこれ」を教えてくれた。雑談中のこぼれ話なので、ただの世間話として聞いていただきたい。

スパイ？　そう、それは公然の秘密だ。東京にある大使館や公使館では、行き来する手紙のすべてを、その大半がスパイである使用人たちが読んでいる。紙屑籠はひっくり返され、調べられ、引き裂かれた手紙は掻き集められ、糊でもとどおりに貼り直される。重要な書類となると、大使館や公使館から持ち出され、いつも内輪の運び屋たちに手渡されている。さらには、これは知っておくと慰めになると思うが、あまり重要ではない書類や手紙は、それが諸君に届く前に特殊な方法で開封されるのだが、その開け方を教えるコースがあるらしい。そして、中身に関心を持っているところでは、すでにその内容を承知しているのだ。

われわれが聞いた別の話。天皇や親王が東京にある御所以外の場所で亡くなるのはご法度（はっと）だそうだ。先の天皇が崩御されたとき、滞在していたのはどこかの離宮だったと思うが、その死は秘密にされ、大礼服を着せられた遺体はまるで生きているかのように二人のつき人に支えられ鉄道で運ばれた。さらに、それを乗せた御料車は、人々が見守る中、皇居へと走り去った。そして、そこではじめて、死後二日経った天皇は、ようやく正式に崩御できたのだった。〔当時、明治天皇の死因に関しさまざまな憶測が飛び交い、「天皇替え玉説」もあった〕

大食い競争

さらにもう一つ、聞いた話である。著名な華族たちが会員である華族会館というものがある。この会館ではしばしば大食い競争が催されるそうだ。参加者の前には、和食、中華料理、西洋料理が並べられる。それを全部平らげなくてはならない。賞品も出される。前回の優勝者とそれに続く賞をもらったのが、どの大臣でどの高官だったか、わたしはもう忘れてしまったが、優勝者は三品をすべて平らげた。二位以下は、中華料理か西洋料理で音を上げた。これが、あの「あわれ」を宿す茶の湯に耽(ふけ)る同じ日本人なのだ。彼らの娘たちは、一本の茎が他の茎よりも短すぎも長すぎもせず、活けられるよう、三年もの間、生け花を習っているというのに。そして、宮中では正月になると歌会始の儀が執り行われているというのに。あの浪人たちの寺の、こちら側の線香とあちら側の鼠と同じく、諸君にはこのことが理解できるだろうか。わたしは、この国と国民に「複雑な」思いを抱き続けている。

巡礼の聖地

読者諸君、この脈絡のない報告をお許しあれ。その脈絡なき中に、日本特有のものがあり、諸君が関心を抱くだろうと思ったのだ。この夏の期間、何百万もの人が巡礼者となり、富士山だけではなく、他に数ある霊山に登る。すばらしいとは思わないか？　日本の山々はたいてい、伝統的に霊域を持っている。この期間に巡礼者たちはこぞってそこに登るのである。この夏の期間に、どんな疲れも厭(いと)わず霊地を目指す、巡礼者の大群が日本中を行き交う。その光景を思い描くだけで、わたしには中世のお伽噺(とぎばなし)のように思える。山々に囲まれたこの国、その山の中、雪や雨の中、焼けつくような陽射しの中を、この国の人たちが皆、その最も美しい姿となり、西洋的なことなどこれっぽっちも考えず、登って行く。谷底に臨む道を歩き、増水した川を何度も渡り、何世紀も前に隠者たちが瞑想した社(やしろ)へ、洞窟へ、峡谷へと登って行く。この時代を生きる巡礼者たちは今、隠者たちが通った同じ道を踏みしめ、同じ岩々に触れたいのだ。このような日本の姿を前にしては、東京などすべて無に等しく、眼中にも入らなくなるのである。

多くの農民たち、彼らのみならず、多くのあらゆる階層からなるこの敬虔な巡礼者たちを、日本の「実業家(ビジネスマン)」たちと少しばかり比べてみよう。ホノルルを経由してアメリカへ行く航路を持つ東洋汽船会社が発行しているすばらしい月刊誌「Japan」を読んでみてくれたまえ。英語で書かれ、上手に編集されたもので、そこには、資料をうまく使いこなした、ひじょうに興味深い「日本のあれこれ」に関するいろいろな記事、そして、アメリカから日本へと旅する、アメリカの歯医者たちが治療した歯を見せ、満面の笑みを浮かべた「乗客(パッセンジャー)」たちの顔が載っている。日本の船をご利用くださいと宣伝する、なんとも大胆不敵ですばらしい出版物である。その場でもう乗船したい気分にさせられる。ツボを心得ているのだ。ヤンキーたちのやり方を見習ったのであろうが、ほとんど一枚上手だ！　そして、麗洋丸、銀洋丸、香洋丸、朝洋丸などという名の同社の船——われわれが乗船したのは春洋丸(しんようまる)だった——に乗り、神戸や横浜で下船する。すると、優秀なガイドは一人も見当たらず、片言しか英語を話さない駅員やホテルの従業員や他の役人を前に当惑するしかなくなるのである。

複雑な思い

こうしてみると、日本人は、まるで複雑な思いを起こさせるために躍起になっているかのように見える。彼らの魂に思い至るのは不可能だ。彼らがわれわれの魂に思い至るのも不可能だ。この国民の、何世紀にもわたるものとはいえ、偉大で崇高なその東洋の伝統に感心するたび、そのたびに嫌悪感を催すようなものに出くわすのである。うわべだけの西洋を装ったものに、われわれの心の奥の文明に無関心な、われわれを蔑(さげす)むような傲慢さなどに。あのすべての西洋的なものは、世界に伍し、三大国の一国であると嘯(うそぶ)くための上塗りニス、外面(そとづら)に過ぎない。野蛮な低俗性、それは華族たちの大食い競争。近代の醜悪な姿、それは百貨店。無神経、それは崩御した天皇の移送。

そうかと思うと突然、またもや不意に、いにしえの神々への恍惚たる帰依、両親や祖先への胸を打つ崇拝心、詩歌を慈しむ心、諸行無常という仏教の教え、それらを自ら率先し実践しようとする日本人がそこにいるのである。

第二十二章　日光へ

田舎

宇都宮まで汽車、そこから自動車でガタゴトと日光へ向かう。日光は日本で一番有名なところで、そこを見ることができると思うと嬉しくなる。車の旅は費用がかさむし、ガタゴト行くのに快適とはいえないお国ぶりだが、それなりの価値がある。地方の光景、小さな町の家々、そして、まったく開け放たれた田舎の家々を見ることができるのだ。そして、その光景は日本の月並みの、いわゆる大都市とは相当違っている。特に小さな家々がそのよい例で、今は夏なので襖(ふすま)はすべて開け放たれており、家の中まで見えるのだ。一段高くなっているところに畳が敷かれており、これは、東インドで使われる大きなバレバレ、つまり、竹製の床几と同じだ。ふとそう思えたのだ。少し裕福な家になると床の間があり、そこには掛物がかけられ、美術品が飾られて、花を数本活けた花瓶が置かれている。そのあしらいは、裕福な家庭ではきわめて厳格な美意識に従い入念に行われる。それが家の中の唯一の装飾品で、二、三日ごとに、別の掛物、別の美術品に取り換えられる。だが、この田舎の家々には床の間はめったに見られない。掛物一軸と青銅の像や花瓶が一つあれば、それで住人には贅沢というものなのだ。まったく遮るもののない家々の中を見ると、たいていは……畳を照らす陽の光しか見えない。ときには座布団がちらほら見えたり、住人たちが低い食卓に向かって、膝を折り足の甲を重ねて正座し――諸君、やってみたまえ――、箸を器用にカチカチ合わせ、小さなお椀で食事をしている。大半の家庭にある緑や青の鉢植えの盆栽が風通しのよい敷居に置かれている。そして、竹を編んだひじょうに小さな、あまりにも小さいので人形芝居用の玩具のように見える衝立（ついたて）が、あちこちに人目を避けるために置いてある。しかし、日本人は隠れてこそこそするのを好まないことを考えると、その衝立の後ろでは人目を憚（はばか）るようなことが起きているのだと推察する。それから、寒がりなのか、開け放った家では夜風で冷えるのか、スペインの暖房具「ブラセロ」に似た、緑色や青色の火鉢が置かれており、その中では炭が赤々と燃えている。洗った着物が、縫い目をほどき、板にぴったり張りつけて外に干してある。不細工な猫や中国産の犬がそこに寝そべっている。日本の動物は美しくない。一匹たりとも美しい動物を見たことがない。ただ、あの箱根でも見た大きな蝶だけは例外だ。犬や猫は、かたづけられることのないがらくたとともに戸外に寝転がっており、その間を縫って、色とりどりの着物を着た洟（はな）たれ小僧たちが遊んでいる。

以上が、わたしが田舎の家々から受けた印象である。その家々の間に少し色鮮やかな店が点在している。雨が降ると、作業をしている人たちや荷車を引いている人たちは長い蓑（みの）で身をおおい――浮世絵画家たちの題材だ！――菅（すげ）の長い茎でできた、先の尖（とが）った笠をかぶっている。馬は、その背の上から四方に突き出した四角形の覆いで雨を防いでいる。

風景はどうということもない。目の前には、波うつ山々の稜線が見えている。麻の葉は伸び盛りだ。桐の木がいたるところに植えてあり、それで桐箪笥（きりだんす）を造るのである。寝心地のよくない木製の枕を除いては、日本人が持っている唯一の家具ではないかと思う。枕というのは、台座の上に楕円型のクッションをつけたようなもので、それを布団の上か、布団の外に置いて、女性は結髪で、男性はそのまま、頭をその上にそっとのせて眠るのである。絹のマットレスである布団――たとえ億万長者であっても、われわれは爽やかな白いシーツと枕カバーの方を選ぶと思うが――は、日中は家に作りつけられている押入れに納められ、ベッドなるものは人目に触れないようにしてある。

雨の日には藁のレインコート（蓑）と菅笠を用いる。

いや、ときには何も見えないこともある。とにかく、人々は畳の上にすわってお茶や酒を飲んでいるのだ。彼らは小さく、あまり場所をとらないが、そんな日本の家にわれわれがいたならば、ほんの少し体を動かしてみただけで、逃げ出してしまうことだろう。狭くて窒息してしまいそうで、壁やら床の間やら、他の何だか知らないが突き倒して、あるいはおそらく、中に入るや否や、つまずきながらもう一方の出口から外に転がり出るに違いない。

霊廟

風景は突如、おごそかな気配を漂わせ始める。杉並木だ。初代の徳川将軍が眠る墓所のある町、日光へと続く日本の有名な杉の並木道である。道は二本ある。一つは、将軍自身のためのもので、祖先を祭るために威儀を正し、この道を登って行くのだ。もう一本は、勅使のためのもので、献上物や奉納品を届けるときに使用された。黒々とした葉をつけた巨大な木々が、そびえ立つように目の前に現れ始めた。これは三世紀前に、ある大名たちによって植えられたものである。何マイルも続くこの道沿いには、高さが背丈ほどもある、日本特有の照明道具である石灯籠が奉納され、いくつも据え置かれた。その灯籠は、唯一奉納にふさわしい石、ずっしりとした御影石で造られていた。上述の大名たちには財力がなく、そこで、御影石の灯籠を奉納する代わりに、小さな杉を植え、将軍には将来のために植えたのだと報告した。そして、そのとおりになった。明治維新（佐幕派対尊皇派、一八六八年）の間に木々は大きな被害を蒙ったにもかかわらず、また、百姓たちがその畏れ多い木をなんとも思わず、ところどころまとめて大量に切り倒してしまったにもかかわらず、それでも数えきれないほどの杉が巨木に成長し、これを伐採することなど想像さえできなくなったのである。われわれはその暗い陰の中をガタコトと進んでいった。杉は、われわれの糸杉と同じく、葬式を思わせる墓場の木である。並木は左右両側に二十キロメートル以上も続いている。この木は、何らかの手段で美的に身をくねらせるように強いられたことはない。そのずっしりとした幹は、今も上へ上へと伸び上がっている。その根は、木々が上へと伸びるにつれ、ときに地下から解き放たれ、蛇や龍のように地上にわだかまっている。その密集した針のような葉は黒々と絡み合い、その葉が落とす影は、黒い紗(うすぎぬ)が重なるようだ。日本の喪の色は白かもしれないが、われわれには、あくまでこの影のような紗の黒が喪中であることを意味している。この黒い丸天井の下、杉の巨人たちの傍らをよぎって行く。そこには圧倒されるものがあった。とはいえ、巨木の並ぶ暗い道は、日本人たちでさえ、あまりにも気味悪く、もの淋しく、もの恐ろしく感じるのではないかと危ぶまれるのである。

あちこちに、一列に木が切り倒されたところがあり――ずっしりとした根と切り株が見え隠れしている――、そこから向こうに日光の山々が茫と浮かぶように姿を見せている。日光というのは地区の名であるが、一般的には、二つの小さな村、その村の名前はおいておくとして、その二村の間の在所を表している。そして、そこには二つのホテルが建っている。

漆塗りの橋と神社仏閣

われわれは赤い「神橋」の側を通り過ぎて行く。橋はもちろん通行止めになっている。かつては、将軍だけが渡れる橋だったのだ。念のために言うが、この神橋の赤は、諸君のダイニングルームにある美しいお盆と同じように、漆塗(うるしぬ)りなのだ。もう一つ言わせていただくならば、これからわれわれが訪れる門や神社も、諸君がお持ちのお盆と同じように「漆塗り」であるだろう。諸君は、どれもペンキで塗られたものだと思うやもしれぬが、神橋やこれからわれわれが見る門や神社、その燃えるような緋色というか朱色は、黒地に赤を、ときには金箔地に赤を、何層にも塗り重ねた漆塗りなのである。

ホテルにたどり着くと、雨が降り出した。ホテルの周りや山々、松や杉の木々に、もの淋しい夕暮れどきの気配が漂っている。そのとき、鐘の音が聞こえた。それは近くの主要な寺の大きな梵鐘で、

日光の神橋。

僧たちに夕べの読経を促す鐘の音だった。くぐもり、単調で、すごみのある音だった。梵鐘というのは鳴らすものではなく、水平に吊るした棒、橦木(しゅもく)で撞(つ)くのである。漆黒の夜に「ゴォーン」とくぐもった音が響く。篠突く雨の降る中、われわれは不思議な厳粛さに打たれ、不思議な畏敬の念に包まれ、この勤行を促す音を聞いていた。

諸君とともにこの墓所の都を訪れる前に、どうしても歴史に数行を割いておかねばならない。ここに、徳川家康（一五四三年～一六一六年）とその孫、徳川家光（一六〇四年～一六五一年）が埋葬されている。それだけでなく、ここに彼らの御霊(みたま)が神として崇められているのだ。この二人は何者だったのか。家康は、将軍として采配を振るい、天下人として日本を統治した大英雄の一人である。しかも、天皇親政となる明治維新まで連綿と日本を支配した栄えある家系、徳川家の初代将軍なのである。家康は初め、彼に勝るとも劣らぬやり手であった豊臣秀吉――日本の異彩を放つ偉人の一人――に仕えていた。しかし、秀吉が死ぬと、故意にその息子の秀頼に戦を仕掛けさせ、その動揺した軍を打ち破って、豪壮を誇る大坂城を攻め落とし、秀吉が桃山に築いた壮大華麗な城を炎に包んで、廃墟とした。それ以来、家康は権力を一身に集め、天皇はといえば、無力な、ただの象徴にすぎない存在となっていった。

王者の墓

家康が幕府の統治を盤石なものにすると、日本の統治者たちの多くがそうしたように、その座を息子である秀忠――彼に関することはあまり聞かないが――に譲り、その際、政治に関する遺言を残して、日本史に新たな文献もたらすこととなった。「家康の遺言状」は、そのすべてが本物ではないかもしれないにせよ、日本の十七世紀を物語る史料である。

というわけで、日光で見られるのは、家康とその孫の家光の墓所である。この二人の天下人は、信じ難いほどの豪奢な神社にまさに神として祀られている。

　以上が、どうしても触れておかねばならなかった歴史のひとこまである。諸君を神社やお墓に案内する前に、ここでしばし、いかにも典型的なエピソードをいくつか紹介しておこう。われわれのガイド、カワモトが床屋に行ったときのことだ。床屋の主人が彼に訊いた。

「また外人を連れて神社を見にいらしたのかね？」

「何かまずいことでも？」と、カワモトは返答した。

「神聖なる神社は」と、主人は剃刀(かみそり)を持つその手にぐっと力をこめ、「見るものではありませんぞ。畏れ多くも、神様方に、家康公と家光公の御霊にお参りするものですぞ」と言ってきた。

　われわれのガイドは、剃刀を目の前にしては、もうそれ以上言い争う気にもならなかったそうだ。

それはともかく、その午後、われわれのガイドは、きれいに髭を剃り、申し分のない日本風のいでたちで――どこから見ても日本紳士である（袴(はかま)をはいていてもだ。彼の着物の着こなしは非の打ちどころがなく、ガウンを連想させるようなことはない）――、神社の宮司のところへ出かけて行った。あらかじめ面会を申し入れていたのだ……

「それで、カワモトよ、宮司殿は君をどのように出迎えてくれたのかね」とわたしは興味津々に訊いた。「宮司殿は一段と高いところにすわっていて、君は十二度お辞儀をしてから、その前にひざまずいたのかね」

「いえ、とても簡素なものでございましたよ。」とカワモトが答えた。

「宮司様は、ゆったりとした白い装束を身におまといになり、頭には馬の毛の黒い帽子、ご存知でございましょう、後ろの方がちょっと寸詰まりになっている帽子です。それをおかぶりになって、なんの飾りけもなく椅子におすわりのまま、わたしを迎えてくださいました。わたしが数度お辞儀をしますと、目の前の席、これも普通の西洋の椅子でございましたが、そこに腰を下ろすよう申されました。そして、お願いの儀を……」

　カワモトは続けた。

御内々陣

「わたしが日本をご案内さしあげておりますご夫妻は、と、わたしは宮司様に切り出しました。東京にございます在外公館を通し――お二方はオランダ人で、オランダからおいでになりました――、内務省の神社局からの推薦状をいただいております、と申しまして、日光にある神社や墓所のいたるところ、それだけでなく、御内々陣（ごないないじん）もぜひとも拝見できるよう便宜を……と、その長い書状を宮司様にお見せしました」

　わたしは全身を耳にして聞いていた。その至聖所というか御内々陣――内奥のまたその奥のありがたき場所という意味である――は、昔は十円で観覧できた。だがしかし、宮司は急に頑固一徹の口調となったそうだ。

「宮司様は」と、カワモトが話を続けた。「それで、オランダからのご夫妻は御内々陣をただ見に来たのかね、それとも儀式に則（のっと）ってお参りしようというのかね、とわたしにお聞きになりました」

「わたしは」と、ガイドは続ける。「宮司様、ご夫妻は儀式に則ってお参りなさるおつもりはないかと存じます。神道の信者ではございませんので、とお答えするしかありませんでした」

「そういうことなら、ご夫妻は御内々陣を見ることはできますまい」と、宮司が答えたそうだ。その推薦状の長い書状をゆっくりと巻き戻し、カワモトに手渡しながら。先に訪れた英国の王太子、プリンス・オブ・ウェールズでさえも、御内々陣を見ることができなかったときのように。

　これはカワモトが教えてくれたことだが、数多くの大臣や関係当局の人々を引き連れて来たプリンス・オブ・ウェールズに対し、宮司は同じ質問をかなり皮肉っぽく投げかけたそうだ。

「殿下は、御内々陣をただ御覧においでかね、それとも儀式に則ってお参りする御用意がおありかね」

かくしてわれわれは不本意ながら、奥へ、英国の王太子にも、諸君の特派員にも閉ざされたままのあの内奥へと進むことを諦めざるを得なかった。

第二十三章　自然の美

日本で一番印象深かったものは何かと問われたならば、それは日光だとわたしは答えるだろう。素直に認めておこう。日本三景と呼ばれる場所は、ひじょうに美しいところだ。しかし、その美しさも自然そのもののご機嫌によるところがかなり大きい。わたしは実際に、日本三景のうちの二つを見た。宮島と天橋立である。日光に触れる前に、景勝の地としてあまりにも有名なこの二つの場所のことを話しておこう。すばらしい神秘的な名前の島々が思い思いに並んでいる三番目の場所――松島の光景――をわたしが目の当たりにすることは、残念ながらないであろう。

宮島、その神域は海に面し、真珠色の濡れた月光の中で、まるで筏(いかだ)に乗って浮かんでいるかのようである。かすかな薄明の中、神秘に包まれ、あたり一面を照らす月の光は、のどかに波一つなく銀色に輝く水面に、神殿の揺らめくシルエットの上にそそいでいる。その一方で、奇跡の如く満ち来る潮にその姿をひたしている鳥居は、そこを神々が通る神秘の門のようにそびえ、その向こうには、ほんの一瞬見え隠れする鹿たちが、その徘徊する姿を、華奢な四本足のシルエットを、山へと続く緑地、露に濡れた野原に見せ、その姿は光に香り立つ薄明の中、天上の生き物を髣髴とさせる。宮島は、実に実に、奇跡のように美しいときがある。それには、夜と月と海辺の空と光の力を借りる必要があり、それらがすべて一体となって雰囲気をつむぎ出してくれるのだ。宮島をぜひとも訪れてほしい。日本人もことさらそのような情趣あふれる月の夜を選ぶ。澄み切った至福の光が、あのような海面の上に、あのような神殿の上に降りそそぎ、とりわけ、御影石の鳥居の柱の上に、そして、優美にそり返った

宮島の大鳥居と帆掛け船。

満潮時の厳島神社。

参道の灯籠のある岸から大鳥居を望む。

笠木の上に昇るとき、ああ、月は、満月は、なんと偉大な魔術師なのだろう。笠木がその上に支えているものは、目には見えぬもの、真珠の光を散りばめた広大な空、銀世界の月の夜にほかならないのだ。日中、引き潮が水を引き寄せ、水をさらっていき、神殿を支える柱があらわになって温泉療養施設のように見えたり、魚臭い海の匂いが濡れた砂から立ちこめたりするときには、その魔法がきかないこともある。

天の浮橋

次のお墨つきの名勝の地は、天橋立である。日本の風景を代表する三つの景勝の地を選出するとは、日本人もなかなか大したものだ。天のはしご、あるいは天の浮橋、つまり天橋立と呼ばれる砂嘴(さし)は、宮津という町からほど遠くないところにあり、海へとまっすぐ突き出ているが、われわれの目の前にある湾の手前の入江で途切れているように見える。松の木が細い砂嘴に沿って並んでおり、はるか遠くに消えている。一方の側の海は荒れ狂っており、もう一方は、ほとんど動きのない静寂の中に穏やかな水面を見せている。湾と砂嘴、そして、海と山を見渡す丘の上に、今もなお天に届くかのように身をくねらせている松の木がある。七世紀のころ、この松の木の下に真応上人が隠棲し、飢えと寒さをしのぎながら、周りの山々の稜線が一望のもとに見渡せる美しい光景を遠くに眺めて、魂にかかわる崇高なものに思いを巡らせていた。風景は感動に満ち満ちている。それが一番美しく見えるのは、霧のたちこめた朝、あるいは、またまた真珠色の靄(もや)のかかった月の夜である。風景というものにはいくらか陰に隠されたもの、あちらこちらに不可視の世界がなくてはならない。あれは何だろうと思わせるもの、あれはもしやと夢見させるものがなくてはならないのだ。七世紀のころと同じ松の木——そういうことにしておこう——が今も身をよじらせているこの丘に立つと、真応上人にまつわる言い伝えに思いを馳せねばならない。そして、それを信じねばならない。上人は餓死寸前だったが、凍え死んだ鹿の肉を食べ飢えをしのいだ。肉食は仏教では禁戒であった。しかし、それは、上人が仏陀の尊い教えを人類の救済のために説いたことに報いるため、慈悲の女神、観音菩薩が凍死した鹿の姿となり、自らの身を与えたのだった。この丘に座り瞑想するうちに、そして、運よく真珠色の朝霧や真珠色の月光の靄がたちこめ、天空を漂う心持ちになったならば、眼前の砂嘴は、まさに天のはしご、天の浮橋となるであろう。蛍も必ず見られる。蒸し暑い夏の夜、何千匹もの蛍がとびかう中、女たちが、なまめかしく戯れながら蛍をとらえ、胸や髪にとまらせてその光を愛でる。そして、蛍たちは死んでいくのだ。これは、あまりにも世俗的な光景で、諸君の瞑想には邪魔ものでしかないであろう。蛍狩りに興じ、駆け回っている女や少女たちは、いまだこの世のしがらみから抜け出てはおらず、天橋立、そのはしごに手をかけるには、まだほど遠い存在なのである。いやいや、霧や靄、夜明けと夜、これらは、大日本の二番目のこの名勝の地に無上の美をもたらしてくれる。昼は夏の強い陽射しの中、この砂嘴はただの堤でしかなく、天橋立はその魅力を失ってしまうのである。

墓所の都

日光は――名勝の地と公認されてはいないものの――どんな光の中でも、いつ何時行っても美しいところである。何里も続く杉並木（二筋の並木は、薄暗い影の中、上へと、杉の中に眠る墓所の都へと続いている）に包まれた気配は、まごうことなくこの地にふさわしいものだ。その気配は、生の喜びから遠く離れたもので、たとえ、家康と家光のために造営された寺社と墓所の一群が、色といい、漆や金箔や青銅といった素材といい、おそらく日本では他に見られない豪華絢爛たるものだとはいえ、そこには絶えず死を思わせる気配が、無常の気配が、昼夜を問わず漂っている。陽が昇り、かすかな光が薄明りの中で杉の幹を次々とよぎり、葉を透かして漂うときであれ、森と緑地が一つの黒い塊（かたまり）となった中を、赤褐色に燃える陽が沈んでいくときであれ、激しい雨、その線状の雨が木々の幹をつたい、葉の隙間をつきぬけて降るときであれ、葉の鬱蒼とした木々の神秘の姿の上に月が誇らしげに昇り、高みの神秘の葉陰からしたたる雨粒を銀色に照らし出すときであれ、その気配には、いつもどこか恐ろしげで、ただただ胸をうつ淋しげな美が漂っているのである。そして、寺の鐘の音。いつものように聞こえてくる遠くで打つ音や連禱の如く近くで響く忘れ難い音には、魂を揺さぶるものがあり、この地を訪れてから数カ月後、今こうして書いている間にも、驚いたことに、わが魂に帰依の心を促すその音が、世界中が喪に服しているかのような木々の、あたり一面を鬱蒼と覆いつくす葉に掻き消されていくように、まだわたしの耳に心に、聞こえてくるような気がするのだ。

滝

このような雰囲気に充分ひたったところで、そろそろ「観光」の時間とすべきか。いや、まだその時機ではない。家康と家光——二人の将軍、といっても、われわれにはだれのことか、すぐにぴんとはこないが——、この両名の寺社と壮麗な墓所は、確かに圧倒的な印象をもたらすかもしれないが、逆に、幻滅をもたらすことになるかもしれないのだ。まずは、この地を、ひじょうに魅力に満ちた周辺を見てみる方が賢明であろう。

霧降の滝は、滝口から水が、一つ、二つ、三つ、四つの幅広い筋となり、泡立ち、水しぶきを上げ、互いに絡まり合いながら落下している。まるで四つの巨大な手が瀑布を遮り、落下する水を左へ右へと選り分けようとし、瀑布は、抵抗しつつも、それでもわが道を行こうとしているかのようだ。

もう少し先にある裏見ノ滝は、霧降の滝とは対照的に、幅広く、一直線に落下する瀑布である。それは、岩々を照らす淡い陽の光の中で、突如、四方に飛び散る飛沫や水しぶきが織りなす泡となる。水をちりばめた壮大な蜘蛛の巣のように、水と虹色で編んだかすかな虹のレースのように。

華厳の滝は、全身に水をしたたらす岩々が待ち受ける広い滝つぼへと、遥か高所から下へ一気に流れ落ちている。水という不思議で力強い生命に満たされたこの滝の流れは――ここで、仏教の教えに思いを致さざるを得ないであろう。流れ行く水は人生のごとく、休むことなく、いつも、何時間も、何日も、何年も流れ続け、やがて最後には、一滴残らず大海に流れ込むのだと――杉の屋根におおわれ鬱蒼と翳(かげ)る、ここ日光の地の自然の威力と美の刹那刹那なのである。

日本人や外国人が避暑地として過ごす中禅寺湖は、これまでの猛(たけ)り狂う水とは違い、穏やかな湖面を見せている。そして、近くの岸を結ぶ貧弱な木の橋は、簡素で今にも壊れそうに見える。あたかもわれわれの生涯はすべて、此岸と彼岸を結ぶ脆(もろ)き橋、ただ一筋の線にすぎないのだと、これもまた仏教の教えであるかのように。

家康の霊廟

そろそろ寺社と墓所を見るときが来た。暗く翳る道を抜けると、われわれは階段を上って行くことになる。踊り場から、また次の踊り場へと数限りなく続く階段を。日光を見るということは、杉の木が落とす影の中を、御影石を砕石して造った急な階段を踏みしめ、踊り場から階段へ、階段から踊り場へと上って行くということなのだ。御影石の階段を上りつめると、ここに、家康の霊廟の入口となる御影石の鳥居がある。この石鳥居は、筑前守・黒田長政が十七世紀に、在所の石切り場から砕石したものである。左手には、五重塔が見える。これも、この地に眠る両名の家系である徳川家の家臣の一人〔小浜藩主 酒井忠勝〕が寄進したものである。仏塔は赤、青、金箔と極彩色で、一層目の木製の外壁の周囲は、あまりにも雑多な彩色で塗られ、あまりにも豪奢な彫刻がほどこされている。あまりにも、というのは、そもそも仏塔が象徴するもの――花がその茎を伸ばしていくように、魂を天に向けて昇らせる――は、実に素朴な発想で、本来、これほど多くの装飾を受けつけないからだ。その過剰な装飾はご免こうむるとしても、五層にふわりと重なる屋根のそれぞれの先にかかっている鈴は実によい。風の吐息とともに鳴り、信心深い者たちに、あの最上層の屋根の上にある長く優美な青銅の相輪が天を目指しているように、彼らの想念を上へ上へと昇らせねばならぬことを想起させてくれるのだ。先ほどの外壁にほどこされた装飾の細部――鳥や花や蝶――は、どれもみな、この世の乱れたものすべてを、慌ただしきものすべてを、この地上の生活の中の、おもしろく、魅惑的であるとはいえ無意味なものすべてを表しているのである。さも詩的に彫刻され、きらめかしく彩色され、漆塗りされ、金箔をほどこされたどの鳥も、どの花も、どの蝶も、それを象徴しているのである。これらすべてがあまりにも雑多で、あまりにもけばけばしく、あまりにも騒然としていると思うなら、そのことを改めて肝に銘じようではないか。

驚異の美

いくらか散りばめたように、さらに建物がある。われわれは仁王門（表門）を通り抜ける。そこには祭事用の貴重な道具が収納されている宝庫（神庫）がある。聖なる祭行列の行われる日々には二人の上様の御霊がお乗りになるという神輿もある。また、ここには聖なる文書を集めた文書館（輪蔵のこと）もある。いずれも展示館(パビリオン)風のこの建物は、いささか無造作に次から次へと続いており、どの建物も豪華に装飾されて、赤く漆塗りされ、装飾過剰の置き物のように破風や屋根に隙間なく彫刻がほどこされていて、極彩色、金色に輝いている。

杉の木々が影を落とす中で見ると、はっと驚くものがある。石造りの欄干の上の今にも跳びかかってきそうな獅子の像。鐘楼。琉球の王の寄贈になる壮麗な青銅の灯架。朝鮮の王の寄贈になる青銅の鐘。屋根に覆われた灯架と鐘。さらに、同じく灯架。それは――昔、出島に滞在することを許された――われわれオランダ人がかつて献上したものである。階段の下には、幾多の石灯籠が、その茸(きのこ)のような照明道具が、石でできた地の精のように地上に立っている。どれも皆、その一つ一つを熟視し、

仁王門（表門）をくぐりぬけたところにある神庫と石灯籠。

驚嘆し称賛するに値する興味深いものである。しかし、どれも皆、圧倒されるほど豪奢で、雑然として世俗的で、遠く向こうの水辺や木々の間に感じられる、重々しくもの淋しげな、仏教的敬虔さに満ちた日光の不可思議な気配は、ここには影も形もないのである。建築にせよ、彫刻にせよ、興趣尽きることのないこの建物郡は、何千もの注目に値する細部に溢れかえっている。だが、どの細部も重要に見え、どれもが驚嘆に値し、一体どこに注目すればいいのか焦点が定まらないのだ。すべては中国の模倣を思わせ、そして、おそらく中国の工芸職人たちが多く関わり設計されたのであろうが、大仰なほど過剰なその意匠や装飾を見ると、やはりかなり日本的なものなのである。同じように神聖な建物の一群を中国の本国で、となれば、もう少し抑えたものになったであろう。

すべてが工芸の極致である。そして、神社へと通じる陽明門の柱の複雑な文様が一本だけわざと逆さに彫られているとなると、完璧の極みと言わざるを得ない。この世の仕事に一点の誤りのない完璧さを望むと、ここに祀られた二人の将軍の御霊はもとより、彼らを祖先とする徳川家にいずれは不幸をもたらすに違いないと、わざと未完成なものをこの世の作品に演出しておいたのだから。

三猿。

手水舎。素人の写真のように見える。もしかしたら、自ら撮ったものかもしれない。

陽明門前の唐銅鳥居と神官たち。

唐銅鳥居正面から陽明門を望む。

陽明門。

陽明門。

陽明門の廻廊外壁にある木彫の透かし彫り。灯架（燭台）はオランダからの献上品である。

第二十四章　東照宮と地蔵

死後、ここに神として祀られている徳川家の初代将軍である家康は、日光では薬師如来の生まれ変わりだと思われている。その薬師如来像がここにはあるのだが、あまりにも畏れ多いということで、拝観することはできない。

とはいえ、ここは薬師堂だ。その天井がとりわけ変わっている。陰鬱げな龍が身をくねらせ天井いっぱいに描かれている。その下で叫ぶと、声がこだまし、龍も鳴き返す。「鳴き龍」の寺と呼ばれるゆえんである。だが、観光客たちが、その多くは日本人だが——日本人はだれもが、国中をひたむきに隅から隅まで訪ねて回るのだ——何度も繰り返す叫び声は、神聖な場所柄をわきまえぬものである。

階段を上り、踊り場をさらに進む。豪華に彫刻された門、唐門を抜ける。ふんだんに装飾のほどこされた門だ。中国産の木を使った柱には梅の木や龍や竹が彫られている。庇（ひさし）の下には中国の賢人を模した白い二つの像が飾られている……息を呑む光景である。歩みを緩め、そして止め、どんなに長く立ち止まって見ても、一度にすべてを消化することなどできはしない。質素や簡素とは無縁なのである。心地よく思えるのは、豪奢な細部が織りなすこの壮観な姿に手入れがよく行き届いており、清浄に保たれていることだ。

講堂、つまり拝殿へと続く折り戸を開けると、金箔の唐草模様と彫刻された緋色の牡丹に包まれた、実に豪華絢爛な光景が広がっている。入口の戸や窓の上の天井にはその格子ごとに鳥の姿が彫られている。鳳凰である。大きな羽のついた長い尾と鶏冠（とさか）を持つこの鳳凰は、何度も神聖な画題として用い

唐門（閉門時）。

唐門遠景。

唐門（正面）。

られている。徳川家の丸い家紋が、彫刻された菊の花の間のいたるところに添えられている。見たまえ。神官がお守りを売っているこの手前の広間の羽目板の数々には、鷲の姿が彫られているではないか。天井には仏教の天使が赤く燃えるように輝き羽ばたいている。拝殿そのものは、畳が敷き詰められた広間で、御簾で仕切られている。その御簾には絹の紐の先に大きな総がついており、それを引いて開けることができる。巨大な銅鑼が、鳥居の形をした枠組みの両側の台座の上に据えられており、その枠組みには神に捧げる幣、金色の紙の御幣がところ狭しと垂れかかっている。天井の正方形の格子にはくすんだ紺色の下地に金色の龍が彫られている……わたしがこうして描写していても、この神社、その錯綜とした、宗教的で象徴的で豪奢な姿は、諸君の目には浮かんでこないのではないかと思う。同じように、ローマやナポリのカトリック教会の様子を微に入り細を穿って描写しても、そのような複雑極まる建物に礼拝のために入ったことのない者には理解してもらえないだろう。

御幣殿と御内々陣は、われわれには閉ざされたままであった。

巡礼の目的

外に出て、社に挟まれた中庭に立つと、神楽堂――舞踏の間である――で、まだ小さい子どもの巫女たちが装束を身にまとい、神楽を見よう見真似で舞っているのが見える。その近くには「眠り猫」の門がある。左甚五郎の彫刻作品で、そう呼ばれている。眠る猫という題材で有名なものだが、その出来ばえは今一つである。わたしは、もっとかわいらしく眠る猫を何匹も見たことがある。

それはともかく、この外には、苔におおわれた石の通路――緑と黄色のビロードの布に覆われているかのようだ――があり、それは、二百段の急な御影石の階段につながっている。杉の木々の間の石段を上ると、家康の墓にたどり着く。われわれの巡礼の目的地である。この墓は、さらにまた階段を上った小高いところにあり、上部に笠のついている、いささかずんぐりした低い塔である。塔は青銅

坂下門。ここから階段を上ると家康の墓所。

拝殿の内部。

奥社の墓は宝塔と呼ばれている。

写真の裏は空白だが、クペールスの持ち帰った写真群の中にある一枚。

花瓶の蓮は21世紀現在はなくなっている。

製だが、色がかなり薄く仕上がるように金を加えて鋳造されたものだ。墓の前には、まるで巨大な安物の置き物のように、低い石の台に載っている香炉があり、両脇には、青銅の蓮の葉の花瓶、そして亀の背中に乗っている鶴の像がある。その鳥は嘴（くちばし）に蠟燭立てをくわえており、そこに参拝用の蠟燭を立てる。どれも大変な大きさである。いずれも、並外れた発想を示し、称賛に値する芸術作品であり、その線が描く輪郭は堂々としており、全体が豪華絢爛な姿である。だが、どれもひじょうに冷たく、そこには感動のかけらもない。仏教徒がこれらを見て敬虔な面持ちになるとは思えない。ただ、礼をもって接するため、ここに頭を下げ、ひざまずくことは想像できる。かつて薬師如来の生まれ変わりであった者の墓前に敬意を表するためだけに。家光——家康の孫である——の寺院も同じである。同じことの繰り返しなのだ。石段があったりなかったり、階段、踊り場を通り、高い杉の木の茂った影の下の灯籠や、黄色がかった緑のビロードのような苔に覆われた石や青銅の中を進む。そして、幅広い、手のこんだ装飾と極彩色の屋根のある門を抜ける。風神と雷神に左右を守られ、その周りに鳳凰や龍や牡丹の彫刻をほどこされたその門を……

わたしが何百もの細部を書き漏らしたことは疑うべくもない。だが、その全体像はそもそも見渡すこともできず、報告することなどできはしない。ただ人を圧倒し、疲れさせる、まったく骨の折れる仕事なのだ。しかも、心を打たれるようなものはどこにもないときている。それに対して、この神社の建物の一群の外、うす暗い杉の並木やその向こうにある数々の滝の間では、絶えず感動を揺さぶられるというのに。

家光の墓

家康の孫、家光の寺の中も、同じく人を圧倒するものだ。最上の畳が敷きつめられた拝殿。天井は彫刻をほどこされた鏡板で仕切られ、壁の上部にはすばらしい欄間（らんま）が取りつけられている。その鏡板

輪王寺大猷院の仁王門。

家光霊廟の夜叉門から唐門を見たところ。

家光霊廟の皇嘉門。ここから上がると家光の墓所。

家光霊廟拝殿の内部。

と欄間は、隙間なく風格を帯びた彫刻で覆われて、豪華に彩色され、とりわけ鳳凰がいたるところにその装飾として用いられている。徳をそなえた天子が出現するとき、あるいはもうすぐ出現しそうなときにだけ、この地上に現れるという想像上の鳥である。大きな羽のついた尾を振り、気品に満ちた鶏冠(とさか)を誇らしげに見せているその姿は、極楽鳥のように優美である。そして、視線を下に向けると、巨大な大きさの高価な置き物が立ち並んでいるのが目に入る。堂々とした花立て。その花立てには、水に見立てた雲母、そこから金箔の蓮の花や葉や蕾(つぼみ)が伸び上がっている。神道や仏教の神聖な枝、金箔のほどこされた「榊」や「樒(しきみ)」、また、仏教的な竹の枝は、われわれ西洋のカトリックで用いられる棕櫚(しゅろ)の木の枝のような役目をしているのかもしれない。

堂々とした青銅の灯籠。これもかつてオランダ人が献上したものである。嘴に蠟燭をくわえた鶴の燭台。壁に立てかけられているいくつかの錦織の旗。金箔の梅の木。そして、中央には金色の天蓋がかかっている。それは、細い金細工の透かし彫りである。さらに、それらの豪奢なものがいくつも立ち並ぶ前方にある漆塗りの低い机の上に、紐やずっしりとした総のついた漆塗りの箱がいくつか置かれている。その中には、仏教の聖典——経典——の数々が納められているのだ。すべては博物館のようで、蒐集家の所蔵品であるかように、趣味よく陳列されている。だが、ここには、ひたむきな帰依の心を感じさせるものがまったく漂っていない。最上の芸術品、豪華極まる富の象徴の数々を眺める中、傍らでは一人の僧侶が日本人の観光客に御朱印や厄除けのお守りを売りさばいており、もう一方の傍らでは二人の僧侶が交代で、次々と押し寄せる訪問客たちに、ここに陳列されている貴重なもの一つ一つについて、それがなんであるか、なにを意味しているかを説き明かしている。

地蔵寺

日本のどこでも見たことのない、あまりにも多くの豪華絢爛たる寺のものを見た後には、落ち着いた雰囲気、飾りけのないものに接したくなった。ガイドのカワモトにそう言うと、理解してくれた。そうして、またも苔の生えた何段もの階段を、杉の木の下を抜け、下りて行く。車夫たちが人力車にわれわれを乗せ、薄暗い並木道をひた走りに走って行く。車夫たちはなんと小気味よく、その筋骨たくましい足で弾むように駆けていくことか。西洋人たちは、この素朴な、力仕事をする若者たちに同情するが、それは筋ちがいで感傷にすぎない。車夫たちはこき使われて疲れきった顔などしていない。むしろ、その顔には、心静かに満ち足りた、平穏なものがみなぎっている。西洋の労働者たちもそうであればいいのにと思わせる表情である。力仕事をさせて申し訳ないと、わたしに良心の呵責を覚えさせることもなく、車夫たちはわれわれを乗せ、丘を越え、また下って行く。そこには稲荷川の広い川床が見えている。この時節はまったく水が流れていないが、大洪水の跡であるかのように、岩がところ狭しと転がっている。大谷川（だいやがわ）も同じである。だが、こちらの方は、岩々の合間を縫うように、しぶきを上げて水が流れている。そうして、神社の豪奢なものに数多く接した後、この朝は、なにか敬虔さに満ち、飾りけのないものが見たいというわたしの願いで、ガイドはわたしを稲荷川を越えた向こうにある小さな地蔵の寺に連れて行ってくれることになったのである。地蔵とは何者であるか、まだ諸君には話していなかった。地蔵菩薩は、最も可憐で謙虚な神である。あらゆる艱難（かんなん）に際したとき、同情してくれ助けてくれる神なのだ。もちろん、憐みの女神である観音菩薩や、「無量の光を放つ」阿弥陀如来も慈悲の神々であるが、下々の者たち、身ごもった女性たち、怖さに震える子どもたちにとっては、地蔵菩薩ほど身近な存在ではない。仏陀ご自身はといえば……天の高みに昇り、仏の蓮華座に鎮座しておられる。瞑想に没頭し、半睡半覚のまま、無限と涅槃の光の海に漂っておられる。真智と真如に達し、輪廻転生を重ねたこの世のことなど、もう顧みることはないのだ。だが、地蔵は違う。涅槃のことなどまだ眼中にない。この世の苦しみをいたるところに見ているのだ。とりわけ、弱者たちの苦しみを。地蔵は、やさしい表情をした若い僧のように見える。もしかしたら、どこか聖パドヴァのアントニオ〔一一九五年〜一二三一年 カトリック教会の聖人〕に似てはいないだろうか。蓮の花の上に座し、甘美で愛らしい顔を覆う後光に包まれて、額に星のように輝く智慧の眼、白毫（びゃくごう）の光を放ち、錫杖を片手に、宝珠を片手に持った地蔵の姿はいろいろとあるが、それはどれも、よそいきの姿であり、あれやこれやと苦しみ、悲しみ、恐れている者たちの前には、愛らしい、やさしい地蔵は、そのように崇高な神々しい姿で現れることはない。この簡素な寺にある像を見てみよう。寺の中には、なかなかの庭があり、そこには睡蓮の花――水上にその姿を見せている睡蓮はそもそも、あのいかめしい蓮よりも親しげな花ではないか――の咲く池もあり、そして、庭を手入れしていた若い僧が教えてくれたのだが、小さな、実に素朴な地蔵が一体ある。妊婦は陣痛の始まる前に、その像を持ち帰ってもいいのだ。地蔵が側にいれば、産みの苦しみもずっと軽くなる。旅する者たちも地蔵に道中の無事を祈る。日本を訪れた敬虔な観光客であるわたしも、道を踏み外すことのないようにと地蔵に祈ることに抵抗はない。

子どもたちの神

子どもたちは地蔵が大好きだ。まるで大きい兄さんといっしょにいるかのように振る舞っている。阿弥陀に対してそのような振る舞いをすることなど、子どもたちには考えられもしないだろう。同じように真心を持ち、慈悲深いとはいえ、阿弥陀は常に四方を照らす至福の光の中に包まれている存在なのだ。地蔵はといえば、これから先の何世紀も涅槃に入ろうとは考えもしない神であり、何の飾りけもなく、心から打ち解けて子どもたちと接している。

見たまえ。大谷川の岸辺に百体もの地蔵が列をなして立っている。人の背丈ほどもあるずんぐりとした像で、美しいとはまったく言えないものである。お世辞にも芸術家とはいえない彫刻家たちが、玄武岩や花崗岩で彫った像である。だがしかし、水しぶきを上げて泡立つ川を望む小高い岸にこうして数多く並んで立っている像のどれもが……地蔵なのである。そのどれもが地蔵なのだ。どの像も、どこかかわいい、丸い、若々しい顔をしており、慈悲に満ちた微笑（ほほえ）みをたたえ、憐みの心を宿した姿なのだ。ここには地蔵でない像は一体もない。

　そして、地蔵をどうしても必要としている子どもたち、不安にさいなまれている子どもたちがいる。そういう子どもは、地蔵に何をお願いしようとしているのかご存知だろうか。

賽の河原

　幼くして死に、地獄の三途の川で、正塚婆（しょうづかのばば）に死装束を剝ぎとられ、黒々とした川の薄暗い岸で、永遠に、とめどなく、小石を運ばせられる運命を恐れている子どもたちがいるのだ。そういう日本中の子どもたちが地蔵に何をお願いしようとしているのか。子どもたちは今、石を、丸い小石や大きめの石や岩のかけらを手に取り、地蔵の膝や頭に置き重ねている。「お地蔵さま、もしそのときが来たら、その石みんな、どうかわたしの代わりに運んでくださいな」と祈りながら。そして、地蔵は石ころ一つさえ拒（こば）むことはない。ずっと微笑んでいるのだ。地蔵は、日本中の不安にさいなまれている子どもたちがその上に置き重ねた石を、そのときが来たら、必ずや代わりに運ぶであろう。あのおぞましい婆の力は侮れないのだ。ただ、子どもたちが重ねすぎ、地蔵の頭や膝から転がり落ちたいくつかの石については、地蔵はどうすることもできない。それはそれとして、地蔵はできるだけのことをするであろう。できる限りのことを。苦しんでいる人たちや怖がる子どもを決して見捨てることのない、善良で、愛らしく、やさしい地蔵なのだから。そして、地蔵菩薩がいつか、その着飾った姿を浄土の前庭に現し、そこを散策していると、とりわけ、金色の牡丹や銀色の百合の中で遊んでいた子どもたちの魂が、地蔵のもとに群がり集まり、地蔵は子どもたちの魂のつくる雲に抱え上げられているかのように見えるであろう。

外国人の石

わたしには、大谷川沿いに並ぶ百体もの、ずんぐりとした、なんの変哲もない、愛らしい地蔵たちに積み重ねられている石は、一人の妖婆が子どもたちの魂に、あの黒々とした三途の川の岸に重ねるよう命じたものだけではないように思える。あの石は、この地上の心配事や憂い、恐れや悩み、将来への不安におびえ喘（あえ）いでいる素朴な民の苦しみのすべてを引き受けているように思えるのだ。そして、際限もなく続く地蔵の傍らをガイドとともに歩み、地蔵のことを話しているうちに、わたしは突如、自分が素朴な民の一人であるように感じられ、自分を抑えることができなくなった。ふと身をかがめ――実は、靴の紐を直す振りをして、それから――一つの石を、流れる川の水に白く艶（つや）やかに磨かれた大きめの丸い石を拾い上げ、慎重に、こっそり――ガイドはそのときちょうど、水しぶきをあげる川を眺めていた――地蔵の膝の上に置いた。地蔵は重さに耐えかねるほどの石に覆われていたが、大日本にいる観光客、外国人の石を拒むことはなかった。

第二十五章　慈悲の糸

わたしが愛し敬慕する「地蔵」は、そのふところに小石を置くと、わたしの苦悩の重荷を受け取ってくれる。一方、「無量光仏」「智慧と慈悲の神」と呼ばれる「阿弥陀如来」に対するわたしの敬慕は、地蔵への思いに決して劣るものではないが、その内実はまったく異なる。いや、たとえ満ちあふれる月の光に包まれ、病床のわたしのもとへ慰めに来てくれたとしても、光輝く「阿弥陀」には、地蔵ほどの親しみを感じないであろう。「阿弥陀如来」はサンスクリット語で「アミターバ」と呼ばれるが、やはり広大な慈愛の神である。阿弥陀に「観音菩薩」と「地蔵菩薩」を加えると、慈悲の神々のトリオとなる。この三者は、全人類を救い極楽浄土に迎えるまでは決して「涅槃」には至らないと誓っているのだ。しかし、何世紀にもわたるうちに、仏教の信者たちは往々にして、神殿にまします神々にありとあらゆる属性をつけ加えてきた。それで、阿弥陀は「慈悲の神」であると同時に「智慧の神」ともなっている。阿弥陀をだれがどう崇めようとその人の自由であるから、わたしはと言えば、阿弥陀を、とりわけ「慈悲の神」、ただ慈悲の神だと思いたい。阿弥陀の浄土は「西方」にあり、阿弥陀はそこに瞑想を表す「定印（ジャーナー・ムドラー）」、つまり親指を合わせ手のひらを開いて上に向けて結び、座している。そして、聖なる光、「後光」が、頭だけでなく、結跏趺坐した姿全身を包み、光り輝いている。

慈悲の阿弥陀

しかし、その浄土が「西方」にあるというのなら——阿弥陀は西方の菩薩である——信者たちは阿弥陀を追ってなぜ「東」へ向かうのだろうか？　八月のある夜——八月は日本中が巡礼者となってあらゆる霊山へと向かう月だ——何千もの人々が、ある名高い霊場、「東の山」へと向かう支度をする。静まり返った夏の夕闇の中で何時間も心を整えて待ち続け、遠く水平線に、太陽そのものの中に現れるあの「慈愛に満ちた高貴な智者」、阿弥陀如来が昇って来るのを見るためである。その夜、巡礼者たちは魂を忘我の高みへと、それ以上はない恍惚の高みへと舞い上がらせる……何時間も待ちに待ち……八月とはいえ、不動の姿勢で待つ巡礼者たちを震え上がらせる山おろしの風吹きすさぶ中で、岩の上にひざまずき……祈りに祈り……「南無阿弥陀仏。救いたまえ。ああ、阿弥陀さま、仏さま！」と、その名を呼ぶのである。そして、やっと雲の切れ間が少しずつ見え始め、光の筋が一筋、二筋と放たれて、昇る陽が姿を現し、この祝福された朝の中で陽が昇ると——靄や霧がかかっていませんように！——そのとき、忘我の境地にある巡礼者は、何千ものすべての巡礼者たちは、その光り輝く姿の中に神そのものを見るのである。「救いたまえ。ああ、救いたまえ。阿弥陀さま。やがて仏の身になられるお方！」と叫びながら。

　こうして、阿弥陀は「東」から昇って来る！　ということは、阿弥陀の浄土は「西方」だとはいえ、「東」にも浄土があるはずだ。浄土は「東」から「西」へと半円を描き、至福の天球の如く果てしなく広がっているのに違いない。「西」の阿弥陀を拝んだ後は、このめでたい八月の明け方、最果ての「東」の山の険しい尾根の上で「東」の阿弥陀を拝んでもよいではないか。同じように、京都の「黄金のパビリオン」に保存されている、恵心僧都の描いた、胸がしめつけられるようにすばらしい三枚続きの絵を見ると、阿弥陀はその何千人もの信者に至福をもたらすために、太陽そのものの中に現れ昇ってくるように、わたしには見える。陽光は、神を迎える金色の光の海の波のように水平に流れている。「阿弥陀」はその光の海から顔を出すのだ。「観音菩薩」が傍らに、智慧の女神、「勢至菩薩」がもう一方の傍らに控えているが、その両女神は楽器を手にし、栄光の中を昇り来る阿弥陀よりは遠慮がちに下にいて、「阿弥陀」の名誉を讃え、歌い、音楽を奏でている。というのも、この瞬間は、両女神のでなく、「阿弥陀」の栄光の瞬間なのだ。両女神はただ姉妹としてこの神聖な瞬間に、神々しい兄につき添っているだけなのである……

慈悲の糸

その三枚続きの絵をわたしなりに――他の説はわたしには考えられもしない――解説してみただけだが、信者たちは「阿弥陀」が昇ってくるのを、朝日が昇り、「大日本」を、そして「世界」を照らす「日の出」であると見なすのだ。信者たちは阿弥陀に救いを求め、憐れみと慈悲を乞う。阿弥陀の首には束ねた糸がかかっている。そして、その糸を捉えた者を、そう、糸をつかんだ者を、阿弥陀はその手に抱え、地獄さながらのこの世の苦しみから救ってくれる。巡礼者たちが、朝の時間が熟した瞬間にどんな気持ちになるのか、わたしにはわからない。おそらく、恍惚状態となり、金色に輝く糸に両手を伸ばすに違いない。その糸は、「昇る朝日」のように遥か遠くにあり、生身の人間の手からは遠く隔たっているが、忘我の境地にいる者にとってはそうではない！――谷底の一歩手前で倒れては、信心の力と導きによりまた立ち上がり、「東の山」、その霊場を一歩一歩下りて行く。信者たちは阿弥陀が昇り来るのを見た。阿弥陀の首にかかる糸、「慈悲の糸」を捉えた。信者たちが身を滅ぼすことはないであろう。阿弥陀に救われるだろう。下界の町や村に戻り、癒された想いで、心静かにまた日々の営みに戻るだろう。薔薇色に染まる金色の後光を一身に浴びた、優しく微笑むあのお姿、そのお方から「慈悲」の微笑みと励ましをいただいたのだから。

この参拝の儀式、拝む姿は世にも美しく、真心がこもっていると思う。われわれ哀れな人間は、絶望に陥り行き場のない魂に手を差し伸べてくれる「橋渡し役」を必要としている。その橋渡し役は、われらのために自ら進んで「浄土」を去った。われわれ人間をその魂の悲痛な叫びから、地獄の苦しみから救えないとしたら、自分にはなんの価値もないと思ったのだ。わたしが大きな寺院の建物群の側にある脇寺のいくつかで蓮の花の上に座している阿弥陀像をいろいろ見たうちで、目に留まったのは、その顔が温和で女性的で慈悲に満ちた表情をしていることだった。それは「仏陀」と同じ表情なのだが、しかし、やはり違っている。もっと弱々しく、もっと人間的で、もっと身近に感じられるものだ。それに対し、仏陀そのものの表情は、この哀れな世からはもっと遠く離れ、「静寂と叡智」に包まれて神として崇められているように、わたしには思えた。

仏陀と阿弥陀

そうして、われわれは鎌倉の「大きな仏陀」、大仏を見た。しかし、その印相——親指の先をつけている——からして仏陀ではなく、「阿弥陀」である。この巨大な像の第一印象は圧倒的だった。仏陀あるいは阿弥陀の巨像は日本に三体ある。神戸と奈良と鎌倉である。鎌倉の青銅の座像はその中でも一番堂々としており、最も芸術的なものだ。この巨像を創った職人は、というか、おそらく一団の職人たちであろうが、この広い空と荒々しい起伏の丘の間にその像を夢見、創造を成し遂げたのだ。周囲にはほとんどなにもなく、その神々しい顔が空と雲の間に、その情景の中に、そびえている姿を想像しながら。この巨像の創造には雄々しさと敬虔な心が満ちている。ただ、この圧倒的な称賛の気持ち——この像が眼前に突如現われると、静寂で巨大な荘厳さに包まれたその姿に圧倒される——の中には異を唱えたいものがある。これは「阿弥陀」ではないと。少なくとも、わたしから見れば、そして、すばらしいものに出会えたささやかな感謝の念に……いささか失望の念を交えて言わせてもらえるならば、これは「仏陀」だ。親指の先をつけ定印を結び、瞑想の姿をしているとしても、「阿弥陀」ではない。そもそも「仏陀」自身もあの叡智の木といわれる菩提樹の下で同じように瞑想の姿で座していたのだ。その大きく丸い顔は、わたしによれば、「仏陀」のもので、「阿弥陀」のものではな

鎌倉の大仏。

い。厳格な顔だ。その純金の両眼は半ば閉ざされた瞼（まぶた）の底で薄暗く翳り、その視線は、とうの昔からただただ自分に向かい、この哀れな世にはもはや向けられてはいないのだ。

しかし、「阿弥陀」はこの哀れな世を見ている！「阿弥陀」はわれわれを憐れんでいる！「仏陀」は何世紀にもわたり転生を繰り返し、ついには神聖極まる神格へと昇りつめ、その魂はもと来た流れをさかのぼり、光となり、気となり、もう言葉では到底表せないものとして「涅槃」の一部となったのだ。「阿弥陀」は、「無量の光を放つ者」として神性であるとはしても、われわれをまだ忘れず、われわれのことをいつも考え、光を一筋一筋われわれに送ってくれる。「阿弥陀」は救済の光なのである。そして、わたしが阿弥陀と思って見たもの、あの大きな聖域近くの脇寺で見たときに、その像という像にわたしが感じ取ったと思ったもの、そのすべてが、夢見るような巨大な荘厳さに包まれた鎌倉のあの神の顔には欠けている。微笑む姿、柔らかな慈悲の心、心底からの憐み、われわれ哀しき人間への思いやりが欠けているのである。

鎌倉の大仏

「仏陀」は、何世紀にもわたり、人や動物、生きとし生けるものにその身を捧げ、挙句に、われわれをもう思い出せないのだ。だからと言って、生きとし生けるもののだれが「仏陀」を責めるような真似ができるだろうか！「仏陀」はわれわれを超えて行ってしまったのだ。「阿弥陀」はわれわれのただ中に、われわれとともにいる。日ごと、陽とともに昇って来る。「東」から「西」へと、半円あるいは半球のように弧を描いてかかる天空の橋をわたるがごとく現れるのである。画家たちは阿弥陀の「西方」の浄土を、中国（キャセイ）の伝説に出てくる皇帝の楽土さながらに描いている。雲に浮かぶ金色堂。蓮と水蓮の池。淡い紺碧一色の、波一つない水面。松の木の一群と花咲く果樹園。ある木は薄黒く、岩に根を下ろし雲間にそびえている。他の木は、まったくの無の空間から伸び出て薔薇色に身をくねらせている。音楽を奏でる天女たちが、喜びに満ち、色とりどりの長い裳裾をなびかせて、孔雀と不死鳥の間、果樹園と森の間を抜け、いくつかの池の傍らを過ぎ、行きつ戻りつ、虚空のかなたにある宝楼の高い段の上を飛びながら舞っている。これらすべて人間的なものは「阿弥陀」のものであり、もはや「仏陀」のものではない。あの「鎌倉の大仏」のもの静かな夢見るような顔には、これらすべて人間的なものの名残りが欠けていると思うのである。

わたしにとっては違う。鎌倉の大仏は「阿弥陀」ではない。だが、この失望感はさておき、広大な空と高く続く丘陵を背景に屹立する姿を、人の手が創った奇跡の像を眼にするや否や、あらゆる感情は静止し、心臓も止まるかと思うのである。

心の準備

日本滞在の日々は残り少なくなった。わたしは、たくさんのものを見、たくさんのものを見損ねた。このような何世紀もの文明と歴史と芸術をもつ国を一介の観光客が数カ月で見ようとするのは、しょせん無理な話なのだ。しかし、見る機会がなかったもののことを思うと、残念な気持ちもする。見る機会があったものは、その甲斐あって嬉しかった。数々の失望にもかかわらず、わたしが受けた美の印象は大きかったし、この国民、この国をもっと奥深く知るにつれ、日本の芸術や歴史や――昔の――文明を生み出したその美とその重要性の価値が一層理解できるようになったのだから。だが、後悔の念に襲われることが一つだけあった。「能」を鑑賞する機会がなかったことだ。本当に能を見る機会はもうないのだろうか。実はすでにあきらめていた。出発の日が迫っているのだから。まあ、人生の中で味わう山ほどの失望にもう一つ失望が加わったとしても、どうということはない！

すると突然、目の前にわたしのガイドが現れ、満面の笑みを浮かべながら日本語で書かれた手紙を見せた。わたしには読めない手紙である。それは、ガイドが出した手紙への返事で、差出人は能楽の師匠の一人だった。ある午後、鎌倉で弟子たちが能舞台の公演をする。ついては、身を慎み心の準備をし、聖なる仏教の舞台を厳粛に鑑賞する用意のある者は歓迎する、という文面だった。仰天した。失望の数々に対するありがたい見返りである。能舞台は敬虔で繊細な日本の心が、これ以上はないという形でそこに顕（あらわ）れているものだ。日本人の中にある高貴なもの、誠実なもの、敬虔なもの、そのすべてが能というきらめく宝石に結晶している。能は、われわれ西洋中世の「神秘劇」と比べられないこともない。しかし、能にはそれ以上のものがあり、似ていない点もある。能には「神」と「悪魔」が登場しない。「天国」と「地獄」の場面はない。能の場面はまさにこの地上である。だが、その憐れな地上であるとはいえども、ある雰囲気、諦念と仏の息吹に包まれた慰めがほのかに薫る中で演じられる。そして、そこには、「業（カルマ）」そのものでしか滅することのできない罪、前世の罪が充満している。浪漫的であるといえば、神秘劇同様、能もまた然りである。しかし、能は、諦念へと誘う点で、観客に慰めをもたらす点で、もっと奥深い。というわけで、われわれは能を鑑賞することとなった。「その午後と晩は、それ相応のご辛抱をなさいませんと」と、ガイドが言った。能の舞台はとんでもなく長く続く。日本人にとってでさえ。わたしは辛抱すると約束し、演目を尋ねた。ところが、「プログラム」というか、それに似たようなものを手に入れたいという、わたしの「西洋的」な願いを、自身も敬虔な仏教徒であるこのガイドは、不謹慎の極みであると受け取ったらしい。しかたがないので、わたしはまさしく仏教の諦念の境地に至り、能舞台を見る日をただ静かに待ち受けることにした。そして、能に関する本を読み、とりわけ日光の博物館で撮った写真を見ながら――そこには昔の能の装束や能面が数多く保存されている――その日々を心の準備にいそしんだ。ガイドのカワモトがわたしに望んでいる辛抱と諦念と敬虔さの準備にだ。その準備がなければ、われわれ西洋人の落ち着きのない魂は、仏教心に満ちた能舞台を見るに値しないのだ。

第二十六章　能舞台

　われわれが見る能の会場というかホールは、僧院の一角にあった。窮乏、貧苦、断食を課すひじょうに厳格な宗派で、僧侶をめざす若者たちがいくたびもの試練を経てようやく入門を許される僧院である。その日は雲に覆われた夏の午後で、ゆるやかに傾斜していく丘々の間にベールに包まれた空が見えていた。神秘的、仏教的なものを観劇するには、雲一つないめでたい日より、このような一日の方が風情があるかもしれない。とはいえ、仏教、そしてその教えに関連したものの中には、尽きることのない美と慈愛とは裏腹に、どこか悲哀が、少なくとも憂愁がまとわりついている。この世がとるに足らないものであるという考えが仏教徒の魂に重くのしかかっているのだ。覚えてもいない前世で犯した犯罪や罪業がこの世で罰せられるという、あの「業（カルマ）」という冷酷な掟は、思うに不当極まりないものである。忘却の彼方の前世で、国王であったかも乞食であったかも知らぬわたしが犯した罪を、今のままでも大変な暮らしをしているわたしに、一体どうしろというのだ。なぜ、訳もわからないいま、今ここで罰せられなければならないのだろうか。まあ、こう息まいてみても、仏教心のある者は動じることもないであろうが。とにもかくにも、自然のたたずまいも曇天の空も幸先よしだ。

　われわれの到着を告げると、能の演者たちの師匠が出迎え、会場に案内してくれた。そこには観客たちがすでに畳のあちらこちらに敷いてある座布団の上にじっと黙ってすわっていた。照明は薄暗くしてあり、柔らかだった。和装にせよ洋装にせよ、この観客たち——少人数であった——のだれもが、まるで寺院にいるかのように何かを待ち受けている姿には宗教的なものが感じられ、心を打たれた。

この観客たちは日本の知識人の最上層の人たちである。教養人の中でさえついていけない者もいる能に興味を示すのは、研ぎ澄まされた日本の精神の持ち主だけなのだ。上演される演目は今や何世紀もの歴史を持ち、その能舞台は何世紀もの伝統の中で結晶化されたものである。観客の中には、今回の演目を知っており、その謡の詞章や、さらには、謡本を持っている人もいた。われわれの登場で場がざわつくことはなかった。師匠がわれわれを左手脇の、いわば仮設ボックス席に導く。そこに西洋流にすわることができた。そして、その場の通訳をしてくれたガイドが、あなたがた異国人が能に関心を示してくれ、師匠は大変感銘を受けております、どうかそのことをご承知くださいとわれわれに言うのを聞くと、師匠は深々と何度も何度もお辞儀をして去って行った。蒼ざめた陽光がゆらゆらと揺れる金色となって一筋射し込み、斜めに射し込む一条の光の中にそのきらめく原子が褐色の木製の古めかしい会場の中でゆらめいていた。

　われわれは黙りこくって待った。随分長く待ったと思う。わたしは苛立つまいとあらかじめ決めており、半時を精神の集中と心の準備に費やした。何も言わず、ただ静かにすわって待っている人たちにもほとんど目を向けず、日本語のテキストを読んでいるふりをしていた。眉を顰め、その高度に難解な、磨かれた古語の詩文を解読しているかのように。詩文には手も足も出ないだろう。耳にするもの、目に見えるものからは何かわかるだろうか。無理ではないかと半信半疑だった。

　舞台は大きな正方形の壇で、側面の階段から登れるようになっていた。背景があったが、いくつかの岩の間に屈曲した松の木が一本、木製の板に描かれたものだけで、この背景は上演中ずっと変わらない。舞台の傍らに一列四名の者が二列にすわっていた。地謡方である。その長く引き伸ばした節回しで、時折、所作を中断させ、解説を加えたり、後の場面を予告したりする。観客の真向かいには、笛と二つの鼓の囃子方がいた。

盲目の皇子

舞台が始まる。われわれが鑑賞するのは『蟬丸』、能の中で大変人気のある感動的な舞台の一つである。皇子の蟬丸は父の「帝（みかど）」の宮廷で育てられている。しかし、その盲目が災いし、一族や国にも不幸をもたらすとして、山奥に追放される。蟬丸が登場してくる。流罪となり、高い山を登っていくところである。その頭上に二人の従者が天蓋のようなものをかざしている。それとも、それは蟬丸が乗るのを厭う駕籠を表しているのだろうか。

どうもよくわからない。しかし、その姿――顔には能面をつけている――、ゆっくりと歩むその姿には極めて胸を打つものがある。皇子はその悲痛の思いを、盲目と追放の運命を語り、謡い、孤独が待ち受ける山頂へと向かう。追放の身とはいえ、装束は見事なものだ。それが能の伝統というものなのである。悲しげで蒼ざめた盲人の面をつけ、頭上にはとがった皇子の頭巾をかぶり、四角形の広い袖口を垂らし、裾の長いこれまた四角形に見える幅広い装束を引きずるようにして、おぼつかない足取りで、しかし、そのよろめく足取りはだんだんと摺り足のリズムとなり歩みを進める。

古来の芸能

その声は高く長く響き渡り、震える裏声は絶叫となる。奇妙でいて、洗練され、磨き上げられている。これが何世紀も前と同じ芸術なのかと驚嘆を禁じ得ない。この能は何世紀も前のもので、それ以来何も変わっていないのだ。

皇子は自らの苦悩を語るが、そこには敵意はない。そして、頂上に達する。そこでこれからずっとその盲目の身を、この世でなければ来世で救ってくれるよう祈り続けるのである。傍らには竹といくらか葉の残る枝で造られた――数条のか細い竹とほんの少しの葉が見えるにすぎない――庵（いおり）と思わせるものが置いてある。皇子の終の棲家である。皇子は覚悟を決めてそこに座し、そして祈る。

　皇子の動きと身を切るような高い声は、笛の音と鼓の伴奏を伴っていた。今度は地謡の人たちが聖詩歌唱のように歌う。甲高く、耳にキーンと響く、身を切り裂くような声である。これが美だろうか。われわれ「西洋」人の耳にはすぐにはそう思えないかもしれない。しかし、わたしはそこに、実に独自なものを、これ以上はない芸術的感動を感じたのだった。もちろん単純な話ではない。この能舞台の価値がわかる日本人の魂には――彼らにさえ理解の難しいこともある――古語や古詩に対して敏感に反応する何かが、また、この舞台に象徴的に漂う仏教的な哲学に対しても敏感に反応する何かがひそんでいるのに違いない。その感覚がなければ、身を裂くこの甲高い声、震え響く声、動作といえるかどうかも疑わしい引きずるような所作にはげんなりしてしまうだろう。それでも、感動がそこにあることは否定すべくもない。例えば、今は隠者のように庵にすわっている盲人の姿には心を打つものがある。といっても、それは顔を覆う能面をつけた姿なのだ。なんと奇妙な「劇」だ。東洋人は、それをときになんと途方もない深遠さで表現する術を心得ているのだろう。

逆髪

　傍らに二人目の登場人物が現れる。「逆髪」と呼ばれる皇子の姉である。この姉も、皇子の盲目が災いしたように、その逆立つ髪が宮廷や都に災いをもたらし、それは魔性に憑かれているのだという理由で追放されていた。追放された皇女が山頂でその弟に出会うのは偶然である――あるいはそうではないのか。というのも、流謫の地はそれぞれ違った場所なのだが。姉は弟だとわかる。弟はその絶望に満ちた悲痛な叫びを聞き、姉だとわかり、庵を出る。両者の抱擁は、大きくゆるやかな所作で表現される。姉の絶望の嘆きは尽きることを知らない――逆髪の皇女を演じているのは若い男である。そして、色は控えめだが、豪華な装束を大きく広げ引きずるように、乱れ髪に能面をつけ、皇女はその絶望をこと細かに語るのだ。やがて、すでに諦念を得ていた盲目の弟が姉を諫(いさ)める。二人の流罪は宿業であり、決して不当なものではなく、この世で犯した罪のためではないと。前世で犯したなにか知らぬ罪業の報いであり、姉がその報いを受け入れるなら、弟も同じく受け入れると。そして、姉に自分と同じように諦念の境地を志すよう、この罰を下した掟に従うようにと諭す。

弟に諭され、皇女は悲嘆にくれる身を慰める。もはや叫びもせず、大声でわめきもしない。声は呻(うめ)きとなり、喘ぎとなる。悲しそうな動物のように、断末魔の猫のように。震える笛の音と一定の間隔を置いて鳴る鼓がそれを伴奏する。そして、姉は別れを告げる。自らの流謫の地へ向かうのだ。この非情の運命までが二人の仲を裂くのである。冷酷な「業(カルマ)」を荷い、姉は行く。舞台を回り、さらに回り、松の木と岩の前を通り過ぎ、やがて消えていく。一人残された盲人は、庵に身を置き、琵琶や笛を手に取り、夕闇の中で謡う。長く引き伸ばす朗唱(レチタティーヴォ)で、その諦念の境地を悲しく謡い上げる中、やがてその能面の顔は、信心深い胸へと深々と垂れていくのである。切々と悲しく、大変感動的だった。長時間の舞台だったが、観客は不動のまま、舞台に見入っていた。そして、終了。会場は静まり返っていた。

六地蔵

このような深刻な舞台の後には、滑稽劇である狂言が用意されている。滑稽劇といっても粗野なものではない。滑稽劇の際には、底の厚い履き物を使用するという決まりがある。われわれは『六地蔵』を見た。田舎者の地主が土地の守り神として六体の地蔵を注文する。悪者が仏師といつわり、すぐにでも調達すると言う。しかし、その悪者は六人の僕(しもべ)を雇うのだ。六人は地蔵の真似をしたかと思うと、居場所を変え、そこでまた地蔵の恰好をしてすわったりする。しまいには、その一杯食わされた地主が、注文した物が血の通う体や足のある地蔵であることを見抜くという話である。

次いで『松風』を見た。松風と村雨という二人の姉妹の話だ。二人は同時に一人の巡礼の男を愛する。男が去ると、二人は死に、その魂が舞を踊る。この舞台は、この世の愛に対する仏教的な戒めだったのだろうか。

『蝉丸』を見た後、正直に言うと、西洋人たるわたしの集中力はもう限界だった。気力も同じく限界に達していた。一体もう何時間そこに座っていただろう。観客は微動だにせず、帰依と信心深い集中力の中で、不動の塊になったかのようだった……

ガイドが、そっと抜け出すこともできると思います、と言ってくれた。

外には夜の帳（とばり）が下りていた。われわれはまたもや「大仏」を見た。わたしには阿弥陀とは思えない壮大で巨大な青銅の像だ。そして今、青白い星がいくつか見える、晴れ渡った紺色の夏の夜空の薄明りの中でも、阿弥陀とは思えなかった。わたしにとっては「仏陀」のままである。この地上から解脱し終えたその不動の姿に、この世では醒めることのない静寂な永劫の夢の顔をしたその神々しい顔に、わたしは圧倒されたままだ。そして、この世界にのしかかる、輪廻転生など願ってもいない哀れな者たちにのしかかる、「業（カルマ）」という掟を冷酷だと思った。

その夜、わたしはもの悲しくおびえていた。青白い星々の下、丘や畑は静寂に包まれ眼前に広がっている。なぜかわからないが、狐のことが頭に浮かんだ。覚えておいでだろうか、狐が人の体にのり移り、取り憑く話をしたことを。

あたりには物の怪（け）の気配が漂っていた。徹山〔森徹山（一七七五年～一八四一年）大坂で活躍した森派の絵師〕の描いた「睡狐」を想い出した。か細くなんの変哲もない小枝にもたれ、狐は眠っていた。いや、眠ったふりをしていた。しかし、その口は鋭く尖り、片目はあたりをうかがっている。眠ってなどいない。人という獲物にとり憑こうとしているのだ……歌川広重の絵も想い出した。あれは、なんとも身の毛のよだつ光景だ。夜、何匹もの狐たちが、いずれも白く、亡霊のように、野原に寄り集まっている。狐の夜宴（サバト）だ。遠く向こうに数軒の農家が見え隠れしている。そこには、危険が迫っているともつゆ知らず眠る人たちがいる。青白い宵闇、青白い月の明かり。狐の亡霊たち、白い何匹もの狐たちが、何かを話し合いながら、喘ぎ声を、唸り声を上げている。狐たちは間もなく、屋根や閉ざされた鎧戸を通り抜け、農家に忍び込むだろう。そして、何も知らず眠る者たちにのり移り、やがてその人たちは、一人残らず取り憑かれてしまうだろう。

九尾の狐

そこに、隣でガイドの声がする。

「尾が九本ある白い狐の話をご存知ですか。九尾の狐です。中国の邪悪な皇女、妖女でした。わが国の上皇、鳥羽院さまを襲おうと、上皇さまにのり移り、取り憑こうとしたのです。妖艶な女の姿で現れ、その尾は九本ありましたが、ゆったりとした着物に隠れ、一本たりとも見えることはほぼありませんでした。

罪の化身の女性で、狐のときは白く、女性のときには色白でした。ある陰陽師さまが、真を映す鏡にその女性の姿を映し出したところ、それは、雪のように白く、九本の白い尾を持つ狐の姿でした。奇怪で不吉な狐火が、その狐目から、雪のように白い毛から、燐光を放っておりました。陰陽師さまは、その中国の皇女、邪悪な罪深い女性を狐だと、九本の尾を持つ狐の化け物だと見破ったのです。そして、狐の妖女は那須の地に逃げ込み、今度は岩に身を変えたのです。あるいは、岩の中に姿を隠したのかもしれません。ある巡礼の僧が夜、その岩の傍らで眠っておりますと、声が、岩の中から吐息と恨み言が聞こえてきました。それは、狐と皇女とが一体となった声でした。信心深い僧は皇女の菩提を一心に祈り、皇女を呪いから、その尾と雪のように白い毛皮から解き放ったのです。そうして、仏さまが皇女の身をお救いくださり、天上へと迎え入れたのです……実はですね、この話も『殺生石』という能の演目なのです。あのお師匠様が演じてくださるかもしれませんよ」

業の掟

その夜、わたしはあの巨大な仏像を見上げた。青白い夜の光の中で夢見るような神々しい顔を見上げた。違う、わたしにとっては阿弥陀ではない。そして、わたしは「業(カルマ)」という「掟」を冷酷だと思った。

第二十七章　文字

観光客として見知らぬ国を旅していると、見知らぬものに目を奪われる。旅行者はそれが何であるか見きわめようとする。われわれ西洋の国々では、いくらか言葉に通じている教養ある観光客ならば、初めは何かわからないものに出会っても、そうそう困ることはないし、本人の順応力によるとはいえ、多かれ少なかれ、すぐに慣れてくるものである。東洋では、とりわけ極東では事情がまったく違っている。東西の魂の間にはほとんど越えられない深淵が横たわっており、東洋の未知のものの多くは西洋人の観光客をしばしば絶望に陥れるのである。観光客が中国語や日本語を知らず、中国や日本を旅行するとすれば、ときに絶望的になるだろう。その中でも観光客を絶望に陥れるものは、それが中国語なのか日本語なのかと問う以前に、どちらの言語も表意文字、漢字であることだ。

目の周りにあふれかえっている文字が読めないのだ。それは、中国人の商売人が倉庫の敷居のところで、はたまた日本人の人力車の車夫が溜まり場の「停車場」で、荒々しくさっと広げて読んでいる新聞だけではない。どこもかしこもなのだ、通りのいたるところ、表記や看板すべてなのだ！

周りに書いてあるものが読めないということは、調べようがないということだ！　絶望に陥るとはこのことである。東洋のある国を数カ月観光し、ちょっとその難しい言語を、ついでにその文字を、スフィンクスのようにこちらを見つめているその文字を学んでやろうなどと思うのは、狂気の沙汰なのだ。

漢字

その文字は、日本と中国とでは相当異なっている。わたしは、中国の文字の方が優雅だと思った。気品に満ち、金色やさまざまな色で筆を走らせたものや、広東、香港、上海の商店街で見た長い看板や旗のものなど、みなそうだった。中国の漢字を見ていると、ときに金色や色とりどりの蜘蛛のようだとわたしには思えた。蜘蛛というのは興味深い生物で、わたしは、中国で漢字一字をしげしげと眺めた、それと同じほどの興味をもって、蜘蛛を眺めていることができるだろう。ただ、蜘蛛の方は、じっと観察していれば、何かがわかる。その忍耐力、勤勉さ、獲物を狙う本能、残忍さ、飽くなき殺害欲、喰うか喰われるかの戦い……そのようなことのすべてが、足をすり合わせ、獲物をひそかに狙い、襲いかかる蜘蛛を見ていれば理解できるのだ。ところが、中国の漢字となると……わからなかった。中国語を少し勉強しておくのを怠(おこた)ったせいだ。日本でも事情は似たり寄ったりだった。日本の文字はさっぱりわからなかった。文字どおり、さっぱり何もだ。そのため、わたしは絶望に打ちひしがれていた。

日本の商店街で周りに見えた文字は、あふれかえるような印象がほとんどなかった。中国の文字ほど、優雅で上品、伸び伸びとしていて華麗なものには見えなかった。はなはだ型にはまったものに見えたのだ。見るたびに、小さな家々、門、机、椅子、箪笥などを思った。形の整った家具がきれいに並べられ長い列を作っている光景を思い浮かべたのだ。中国の文字とはどうしてかくも違っているのだろうか。わたしが聞いたように、日本の文字は元来中国から来たのではなかったのか。

そこで情報を得ることにした。嬉しいことに、われわれの優秀な通訳、神戸の領事館のロース氏〔W・H・デ＝ロース（一八九五年〜一九七一年）。当時、クイスト領事のもとで通訳官として勤務、後に領事。第十四章「領事館の他のお二方」の一人〕が快諾してくれた。ロース氏に日本語のレッスンをしてくれないかと頼むほどには、わたしの頭の回転はなめらかだとは思えなかった——ある年齢を過ぎると、何ともの覚えが悪くなることか！――しかし、ちょっとした情報ならば……もちろん、それを尋ねるぐらいは、わたしにもできる。そして、ロース氏は答えてくれた。

さて、わたしが理解したところによると、われわれ西洋人が二十六文字前後の実用的なアルファベットを用いてしていることを、東洋ではまったく異なる方法で行っている。もっと深遠な方法だと思う。いや、もっと哲学的で高貴なものだと言った方がいいかもしれないが、「文字」教養のない普通の人間にはほとんど近づきがたいものだ。しかし、何世紀にもわたる中で――漢字とは何と古きものか！――中程度に教養ある東洋人は漢字に慣れていき、今では普通のものなら何でも読めるのである。

言語の難解さ

しかしながら、二千字――初等教育に充当すると公式に認められた字数の漢字――では十分ではないこと、新聞を読んだり、中等教育を受けるには四千字を下らない漢字が必要なこと、現代の日本の小説家には六千字の漢字が必要らしく、もっと技術的な本にはおそらく一万字も必要かもしれないこと、中国の古典哲学書や詩歌には、数えきれないほどの固有名詞を含め、六万字から八万字という神がかり的な数の漢字が用いられているということ!!　そのようなことを平凡な読者が知ったならば、どれほど仰天――仰天しないとすれば、学者中の学者である――することだろうか。西洋人は、自らの素朴なアルファベットに感謝しつつ、きっと疑問を抱く。日本人は――中国人のことは、今はさておき――いったい読めるのだろうか!?　と。それが、読めるのだ。ある程度の教養を持ち、六千程度の漢字を習得しているならば。そうはいっても、われわれにはほとんど信じがたいことである！

それに加えて、一つ一つの文字が何かを意味する表意的な文字の他にも、音節を表す文字もあり、いろいろな組み合わせで使われる。何世紀も以前、言葉が形成された当初は、限られた数の音とそこから派生する音で無数の概念を表現せざるを得なかった。そして、ある音とそこから派生した音は、その発音を変えることのみによってそれぞれ異なる意味を担わされることになった。そこで、書かれた言葉では、日本語のある一つの文字が、その文全体の意味の中で確定することがよく生じる。つまり、読み手がその文字に必要なアクセントや有気音やその他のニュアンスをほどこし、それを正しく発音することによって決まるのである。このような繊細な技は、西洋人の口が真似しようとしたところで到底不可能である。「joro」という言葉は女官の「上臈」を意味するが、別のアクセントで言えば「女郎」となる。日本語には、西洋人の舌がすべって致命的な間違いをする、そのような陥穽が山ほど待ち受けているのである。後者の「joro」を前者の「joro」のように発音しても許されるだろうが、前者の「joro」を後者の「joro」のように発音したとしたら、とても許してはもらえないだろう。

英語やドイツ語の発音が完璧だとは思えない日本人が、こと自国の言葉の発音の仕方となると、どうして非の打ちどころなくできるのか、わたしには謎である。だが、こうした見解は、西洋人であるわたしの無知に由来するであろうことはすぐに想像がつく。

書体

書体は少なくとも五種類はあるだろう。いかめしい筆遣いの「篆書」。これはもっぱら封印や印鑑に使用される。整った四角形の印刷用の「楷書」。これは、通りに見られるいろいろな表記にも用いられるが、そこに伸び伸びしたものがまったく感じられず、わたしに小さな簞笥や机や椅子や門や家を想像させた書体である。「隷書」と呼ばれる書体。「行書」と呼ばれる書体。これは教科書に用いられたり、印刷用の書体ほどには整える必要はないとしても、明確に書く必要がある場合にはどこにでも使われる。そして、あの「草書」と呼ばれる書体がある。優美な書体である。詩人たちが、優美にして野性的、風になびく草の葉のように何事にもとらわれず、自分たちの詩的真髄をその筆に託す書道の書体である。まだもっと――大昔のものも――あるが、これらいろいろな書体すべてを通常の教養ある人が読めるかというと、必ずしもそうとは限らないことをわたしのガイド、カワモトが証明してくれた。カワモトは法律を勉強し、その後は中国の古典を手に取ったこともある人である。その彼が、日光の博物館で能面と装束が陳列された棚では、置かれている題辞が読めなかったのだ。カワモトは素直に読めないことを認め、わたしは、教養ある人にせよ、無理もないことだと思った。同じように、教養ある西洋人が古典ギリシア語やヘブライ語やアッシリアの楔形（くさびがた）文字を解読できなかったとしても、非難すべきことでもなんでもないからである。

文字の組み合わせ

日本語の言葉はどのように生まれたのか、どのように今も生まれ続けているのか、どのように表記されているのか。現代の言葉は、自然に、ときに素朴な方法で、そして常に造形的な方法で生まれている。例えば、「automobiel」は「ジ・ドー・シャ」、つまり「自分で動く車」である（ジ＝自、ドー＝動、シャ＝車）。ちなみに「キ・シャ」の方がおもしろい。「汽」蒸気または「気」精神で動かす車である（キ＝汽／気、シャ＝車）。

「liquidatie（清算）」という財政的な事柄でも、「liquid（流れ出るもの）」が紛れもなく含まれるものについて云々するとき、日本人は「セン」という言葉を用いる。これは水が湧き出る「泉」でも、硬貨の「銭」でも同じ発音なのだ。多くの場合、文字はまだ造形的で単純な表意文字であり、そこに様式化された象形を認めることもできる。しかし、たいていの場合は、何世紀にもわたり、あまりにも多くの変遷を経て、複雑極まりないものとなり、単純で造形的な形態とは言えなくなっている。ある文字をもとの形にまでたどっていける証拠として、「蟻」という文字を見てみよう。「虫偏」の隣に「羊」と「我」を添える。この羊と我の組み合わせで「義」となり、洞察または正義または理性を意味する。このわれわれ西洋人には奇妙に思える組み合わせによると、蟻という文字は、アリという虫を表しており、この虫はつまり洞察あるいは知性を持っていることになる。羊と我となると、我が羊か何か他の家畜を所有しているということになるからだ。このような素朴な組み合わせは日本の文字に数多くある。

猫という文字は、「苗（ミャオ）と鳴く犬（犭）」であり、「どもり」には「口」を表す文字に、「内」という言葉が添えてある。口に内を加えると、「吶（ども）る」となるのである。「禾」と「火」――確かその二文字だと思うが――それは、稲が実った後に、刈り取られた稲の切り株に火をつけ燃やす時節なのだ。

ここまでは、まだかなりわかりやすいが、「罒（網）」（その中には二匹の小魚がいる）と「言」と「刂（刀）」を組み合わせた文字が……「罰」というか、むしろ「死刑」を意味しているとなると、訳がわからなくなってくる。とはいえ、その三つの文字からわかるのは、刑務所（罒）、判決（言）、処刑（刂）ということだ。

女が三人並ぶと、「姦（かしま）しい」となり、二人の男の中に一人の女がいると、「嬲（なぶ）る」となり、二人の女の中に男がいると、「嫐（たわむ）れる」となる。「男」と「女」という文字は、すでに造形的ではないが、おそらくこの文字が「発明」された原初はもっと男と女を髣髴とさせる絵であっただろう。「馬」と「蚤」（四本足の虫だ）を組み合わせると、「さわぐ」という意味になる。もっともではないか。四本足かもっとあるか知らぬ蚤に刺された馬は、後ろ足で立ち、騒ぎ、憤り、神経を尖らせるに違いないからである。

というわけで、いにしえの時代、中国の言葉を通し、読むという行為を学んだ日本人にとって、読むということは、多かれ少なかれ造形的な文字から、徐々にまったくそう見えなくなった象徴的な文字へ、さらに考えられる限りの抽象的な概念へと、その精神をすばやく飛翔させる行為となったのである。

そして、日本の文字も、優美に筆を走らせ、すばやく文字を描く中で、それぞれの部分はまったく違う意味を持っていたものが組み合わされて一つの文字が現れる仕掛けとなったのだ。その際、それを読む人、それを書いている人でさえも、個々の部分のもともとの意味など考えもしないのである。

日本の学童たち

われわれがアルファベットを用い、読んだり書いたりするのと比べ、日本語の方法は難しく思えてならない。日本の子どもたちや生徒たちには同情してしまう。しかし、時が経つうちにすべてが習慣となり、伝統となっていったのだ。

そして、われわれが、

Aは Aapje（お猿さん）、手づかみでお食事中。
Bは Bakker（パン屋さん）、わたしたちにパンを焼いてるところ。

と、読み書きを習ったのと同じく、われわれ西洋人には到底なし得ないように思えることも——四千字や六千字の漢字をすらすらと覚えなくてはならないことも——おそらく、少年であれ少女であれ、日本の子供には簡単で自明のことなのだ。紙の鯉のぼりを手に持ち、お人形さんごっこをしながら、こつこつと学び、やがて大人になっても、六万や八万という漢字の数に大して臆することもなくなるのだ。少なくともそうして、古典の詩や昔の哲学を学ぶ心を育んでいくのである。

第二十八章　不夜城

日光から戻り、数日を横浜で過ごす。非の打ちどころのないわがガイド、カワモトに、不意に、まあ、そう不意というわけでもなかろうが、決断を迫る。彼の顔が一瞬青ざめる。

「カワモト」と、わたしは切り出す。

「東京の三日間は忙しすぎて、一晩、吉原を覗いてみる時間はなかった。それに君も、吉原はつまらないところだと言うしね。でも、ここ横浜の妓楼はおもしろそうだ。今晩、ちょっと覗いてみたいのだが」

　おだやかに言ったのだが、わが親愛なるガイドは、その口調から察して、あらがう余地のないことを悟る。

「よろしゅうございます」とカワモトが言う。

「奥方もご一緒でございますか。ご婦人方もいらっしゃることがありますが……」

「妻は、遠慮したいそうだ」とわたしは言う。

「君と二人だけで行く。遅い時間は避けよう。ほんのちょっと見たいだけなのだ……」

　カワモトが進退きわまっているのがわかる。もしも妻が一緒なら、妻のガード役として体裁を保てるだろうが、わたしと二人で、眠らない御殿、不夜城へ向かうのである。わたしのためにはなんでもしてくれる間柄になったとはいえ、わたしに同行して遊郭へ行かねばならないことを、とんでもないこと、罪深いこと、救いがたいことだと思っているのである。

困りきって沈黙するその様子はいささか大仰に思う。だが、彼には妻子があり、自宅の周りには土地も持っている。中国の古典も勉強し、敬虔な仏教徒であるカワモトは、吉原という罪をとんでもないことだと思っているのだ。この話題について彼に根掘り葉掘り聞き出そうとしたのだが、彼は一言も語ろうとはしなかった。そして、J・E・ドゥ＝ベッカー〔ジョゼフ・アーネスト・ドゥ＝ベッカー（一八六三年～一九二九年）英国の法律家、弁護士。日本に帰化〕の『不夜城』という本を持って来た。その後、わたしは彼にとやかく言うのをやめた。

吉原

その晩、九時ごろ、われわれは人力車二台を連ね、夜の横浜へ出かけた。庶民の住む住宅街や橋や水辺に、そしてその先の暗い影の中に、ちらほら灯りが見える。昼間と同じくなんの感興もそそらない。それから、日本のどの都市もそうだが、あの興ざめの匂いときている。魚の干物と汚穢の混じった悪臭だ。柱だけ立っている門のようなところを抜ける。ここだ。

まだ、閑散としている。宴会の客たちは後から来るのかもしれない。ただ、アメリカの軍艦の水兵たちがあちらこちらをうろついている。白い制服を見事に着こなし、首回りの肌を見せ、頭には水兵帽というマドロス姿である。

わたしのガイドは、ここはまったく不案内で、二人の車夫にあれこれと尋ね、車夫たちが彼にあちこちを指さしている。

たいていは果物や日本特有の食べ物の店だが、たくさんの店が営業している。その間を縫うように、今にも崩れ落ちそうな大きな不夜城がいくつも建っている。あるものは三階建てで、各階には、まるで帯のように、長い露台がめぐらされている。明かりが、電気の明かりだが、障子に映る薄明かりとなって、いたるところにともっている。障子は、いつも開け放たれているわけではないのだ。その家々はあまりにも大きく、それでいて今にも崩れ落ちそうで、恐れ入った光景である。

二人であてどもなくさまよい歩く。車夫たちが、車を引きながら、後に従い、道案内をする。カワモトは自分が切り出さねばならないと思ったようだ。

「中にお入りになりますか」

カワモトは、不夜城の一つ、その入り口を指さしている。二軒続きとなっている三階建ての大きな楼閣だ。そのすぐ側で煙草に火をつけようものなら、たちまち炎に包まれてしまいそうな家である。黒々した太い敷居の両側に、椅子に腰を据え、男が二人座っている。楼主たちだ。左手は障子が閉まっており、かすかな光がたゆたっているだけである。右手は実にすばらしい光景だ。通りからも見えるようになっている座敷で、すこぶる美しい衝立がいくつか置かれ、掛物もいくつかかかっている。台座に載った大きな青銅の花瓶が三つ飾ってあり、そこに枝や——菖蒲や百合の——花が、宗匠たちが決めた日本古来のしきたりどおりに活けてある。他にはなにもない、まさに日本の座敷である。

不夜城

楼主両名の間を抜け、敷居をまたいだ。ここは靴を履いたままでよい。カワモトが楼主たちに挨拶をしている。礼儀作法はすべて彼におまかせである。そして、突如、彼女たちが見えた。青銅の花瓶がいくつか置いてある座敷の向い側の部屋に、十人、いや十二人ほど座っている。まるで、驚かせるのが目的であるかのように、そこに座っているのである。障子は閉じられているので、通りからは見えないようになっているが、楼主たちの間を通り抜けると見える。そして、歩廊に立つと、手に取るように見え、そこで客は、品定めをするのである。

女たちは格子窓の向こうに座っている。人はこういう場所を「檻の中」と形容するが、日本の家屋のどこにでも、このような細い木でできた檻のような格子細工があることを忘れている。まあ、檻だとして、この檻は、歩廊の向こうに見える、あの青銅の花瓶の座敷の三倍ほどの広さである。そこに座っているのだ、貸出商品である女が。ここは、大きく、威厳のある楼閣である。われわれを隔てている木格子の窓の近くに立ち、その女の商品を見ている間も、女たちの紅(あか)い口元に笑みが浮かぶことはほとんどない。花もなく、楽器もない。女たちは皆、同じ着物を着ている。朱色の下着、長襦袢の上につつましやかな濃紺の着物を羽織っている。着物には刺繡がほどこされており、裾を引くようにして歩く。それを見たのは、一人が立ち上がり、その先に座っている苦界の同胞に会釈し、自分の席の座布団にまた身を沈めたときである。女たちの髪は、芸者たちの黒い漆のように艶(つや)やかな結い髪ではなく、どちらかというと簡素に結い上げてあり、化粧も控えめである。それがどうやらしきたりであるらしい。その職業柄、この女たちには凝った髪型は邪魔であるだろうし、白塗りの厚化粧も同様であろう。それに、ここの主人たちも自分たちの商品がまがい物ではなく、本物であることを誇示しようとしているのだ。

女たちはそこに座っている。その前には、小さな、赤い漆塗りの箱というか、上に突き出た形をしている厨子(ずし)のようなものが置いてある。中には、煙草や化粧道具が入っているのだ。ときおり、煙草に火をつける。木格子の窓に顔を寄せ、無遠慮にじろじろ見る男たちの視線に戸惑うのであろう、ときおり、鏡を覗き込むように身をかがめ、白粉(おしろい)を塗り直している。

貸出商品

みな、若い女性たちである。一人は臆面もなく眼鏡をかけている。きっと楼主たちが、その職業上の才に免じ、大目に見ているのであろう……そうして、彼女たち全員の表情を見ていると、身を切られるような思いがする。アメリカ人の水兵三人が冷やかしがてらに入って来て、わけ知り顔にはしゃぎ回り、このでかい楼閣は俺らにはちょっと高そうだ、それに、女ときては生真面目そうで、陰気そうで、お高くとまっているぞ、といささか耳障りな声で言うなり、いかにも水兵らしく手を振り、出て行った。わたしは、好奇心と探求心にかられ、ガイドが後ろに控えていたが、まだ見ている。ただ待ち受け、座っている女の子たち、その陰に隠された苦界を感じさせる生真面目な顔から視線をそらすことができないのだ。さて、わたしは、ただ女たちを見ている。じっといつまでも見つめるそんな視線を女たちはどう思っているのだろうか？　わたしを何者だと思っているのだろうか？　もしかしたら、レインコートを着て――出発したときには、小雨が降っていた――沈着冷静に品定めをしている英国人だと思っているのだろうか？　今、女たちは、ほんの片言だが、互いに言葉を交わしている。だが、威厳はずっと保ち続けている。日本の女性、上品な女性たちを何人も見たことがあるが、その立ち居振る舞いは、この女たちと寸分も違わなかった。わたしの胸をよぎる思い――女たちへの果てしない憐憫の情――に女たちは気づきもしなかっただろう、という癒されぬ思いを抱きながら、ようやく眼をそらす。その背の高い「英国人」が品定めをやめたと見るや、わたしの背後では、そこに座っている女たちの振る舞いに闊達で自然なものが立ちもどり、格子窓の向こうの座敷にほっとした空気が流れるのが感じられるかのようである。

　ふと、庭に目を惹かれた。影に包まれた庭。ほんとうにこの楼閣は御殿だ。この種の楼閣は他にもたくさんあるが、どこもそうなのだ。庭は、広い日本庭園で、庭に沿って青くともる電気の光の中に幾分その薄暗い姿を見せている。その高貴な青色に包まれた庭の造りは、どこか仏教的なものを思わせる。その上をおおうように、大きな松の木が身をくねらせている池。苔のただ中を通る石畳。苔を踏まないようにするためだ。石でできた茸のような灯籠。ただし、その茸は三本足だ。そして、左手には階段が見え、その階段は上の階にあるいくつかの小さな部屋に通じている。選んだ女に先導され客が上る階段である。右手には事務所のようなものが見える。きれいに整理整頓されており、そこでは、念入りに、愛想を振りまきながら事務処理がなされているのだろう。少し高くなったところに祭壇があり、楼主たちの祖先のものだと思われる位牌がいくつか並んでいる。そこには白くぎざぎざしたものがいくつもかかっている。神々に奉納する紙、御幣である。真っ白、純粋無垢の白さだ。

青楼の中

その晩、五軒か六軒の敷居をまたいだ。ガイドはと言えば、落ち着きなくわたしの後ろに従い、いつも、そこにすわっている二人の楼主に挨拶し、わたしの方は彼らに知らん顔をしていた。どこも同じようなところだった。歩廊の一方の側には、盆栽や花瓶が置かれた広い座敷がある。花瓶の数は三つだ。もう一方の通りからは見えないところには、女たちが座り、指名を待っている。着物や楼閣は違っていても、どこも落ち着いた色で、控えめな刺繍だった。そして、その整然とした風情——非の打ちどころのない畳に一列にまっすぐ並んだ座布団、威厳ある態度——のうちにはどこにも、胸がしめつけられるような、人知れず心の奥にしまい込んだ苦悩を感じさせる気配が漂っているように思われた。

ただ、われわれが入る前に、女たちが何かのことで笑い合っており、わたしが格子窓に寄って見ている間も、わたしにはおかまいなしに、思い出し笑いをし、冗談を言い合っている楼閣が一軒だけあった。異様だったのは、少し格の低い楼閣でのことだった。本来なら、趣味のいい花や植物が活けられているはずの手前の座敷はなんの飾りけもなく、子どもたち——八、十、十二歳くらいの男の子たちと女の子たち——が籐椅子に無造作にすわり、話したり、本を読んだり、口げんかをしたりしていた——楼主たちの子供らであろう！　いささか格下で、小ぎれいとはいえないものの、胸がしめつけられるような空気は変わらないその向こう側には、ただすわって待つ女たちの群れ、貸出商品が陳列されているというのに。

そして、わたしは立ち去った。この地を訪れたことに、ある意味で満足感を得ていた。というのも、吉原の昔の面影はもうどこにもないと、よく聞かされていたからである。横浜にはこの面影がまだ、つつましやかながらも、奇しくも残っている。東京では、その面影はまったく消え失せ、唯一目にするのは……特筆大書された値札のついた一連の商品の写真だけらしい。

ただ、その満足感は、観光客につきものの充足感——実におもしろいものを見た——の域を出るものではなかった。人間の中にひそむ獣性を飼いならし、見た目や振る舞いが許容範囲を越えないよう、国法に従い条例に則り、不夜城なるものを開設し、貸しつける。果たしてこれでいいものかどうか、自分でも判断がつきかねたのだ。

必要悪

そこで翌日、J・E・ドゥ＝ベッカーの『不夜城』を読んだ。その序の部分に記された処世訓からして興味深かった。家康（日光で、その神社と墓所を見た徳川初代将軍）は、遺言状に次のように書き遺していたらしい。「詩歌に秀で学問に長けた高徳の士たちは、遊郭なるものは街の癌であると事あるごとに訴えるが、この遊里というものは必要悪であり、ひとたび廃絶されるならば、不心得者の男たちは、糸屑になり果ててしまうであろう」

ああ、偉大なる将軍殿。死後に神になられた将軍殿——「無量光」、あるいは他にも、仏陀や阿弥陀のみにふさわしい美しい名の数々を冠されたのか、存じませんが——、貴殿は、最後の下命である遺言状の中で仰せられた。臣下の男どもが「糸屑」とならぬよう、確たる秩序と規律を持つ織物のままでいるようはからえと。しかしです、「必要悪」の家々に住まう女たち、十四歳にも満たない子どもたちには、なんの足しにもならなかったのですぞ。しょせん、その子どもたち、その女たちは数にも入らぬ存在で、人間ではなく、ただの生活用品だったのでしょう。ただ、その職業は奴隷身分というわけではなく、子どもたちが自らその道を選んだのです。親が貧しかったり、病気だったりして、神道の大本であり、仏教もうべなう親孝行の気持ちからしかたなく、処女の身体を売ったのですぞ。

少なくとも、何年もの約束でどこかの主人に身売りし、そして、その年季が明けるころには萎れた花でしかなくなるのです。女たちは萎えた花になるまで奉公し、挙句の果てには、どこかの道に投げ捨てられ、踏みにじられ、犬に喰われても、それでもよいと仰せられるのですか。男たちが「糸屑」にならない限りは。

夜の御殿の街

これは常に厄介な問題で、この聡明な将軍、家康の時代でも同様であった。おおよそ一六一二年のことである。庄司甚右衛門というある楼主が一通の由々しき陳情書を提出し、それが将軍のお膝元に届くと、家康はその陳情の内容に興味を示した。この毅然とした楼主は、慇懃かつ理路整然と、今日のような状況は褒められたものではない、と自説を披露した。遊女屋はこの町の内外、いたるところにはびこっている。この町とは江戸、つまり、のちの東京のことだ。その結果、ある時間帯になると、町中が乱痴気騒ぎとなり、酔客があふれ、良家の人々に忸怩たる思いをさせている。この遊女屋をすべてある一カ所に封じ込め、お上の厳格な監視のもとにおく方が賢明ではありますまいかと。この主人の筋の通った献策は、将軍とその相談役たちのお眼鏡にかなったのである。

かくして、夜の御殿の街、吉原が誕生した。とりわけ、そこにいつも出入りしていた浮世絵師の歌麿が、誕生以来二世紀にわたりお伽噺の世界と見なされてきた吉原を、何百枚もの浮世絵に描き、まるで、その家々が天上の御殿であり、そこで客人を迎える女たちが天使であるかのように褒め称えた。女たちは、錦織の着物の裾を引きずり、十二本だか二十本だかの鼈甲の長い簪を髪にさしており、そのだれもが、歌麿が理想とした型通りの面長の美人なのだ。しかし、その裏に隠れた名もなき者たちの悲哀、終わりのない苦悩、むごい絶望、それらを考察する時間はまだ少し残されている。悲哀、苦悩、絶望は、何世紀もの間、繰り返されてきたのだ。

第二十九章　錦絵

エドモン・ド・ゴンクールが、歌麿の「数えきれないほどの作品」に魅せられたのは、七十歳のときであった。現東京、つまり江戸の不夜城、吉原を題材とした浮世絵を描き、吉原を讃美してやまなかったあの歌麿である。繊細で心やさしいこの美術評論家は何か新発見をしたと思った。まあ、自分が見つけ出したと信じてやまないことを、七十歳にして、高尚な喜びに包まれながら楽しんでいる男のことを妬む者などはいなかったであろう。ゴンクールは、その「新しい」ことの重要さに気づき、もっと研究し、調べてみようとしたのだった。

歌麿は吉原の一部始終を錦絵「青楼十二時」に描き出している。客たちが、まず引手茶屋に到着する。茶屋の主人は、客たちとそのお目当の娘や事柄との間を取り持つ仲介役である。歌麿の時代（一八〇〇年前後、この浮世絵師の最盛期）はそうであったし、そうした慣習は一朝一夕に成ったものではなく、長く続いてきたのであろう。歌麿は、それに続き——一軒、あるいは数軒の——不夜城で客たちが出迎えられる様子を描く。歌麿の浮世絵はどの場面も、優雅、丁重、華麗、蠱惑的で、その作品は当時、絶大な人気を博して注文が殺到し、歌麿は仕事に追われていた。そこに描かれた女たちの姿かたちはすべて、歌麿が理想化したものである。女たちは常に女王のように描かれており、見事な着物を裾引きし、帯は、「堅気の」女たちが背中の下の方に結ぶのとは対照的に、しきたりどおり、四角形の前結びにしている。

歌麿はこの女たちを、背が高く、すらりとした姿——とはいえ、このタイプの女性は日本では見られない——に描く。着物の長く伸びた裾と襞は、女の周りを跳ねる波のように筆を走らせて描く。椿油で光る髪は、たくさんの髪の房で複雑に高く結い上げられ、幅広い珊瑚の髪飾り、鼈甲や象牙でできた何本もの簪は光背のようで、その王冠に包まれた女王たちの姿を女神に変容させる。歌麿にとってはすべてが理想化の格好の機会であった。例えば、吉原で一晩中浮かれ騒ぎ、朝も遅い時間となり、そろそろ飽きてきた客である。客は引き上げようとしている。だが……外は吹雪である。客はそれを障子ごしに気が滅入るように見ている。それにはかまわず、多くの女中たちが広い部屋で青銅の火鉢を赤々と燃やしている。雪なんてどうということはございませぬ、もう一晩泊まってお行きなさいよ、と客を引き留める魂胆である。

歌麿の技芸

歌麿がここ吉原にありあまるほどあると考えていた見事な情景のすべてを挙げてみせることは、わたしには到底できない。例えば、新造のお披露目道中というものがある。「新造」というのは、進水式を行ったばかりの新しい船という意味であるが、この場合は十三歳の娘のことである。といっても、六歳のときから、名のある花魁の中の一人に仕える禿として楼主の下で働いてきたのである。その娘が、今や鉄漿——なまめかしさを見せる昔からの風習で、今はまったく廃れている——をつけたくさんの女たちを引き連れ、髪はきらびやかに、菩薩の頭を思わせる髷に結い上げ、髪飾りをつけ、照り輝く錦織の豪華な着物の衣擦れの音と共に、吉原を練り歩く。おつきの者たちは、食べ物の入った丸い竹籠を提げ、その地の青楼という青楼、茶屋という茶屋すべてに挨拶回りをし、そこの楼主や女将、そして、内心の苦悩のことは黙して語らぬ苦界の同胞たちに、贈り物や菓子を配るのである。

まあ、このような理想化された道中の光景など諸君にはもういいだろう。わたしはといえば、歌麿にはもううんざりである。いつも、類型化された無表情の顔をした、うわべなぞりの繰り返しである。

いつも、刺繡のほどこされた、みごとに織られた柄の着物という陳腐な豪奢に包まれ、いつも変わらぬすらりとした姿だ。人物は常に巧みな構図で描かれているものの——この絵師はひじょうに才能に恵まれていた——、その才能は、何年も経つうちにただの名人芸に過ぎなくなってしまったのだ。歌麿の絵を何枚も何枚も手に取って見てみたまえ。その千篇一律さに嫌気が差してくるだろう。わたしがゴンクールを遺憾に思うのは、このうわべだけの優美さ、うんざりするほどの魅惑、それだけに心を奪われ、どんな大きな悲惨が、世界を埋め尽くすほどのどんな女性の絶望が、この軽やかにさらりと描かれたあでやかな絵に秘められているかに、まったく気づきもしなかったことである。歌麿はそれを知っていた。だが、それを描かなかった。何日もそこに逗留し、何昼夜も不夜城にいながら、宴会に、理想と類型に明け暮れていたのだ。この女たちの中には、淫楽の殉教者の身に終止符を打つために心中する者がいる。ここを二人で抜け出し、水に身を投げるのである。この今も後を絶たない出来事を、歌麿は一度たりとも描いたであろうか。

昔日

当時、吉原の客は、鼻の先まで覆う大きな菅笠をかぶり、大門（吉原に入る大きな門）をくぐった。今ではまったく廃れた慣習である。客は、まず茶屋へ行くと、茶屋から青楼の一軒に報告がもたらされ、茶屋の下男が客をその楼閣へと案内した。すべてに大変こみ入った手続きが必要だったのだ。客は店の着物に着替える。それは、ここを訪れる客は、地位や身分や名前に関係なく、みんな平等だという意味である。とはいえ、楼主や女将は、お上が捜しているお尋ね者と関わりたくはなかったので、地位や身分や名前を名乗らないわけにはいかなかった。それはともかく、こうして客は——先に例を挙げたように——雨や雪が降っていたりすると……数日滞在することもあった。茶屋で始まった客の勘定は、広げられた長い勘定書きの紙の中でうなぎ上りに上がっていく。芸者や酒やご馳走を注文し、だれかれにとなく祝儀をばらまく。その額を楼主や女将が心得たりと自ら帳簿に記載する。

花魁や太夫

その夜の相手――「花魁」や「太夫」、その位によっていろいろな呼び名があり、通常の名は「女郎」であった――を選んでもまだ、かくのごとき名高い青楼の美女に、そっぽを向かれ「この殿方のお相手は嫌でございます」と言われるおそれもあった。というのも、ここで生計を立て始め、まだ要領もよくわからず、酒が行き交う中で本能に任せて騒ぐ宴会にすぐに嫌気がさしたり、気分が悪くなったりする女の子たち――十四、十五の可哀そうな子どもたち！――、この可哀そうな女の子たちにとっての楼主は、確かに首切り役人や暴君のような存在であったかもしれないが、それでも、楼主は花魁や太夫に一目置いていたのである。自分ではどんな内容なのかまったく理解していない契約を楼主と取り交わしていたとしても、花魁はたまた太夫は、その並々ならぬ健康な体と体力と気力で試練の年月を切り抜け、自らを磨き、今や美女として、この家の押しも押されぬ花形となっているからである。豪奢に着飾り、髪を異様に幅広く結い上げ、お供を従えて、階段や廊下を女王のように歩んで行く。お供は、八、九歳の禿たちで、ときには女中もその後ろに従えている。その女が階段を上り下りするのを見た客ははっと息を呑み、楼主に、あれはいかほどかと訊ねるのである。

これほどで、と楼主が答え、それから部屋代はこれこれで、とつけ加える。部屋代はいつも別料金だったのだ。女の寝具、絹とビロードの布団は高く積み重ね上げられている。だが、女の方はとっくに、「この殿方のお相手は嫌でございます」と言い、鏡を覗き込み、なまめかしく化粧直しをしている。そこに楼主が近づいてきて、あれこれとなだめすかす――怒りをぐっとこらえて。というのは、楼主の持ち物だとはいえ、今をときめく女は、この首切り役人の弱みにつけこむことができるようになっているのだ。女には金持ちのお得意客が何人かおり、ひょっとしたら女を身請けしたいと言い出すかもしれない。そうなると、青楼から人気商品が消え、商売あがったりになるのだ。そこで楼主は、女の耳元で、お前をお選びのこのお客様は、本当に清く正しく健康なお方だよ、となだめすかす。しかし、女は、あの男は胡散臭げだし、きっと病気もちよ、お断り、と返事をし、ひるがえした裾を二人の禿が捧げ持って、女神のように階段を上って行く。そして姿を消す。すると、楼主は格下の女たちに当たり散らし、お仕置きをするのだ。その若い犠牲者たちのうちの二人が、病気になりやつれ果て、手に手を取り合って逃げ出し、二人で川に身を投げてもなんの不思議もないではないか？

囚われの身

花魁や太夫が病に伏すと、楼主は自分の別宅に運ばせ、医者の手配を万全にして、女には休みたいだけ休んでよいと請け合った。格下の若い子が病気になると、悪寒に震えていようとも、もっと病状が悪かろうとも、自分の部屋にいなくてはならない。その子を訪ね、助け、面倒を見てくれるのは苦界の同胞たちだけであった。

吉原からほど遠くないところに墓地があり、力尽き亡くなった女たちはここにすみやかに葬られた。あるいは、素早く茶毘（だび）にふされた。十八世紀には、女たちの間で心中が幾度となく起き、それだけでなく、男がこの哀れな女たちの中のだれかに入れ揚げ、その女が哀れな情夫と心中することも頻繁に起きた。そして、二人の遺骸は、見せしめに三日間晒しものにされた。最終的にその遺骸を始末し埋葬したのは、穢多（えた）と呼ばれる賤民階級の者たち――今でも日本にある階級で〔当時、法的にはすでに廃止されている〕、貧しい者も金持ちの者もおり、いつも侮蔑の対象となっている。ある意味で、昔のユダヤ人街のユダヤ人の境遇に似ている――であった。そして、彼らは、二人の男と女、女と女の物語を、ときに皮肉を交え、ときに哀愁をこめ、長いバラードにして通りを唄って回るのだった。こうして耳目を集め、他の者たちがこのような浅はかな真似をしないようにはからったのだ。

青楼のこの優美な上っ面の奥にひそむ――何世紀にもわたり今なお続く――痛ましい状況については、わたしはまだコラムを何本も書けるだろう。その痛ましさを、観光客や作家の大半は見ようともしないし、気づきさえしないのだ。ゴンクールが、歌麿のうんざりするほどの理想化の数々にひそむ痛ましさに気づかなかったように。しかし、優美に白粉を塗り――現代の今も控えめな色の着物を着て――いつも悲しげな眼でじっと何かを眺めているこの子どもたちは、楼主たちの奴隷であり、確かに契約を交わしはしたが、子どもたちは字が読めなかったり、その契約書が捏造されていたりしていたという事実、そういう事実を知っていたら、ほんの少しでも敏感で、想像力のある人ならだれでもその痛ましさが想像できるはずだ。無論のこと、子供たちには自ら率先し弁護士のもとに駆け込む才などはない。そうして、切なく若い身はじわじわと萎れ、やがて、年増となり、容色は衰え、病に伏し、部屋の片隅に倒れるしかなくなるのである。そうこうしているうちにも、外国人たちはぞろぞろと吉原に押しかけ、こう思うのだ。実に結構、実に整然、実に厳正、実に優雅、実に風流、実に上品、実に上手に市当局と国に管理されていると。

日本にいて、「芸者」のことに触れたのは、京都の「都をどり」のときだった。この踊りは日本らしさが感じられないショーだった。外国人向けにお膳立てされたもので、パリやロンドンのミュージックホールでも、支配人が芸者四十人を呼び寄せさえすれば、見ることができるようなものだ。

接待

芸者は娼婦ではないが、哀れな女郎たちに勝るとも劣らず、奴隷的な生活を送り、こき使われている。国外でもかくも名高い芸者は娼婦ではない。外国人の眼には、女郎と較べ、芸者たちは飾り物が多く、髪も着物ももっと豪華に見える。われわれは京都の大きなお祭りで芸者たちを見たのだが、運がよければ、もっと間近で見ることもできる。日本の会席に招待されると、芸者たちが呼ばれる。客は正座、あるいはあぐらをかいて座布団にすわり――われわれ西洋人には到底不可能な姿勢である！――、目の前には小さな漆塗りのお膳が用意されている。芸者たちが列をなし、料理を運び入れ、まるで何かの儀式であるかのようにお膳に置いていく。目の前の小さなお皿に載っているご馳走をすべて食べる必要はまったくない。ちょっと試食するだけでいい。選り好みは「上流社会」の常である。一人の客に一人の芸者がつき、芸者は客の真向かいに座り、客を見つめ、微笑んでいる。人を楽しませるのが芸者の役目なのだ。フランス人はこのような女たちを「Les amuseuses（楽しませる女たち）」と呼んでいる。小さな箸の使い方を教えてくれ、料理のあれこれを、こちらは少なめに、そちらは多めに、と勧めてくれるのだ。そして、笑い、三味線を奏で、何か唄い始める。向こうでも、他の客についた芸者が何か唄っている。その単純な旋律ゆえか、二つの唄が互いに邪魔し合うこともなく、耳障りでもないところをみると、調子外れというわけではなく、もともとこのように唄うものなのであろう。そのうちに、芸者たちは猫のようにわめき始める。芸者のまたの名は「子猫」である。日本女性は猫の如くあらねばならないのだ。

外国人の客が婦人方を同伴しようものなら、芸者たちは西洋の装身具三点……帽子留め、ネックレス、指輪、そのすべてをためつすがめつ眺め、触ってみる。そのような夕食の席を一度だけ経験したが、楽しませてくれるのはよいとしても、そのわざとらしさには辟易（へきえき）した。それからもう一つ別の面がある。あとで知ったことだが、芸者は娼婦ではないにしても、法律に則った奴隷制度のようなものの中で、置屋の主人の奴隷のような存在なのだ。子どもたちは、親から「女将」のもとに売られ、踊りや唄、そして、猫のようにじゃれることを習うのである。そして、準備が整ったら、出番である。会席や宴会に呼ばれていく。その生活は死ぬほど疲れるものである。休む暇はほとんどない。給金もわずかばかりである。稼いだお金はすべて「女将」のもとに入る。なぜ、そうなるのか？　女将が養育費をすべて負担したからなのだ！　いつでも変化に富んだものでなければならないその豪勢な着物

日本古来の装束姿の芸者。

日本古来の舞を披露する芸者たち。

も、女将がすべて用意する。部屋代も食事代も面倒をみている。というわけで、芸者の手もとには二、三円でも入れば、それで十分なのだ。そして、来る日も来る日も、踊り、唄い、「じゃれる」のである。昼も夕べも夜も。

娼婦ではないものの、ときには芸者にも色恋沙汰がある。「女将」には内緒である。利口な女は、誠意ある男に出会うよう心がけるだろう。結婚を申し込んでくれる男を。しかし、その相手の男は、身請け料はもとより、これまでの養育費も持ち主に支払わねばならない。持ち主は、その請求書を細心の注意を払って作成するだろう。老後や、貧窮という悪霊、病気、悲惨な境遇を恐れる芸者たちは、こつこつとお金を貯め、金持ちの旦那衆を二、三人持ち続け、お払い箱になれば、その身を自ら買い取り、今度は自らの手で、何人かの子どもたちを芸者に育て上げるのである。

得体のしれぬ花

この日本の「楽しませる女」のありかたの陰には悲惨きわまりない女の状況が隠されている。ひとたびわたしの視線がその痛ましさを探り当てたからには、申しわけないが、芸者たち、哀れな子どもたちは、わたしを楽しませてくれることはない。愛想笑い、子どもじみた身振り手振り、猫のように喉を鳴らす声、それはよしとして、わたしを陰鬱にさせるのは、そこに、その小さな魂を蝕む苦悩が感じとられることなのだ。女たちは疲れている。終わることのない唄や踊りに。女たちは恐れている。物の怪のごとく現れる将来のことを。そして、その恐れと疲れを、優雅な姿の中に、自分のものではないきらびやかな着物の内に、淡い桃色の白粉の奥に隠している。そうして、その首筋まで塗られた白粉のため、こわばった微笑みの奥の顔は、当の本人とは似ても似つかぬ得体のしれぬ花のように見えるのだ。

第三十章　帰郷

旅というのは、戦場へ向かう遠征のようなものである。少なくとも、今わたしが終えようとしているような一年にも及ぶ長旅の場合には。スマトラ島の旅は、まさに凱旋であった。ジャワ島でも連戦連勝、バリ島は楽勝であった。それから、わが陸軍は勝利の栄冠を手に、しばしの休息の時間を与えられ、そして、海軍の力を借りた。中国の海外沿いに快勝を重ね、大日本に到達し、数々の高名――中でも「日出ヅル国」はその最たるものであるが――を持つこの国をほんの一ひねりで掌中に収めるつもりであった。しかし、戦況は、不意に、すぐさま一変したのだ。指揮官であるわたしが、その国の土を踏んだ当日から打ち負かされた。まあ、その負け戦は大したことはなかった。三日間のインフルエンザだった。それからすぐに、士気を高め、歯を食いしばり、神戸にわが部隊を集結し、京都へと進軍した。そしてそこで、二度目の、今度は大敗を喫することになった!!　被害は甚大なるもので、その惨劇の余波は数カ月も続いた。といっても、これは戦や勝ち負けの話ではない（この連載をお読みの読者諸君はもうおわかりだと思うが、この好戦的なたとえは、わたしが入院を余儀なくされた病のことに他ならない）。大元帥は……捕虜に、いともたやすく捕虜になった。そして、今後いかに大日本の攻略を遂行すべきかと思い悩んだ。というのも大元帥は、報道国の国王――他ならぬ「ハーグ・ポスト」新聞社である――に、大日本を制覇すると約束していたからだ。さて、それから交渉に交渉を重ね、徐々にではあるが、閉じ込められていた地下牢の扉が開き出した。大日本と敗戦側の大元帥の間には、ある妥協案が成立したのだった。まず、大元帥は箱根の山中の城（というか、もっと簡素な、宮ノ下にある富士屋ホテル）で敗戦の傷を癒す許可を得るであろう。それから、また数週間のうちにいともたやすく席捲するつもりであった場所に赴く……その許しも出るかもしれない。そうだ、連戦連勝の時代はもう終わっていた。勇猛果敢な軍隊と観光客の勢い——いわば、騎兵隊と砲兵隊である——は、見るも無残に総崩れとなり、後は奇跡を待つのみとなっていたのだ。まあ、いたしかたない。大元帥はあちこち訪れる機会があるだろう。そのとおり、大元帥は訪れた。東京を、鎌倉を、そしてとりわけ、日光を。大日本でまだ攻略できるであろう場所はすべて訪れたのだ。そして、その後すぐに……大元帥はおとなしくシンガポールへ向かうフランスの郵便船に乗り込んだ。遠征は終わりを迎えたのだった。

回顧

われわれの旅は、かくして終わりに近づいた。すばらしい思い出に満ちた一年であった。その中でも、これからも忘れがたく心に残るのは、やはりなんと言ってもスマトラの自然であろう。その風景、その眺望は、われわれが想像する原初の世界、少なくとも地質時代、第三紀の楽園の光景をいつも思わせた。その雄大さ、荘厳さは他のどこでも目にしたことのないものだった。そこで、東へと向かう観光客には、次のように助言したい。まず、中国で見たいものを見、それから日本で同様に過ごし、その後に、かのジャワとスマトラを訪れたまえと。スマトラがその自然ゆえに忘れがたいとすれば、中国と日本は、その芸術作品ゆえに忘れがたい。珠玉の芸術作品が、何世紀にもわたって山のように生み出された至極の芸術が目の前にそびえ立ち、圧倒される。訪れる者は、人類が原始の時代の素朴な暮らしから抜け出して以来、この地上で創り上げてきた中で最も美しい、最も古いものが織りなす、目くるめく幻灯の世界に心を奪われるのである。

人並みの教養ある観光客はたいてい、それ相応の下調べをして行くのだが、このような価値あるものを鑑賞し味わうには、それ以上の準備が必要である。まあ、ほんの少しの予習でも必ず何かしらの役に立つであろうが。こういう旅自体、どの観光客にもおすすめかと言うのかね。わたしにはわからない。総じて、おすすめ……ではないと思う。東洋への旅は、お金のかかる旅である。それだけでなく、体力が必要なことはもちろん……そこに最低限の快適さを保証してくれるものがなければならない。快適な東洋のホテルは、わたしに言わせれば、まだどこにもなく、今後に期待するしかない。少なくとも、ロンドンやパリやスイスやリヴィエラの大きな高級ホテルに慣れている観光客を満足させるためには。そもそも、東洋には西洋のパレスホテルに匹敵するホテルは一つもない。香港のレパルスベイ・ホテルだけは西洋の一流ホテルと肩を並べることができるかもしれないが、他のどこでも、本当の意味で一流の東洋のホテルにお目にかかったことはない。少なくとも——そして、これが特に言いたいことだが——西洋の贅沢さに慣れ、ふところの豊かな西洋人の観光客が快適な気分を味わえるようなホテルはどこにもないのだ。オランダ領東インドのホテルでは楽しめたし、ありがたくも思っているが、最高級のホテルは一つもなかった。これはわたし個人の意見だけではなく、とりわけ、ジャワやスマトラを旅行する多くのアメリカ人や英国人の意見でもある。

日本のホテル

しかし、観光客が日本で一流の旅をしたければ、日本のホテル、すなわち旅館を試すべきである。内陸部では、しょせんそうするしかないし、となると、日本のいくつかの習慣に慣れる必要がある。例えば、快適な浴衣やミュール。浴衣は各部屋に部屋着として用意してある。それに、共同風呂。そこには、さしずめ異国人の男はものの数に入らぬ存在に思われるらしく、日本女性も憚ることなく湯につかっている。それから、ほとんど隔てがないに等しい部屋の薄い仕切りや、同じく、あるかなきが如くのドアにも慣れねばならない。しかし、田舎の旅館は一流だとはちょっと言えない。ただ、この種の旅館の大きなところは、確かにその条件を満たしている。われわれがお茶を飲んだ宮ノ下にある大きな旅館は、荘重かつ優美な建物で、とりわけ、その入念に仕上げられた木組みに目を奪われた。そこには、職人であると同時に芸術家である匠（たくみ）の、味わい深い熟練の技が見てとれ、杉の木、あるいは楓の木に丹念に鉋（かんな）をかけて仕上げ、完璧に組み合わされていた。われわれがその上を歩いたしなやかな畳は、しっかりとした作りで申し分なかった。そして、客室の布団――マットレスのベッド――は絹の錦織であったが、夜にはそれにリネンのカバーがかけられていた。個人的には、すべてが洗える西洋のベッド用品に軍配が上がる――特にホテルではそうだ――が、日本人はこの国ではそういう贅沢を望み、しかも、その望みは叶えられるのだ。客たちは、漆塗りの食器で食事をしたい、しかも、毎日とは言わなくとも、二、三日に一度、その食器を別のものに取り換えてもらいたい、と要求する。そういう要望も上等の旅館では叶えられるのである。お膳を前にあぐらをかいたり、正座したりしてすわる。そのお膳の上に置かれた高価な盛り皿や小皿、お椀やお猪口など、緑と金の、赤と金の、黒と金の器は、一週間の間、ずっと同じままではないのである。床の間――諸君にすでに紹介した壁龕（へきがん）――の飾り、そこに掛けてある掛物と花瓶に活けてある花も、できるだけ頻繁に取り換えられる。床の間は、過度の飾りを嫌う日本の美的感覚に則り、ごたごたと物を飾らず、部屋をできるだけ簡素にするためのものだが、この掛物と花がその都度、別のものに替えられると、そこに、かけがえのないものが、豊かさが生まれるのである。

心づけ

このような旅館の宿泊料金そのものは高くはないのだが、従業員が当然もらえるものと期待している、その莫大なチップのため、宿泊すると、相当の出費となる。二、三日の宿泊料金は四、五十円を超えることはないが、出立のときに――多くの場合は旅館に到着したときにもうすでに――女中たちに与える餞（はなむけ）に百円から二百円の支出を余儀なくされる。女中たちはその程度の額はここでは当然だと思っているのである。というのも、日本人は金惜しみをしない、というか金遣いが荒く、あれこれの支出に際して、これが分相応だと思う額の基準が西洋人の基準をはるかに上回っているのだ。

黄浦江の河口

旅は終わりに近づいた。われわれが乗船したのは、メサジュリー・マリティーム社のアンドレ・ルボン号である。三週間後には、何事もなければ、シンガポールに着くであろう。そこで、正真正銘のわがオランダ国の船、「ヨハン・デ・ヴィット号」を待つのである。夏、八月である。横浜を出港し、熱帯の炎天下、猛威をふるう台風の時節に、東シナ海、南シナ海を通らざるを得ない。やわな観光客には不運ともいえるこの八月、灼熱の太陽や荒れ狂う海がわれわれに牙をむいてくるかもしれないと、ときに心の底に一抹の不安を覚える。われわれは最悪の事態を想定し、今から始まるこの旅をあらかじめ、「冥途の旅」と呼びならわしていた！　とはいえ、予感というものは、たとえ、それが確固たる事実――八月の東シナ海、南シナ海は酷暑であり、台風は船乗りにとって生死に関わる一大事である――に基づいたものであるとしても、案ずるより産むが易しということもときにはあるのだ。出航前の数日間は、蒸し暑い熱気が横浜をおおっていた。熱気は、白いシーツのように低くたれこめた空の下、白く煙る海にまで広がっていた。あちこちに見える四角の帆がその不透明な乳白色とオパール色の熱気の中で幻影のように揺れている。しかし、瀬戸内海を通るころになると、すでにほんの少し涼しくなり、一息つくことができた。そして、日中に下関の海峡を見た。往路は夜で寝ていたため、わが「エンプレス号」に乗ったまま、無意識に通り過ぎた。景観は大したことはない。船が行き交い、港湾の建物群はまっすぐに並んでいる。この場所は、一九〇五年、ロシア軍と日本軍との間で戦われた日本海海戦のときにも重要な役割を果たした。そう思い、その痕跡がまだどこかに見られるかと目を凝らし、あたりを見回した……が、何もなかった。なんの跡形も残っていなかった。「過去」に属するものが皆そうであるように、過ぎ去り、消え去ったのだ。ロシア軍と日本軍は、栄枯盛衰の姿をかいま見せて、ほんの一瞬現れたにすぎないのだ。こうして、われわれの哀れな世界は、摩訶不思議な力で進化する神秘の中を、ごろごろと転がりながら突き進んで行く……この上さらに夢想したとて、しかたがないではないか。われわれ人間は愚かで、「なるべくしてなること」をしょせん理解することなどできはしないのだ。

いや、南シナ海の八月は思ったよりましだった。暑さも耐えられないほどではなかった。だが、われわれが胆をつぶしたのは、上海を出港し、黄浦江を航行中に、台風接近の報せが――そこにはどこか胸を高鳴らせるものがあるとしても――届いたことだった。黄浦江はテムズ川のように川幅が広く、入江のような広さで、あらゆる国籍の蒸気船や龍の翼の形の帆を掲げたジャンク船が、ところ狭しと行き交っている。停泊中、暢気(のんき)なわれわれは満ち潮を待っているのだと思っていた。満ち潮でなければ、いまだ河口に停泊中の二万トンの蒸気船などは、公海に出ることはできないのだろうと思っていたのだった。

暴風の下で

それが、そうではなく、台風だったのだ。台風発見？　いや、台風接近である。荒れ狂う風の神、すべてを破壊し尽すアダマストル〔想像上の守護精霊。ルイス・デ・カモンイスの作品『ルジアダス』に登場。序章の「マカオ」の節参照〕のような台風が近づいているのだ。船乗りたちはすばらしい。うねり狂う渦巻きはこういう台風で、こういう暴風が南シナ海で吹き荒れ、これこれの経度、緯度にちょうどこの時間に接近すると、すべて正確に計算できるのだ。ときに英国船がそうするように、そして、軍艦ならたいていの場合そうするであろうが、われわれも危険を冒して出航することになるのだろうか。われわれの船の艦長はフランス人の船乗りであったが、腕も確かなら、風貌も気品に満ちていた。実際、彼には船乗りの猛者(もさ)というよりも、高齢の侯爵という方が似合いである。その艦長が決断を下す。たとえ、期限に遅れて到着し、マルセイユで罰金を払わされることになったとしても、わが船、わが乗組員と乗客を危険な目に遭わせるわけにはいかないと。というわけで、われわれは黄浦江の河口に身をひそめていた。長い時間、二日二晩じっとしていたのである。われわれの船の周りには小さめの蒸気船が数隻、そして何百艘ものジャンク船や漁船が寄り集まってきた。まるで、牝鶏の周りに身を寄せるひよこのように身を寄せ合い、琥珀色(こはくいろ)に黄色に穏やかに波打つ中国のテムズ川の川面に二日二晩、ずっと待機していた。

しかし、われわれの頭上、はるかかなたの空の上では、台風が猛威をふるっていた。その龍の巨体をうねうねとくねらせ、巨大な羽と怪物じみた尾であたりをめった打ちにしていた。頭上高く、台風が荒れ狂っていたのだ。そして、その台風は、一九二二年八月初頭のこの日、汕頭市(スワトウ)の全域を壊滅させ、海岸沿いの住民に実に多くの犠牲者が出たのだった。海の地震ともいえるこの災害の後、あちこちに散乱する死骸は数え切れないほどで、最初、死者は一万から二万と推定されていたのに、われわれが香港に到着したときには、その五倍であると判明したことからでも、そのすさまじさは明らかである。波風一つない静寂の中、用心深く――われわれ牝鶏の周りにひよこたちを従え――事態を見守っている頭上では、恐るべき東洋の台風がここぞとばかりに荒れ狂い、暴れ回り、あらゆるものを揺さぶり続けていたのだ……われわれの周りや眼下の川面はほとんど波立っていなかったというのに。われわれは、船の中におとなしくもぐり込み、周りに浮かぶ他のさまざまな小船とともに、昼夜にわたり、すべての善良な神々などものともせず、猛り狂う空を意のままに操る悪魔の激昂が鎮まるのを待っていた。

長旅の終わり

これが最後の劇的瞬間だった。もっとも、実際にその渦中にあったわけではなく、頭上のはるかかなたで起きていることを思い描いただけなのだが。偉容を見せる山々の合間の街、香港を通り過ぎる。この夏の期間、数々の熱帯病が猛威を振るうフランスの植民地の街、ハイフォンとサイゴンを通り過ぎる。熱帯病は、東洋に所有する財産にしがみついて離さない意固地な西洋人に、止めどなく襲いかかる手ごわい敵なのである。かくして、シンガポールに到着、わが「ヨハン・デ＝ヴィット号」を待った。

われわれの旅は終わりを告げた。どんな終わりも、切なくもの悲しい想い、人の心に不思議にも深く沁みわたる想いを残していくものだ。宴の終わり、任務の終わり、愛の終わり、人生の終わり、それが短かろうが長かろうが、われわれがこの世で身をもって味わった、あらゆるものの終わり。ましてや、このような長きにわたるすばらしい旅の終わりには。

この一連の書簡は、ルイ・クペールスが「ハーグ・ポスト」紙の特派員として中国と日本を旅する間に書かれ、一九二二年九月九日より翌一九二三年五月五日まで、「ルイ・クペールスとともに日本へ」と題されて同紙に連載されたものである。

訳者あとがき

本書『オランダの文豪が見た大正の日本（*NIPPON*）』（一九二五年）は、オランダの大文豪ルイ・クペールス（一八六三―一九二三年）がその最晩年の一九二二（大正十一）年の春から夏にかけて日本を訪れた際に記した紀行文である。クペールスが旅先の日本（一部は中国）で書いた三十二稿は、331頁の付記にもあるように、当時オランダで発行されていた新聞「ハーグ・ポスト（De Haagse Post）」紙に連載されていた。原著はこの一群の記事をもとに編纂され、連載終了から二年後に刊行された。その際には、作家が日本から持ち帰った写真のうちから編集部の選んだ二十四枚が加えられた。残念なことに、クペールスは日本から帰国して一年も経たないうち（一九二三年七月十六日）に他界してしまい、原著編集には関わっていない。

ルイ・クペールスは、十九世紀末から二十世紀初頭にかけてのヨーロッパ、いわゆる「ベル・エポック」と呼ばれる時期に数々の大作を上梓し、オランダ国内はもちろん、英（米）・独・伊各言語への翻訳も生前から多々刊行されていたので国外でも広く知られていた。膨大な著作があるにもかかわらず、先行する邦訳が皆無であるため（なんとも残念！）、これまで日本では知られていないも同然だが、第二次世界大戦以前のオランダ近代文学史上、ムルタトゥリ以降の最大の作家である。例えば、インターネットで、Louis Couperusと原語で検索すると、たちまち何十万件もヒットすることでもその一端をうかがい知ることができる。オランダ学術アカデミー編纂による五十巻の「クペールス全集」（一九八八―一九九六年）があり、*NIPPON*は、同全集の第四十八巻（一九九二年）として収録されている。評伝も多く、二十一世紀の今日でもなお、クペールスの文学をテーマにした関連研究書、論文や文芸評論などが執筆されている。ハーグ市のクペールスの生家には、記念プレートが掲げられている（写真参照）。同市には、作家の名を冠したルイ・クペールス博物館や同館と常に連動しているルイ・クペールス文芸協会があり、展覧会や刊行物発行など定期的に盛んな活動を続けている。クペールスの名を冠した通りや広場もオランダ全国各地に見られる。

文豪ルイ・クペールス、その誕生から最晩年に日本を訪れるまで

ルイ・クペールスは、一八六三年六月十日にオランダ・ハーグで誕生した。当時のオランダ領東インド（現インドネシア）の植民地政庁の上級官吏を引退した父親と東インドに代々続く名家一族出身の母親との間に生まれた第十一子かつ末子で、上にはかなり年の離れた兄姉がいた。幼少時のルイは、メイドたちにかしずかれ、まさに乳母日傘（おんばひがさ）、何かあれば大好きな母親のスカートの陰にまるでひよこのように隠れる甘えっ子であり、兄姉からはいくらかみそっかす扱いされながらも、何不自由なく暮らしていた。両親は特に敬虔なクリスチャンではなかったが、幼いルイは子ども向けの聖書を読み、毎晩祈りを捧げてから眠りについていた（127頁）。一八七二年、一家がふたたび東インドに渡ったことで、ルイは十歳から十五歳という多感な少年期をバタヴィア（現ジャカルタ）で過ごすことになった。現地の使用人が三十人いるという、ハーグでよりもさらに裕福な家庭の子息としての暮らしで

クペールス生家の記念プレート。

ある。アジア的なもの、キリスト教以外の宗教や神々、土着の民間信仰への関心は、この期間の日常の中で芽ばえ、育まれた。本書の中でも、日本独自の神道や仏教、民間信仰にまつわる諸々について興味深く記している。また、バタヴィアで通ったギムナジウムでギリシア・ローマ神話や神々についての学ぶとたちまち夢中になった。一家は一八七八年にハーグに戻り、ルイ少年は引き続き高校に通った。この頃には、エミール・ゾラやウィーダ（後年フィレンツェで本人と会っている）を読み、多大な影響を受けた。そして少しずつ文芸創作をはじめ、詩作で文壇にデビュー、本格的な執筆活動を開始した。

散文第一作目である『エリーネ・フェーレ（*Eline Vere*）』（一八八九年）は、オランダで初めてハーグを舞台に書かれた作品で、当初は一八八七―一八八八年にかけての新聞小説だった。主人公エリーネを中心とした人間模様を描いたこの長編小説がつまり、本書第十八章で徳富蘆花『不如帰』（一九〇〇〔明治三十三〕刊）について記している中に登場する「二十年以上前のデビュー作」である。執筆前にクペールスが熱心に読んだのは、トルストイやイプセンの作品だった。同作は、連載当時から大評判となり、読者が物語のつづきを心待ちにするあまり、見知らぬどうしでもハーグの街角で小説について熱心に話し合うなどという現象を巻き起こした。こうして、クペールスは小説デビュー早々にして、ひじょうに注目され成功した作家となった。クペールスは以後もハーグを舞台にした小説をいくつも書いており、その作品群は、のちにはクペールスの「ハーグの小説」とジャンル分けされて呼ばれるようになった。

一八九一年、四歳年下の従妹（いとこ）、エリーサベト・バウト（一八六七―一九六〇年）と結婚。エリーサベトは東インド生まれで、ルイとはジャワで過ごした子ども時代、一緒に遊んだり、ともに子ども舞踏会へ行ったりした仲だった（写真参照）。親戚どうしの結婚は、クペールス家とバウト家の間では珍しいことではなく、ほかにも例が見られる。上流階級の家庭の教養高き文学少女だったエリーサベトは、結婚前からよき相談相手としてルイを励まし、読みにくいルイの手稿の清書などもしていた。また、自らも英・仏・独語に堪能だったことから外国文学のオランダ語訳を手がけた。英国の作家オスカー・ワイルドの『ドリアン・グレイの肖像』のオランダ語訳もエリーサベトによる。ワイルドは、クペールスの二作目の小説『運命（*Noodlot*）』（一八九〇年）の英訳（*Footsteps of Fate*）を読んで深く感動し、称賛の手紙と一緒に自作の小説をクペールスのもとへ送ったのだが、それを読んだエリーサベトがルイよりもむしろ感銘を受け翻訳するにいたったといういきさつが、クペールスのエッセイに綴（つづ）られている。ちなみに、『不如帰』も、エリーサベトにより英訳版（塩谷栄・E・F・エジェット編訳、一九〇四年）からオランダ語に翻訳され、一九二四年に刊行されている。クペールス自身も、エドモン・ロスタン『東天紅（シャンテクレール）*Chantecler*』（一九一〇年上演）をオランダの劇場に依頼され翻訳している（66頁）。

公爵夫人とページボーイ（小姓）に扮しての社交クラブの舞踏会。1874年、バタヴィアにて撮影。

いかにも仲睦まじい夫婦のような印象を受けるが、クペールスはエリーサベトをなくてはならない存在だと大切に思ってはいたものの、どちらかといえば、年下のエリーサベトが常に母親のような目で夫を見守り、世話をしていた。また、クペールスはホモセクシャルだった可能性が高く、結婚は一族の暗黙の了解のもとでのいわば社会的なカモフラージュでもあったという説があるが、真相はいまだ明らかではない。夫妻には生涯子どもはなかった。

結婚後のクペールス夫妻は、イタリア、フランス、ドイツ、スペイン、東インド、英国、北アフリカなど、旅続きの生活を過ごした。ミュンヘンに滞在中の一九一四年、第一次世界大戦が勃発するとオランダに戻ることを余儀なくされ、夫妻はふたたび親族や友人の住む町、ハーグへ戻った。外国を旅することは多くても国内ではハーグ以外の都市を訪れることのあまりなかったクペールスは、この時期に執筆したエッセイに、「もし、わたしが何者かであるならば、わたしはハーグ人である」と諧謔（かいぎゃく）まじりに綴っている。この一節は、現在でもひじょうに有名である。ハーグ市では、今もなお、クペールスを同市出身のオランダ文学史上最大の作家として誇りにしている。

作家クペールスは、どこにいようとも日々執筆に勤しみ、出版社から届けられる校正ゲラの修正作業に追いまくられる日常を過ごしており、オランダの文芸誌や新聞紙上で次々と作品を発表して国内でも著名な作家になっていたが、一九一五年にハーグに戻った後も故郷に落ち着く気はなく、しばらくしたら、また自分の好きなイタリアのこじんまりした町で静かに暮らしたいと思っていた。しかし、一九一六年ごろに知り合った「ハーグ・ポスト」新聞社の創立者・社長で編集長のS・F・ファン＝オスから、北アフリカ旅行とその紀行記事を同紙に寄せる誘いを受けると、これを引き受けることにした。クペールスは、それ以前にも、外国の旅先・滞在先から紀行文を数多く書き、他の文芸誌や新聞に寄稿している。同紙に連載されたクペールスの北アフリカ紀行は大好評だった。そして、ファン＝オスは、一九二一年五月、ハーグに戻ったばかりのクペールスに、次の仕事、つまり作家の第二の故郷（エリーサベトにとっては生まれ故郷）である東インドのスマトラやジャワ、バリなどをめぐり、次いで作家にとって未知の国々である中国と、ヨーロッパから最も遠い東洋の国、日本への旅を提案し、読者に向けた紀行文執筆を依頼したのだった。北アフリカへの旅の際、クペールスは自身の健康状態に多少の不安を抱いていたこともあり（秘書同然でもある）エリーサベトも同行するという条件で「ハーグ・ポスト」紙と契約し出かけていた。今回の契約は、同紙の特派員として旅行中に週一度の割合で紀行文を執筆して郵送するという条件で、その報酬として、当時の額にして一万五千ギルダー（二

○一九年現在の貨幣価値にして一千万円以上の巨額となる）、それに加えて、夫妻の往復の渡航費や滞在費なども同社が別途支給するというものだった。

『東方へ』、そして「日本」への大航海前夜（一九二一―一九二二年）

クペールスは、友人夫妻の経営する東洋美術商クレイカンプ（18、223頁）のギャラリーの展示会にときおり出かけ、東洋の美術工芸品を目にしていた。一九一五年からは、同美術商のホールで有料朗読会を行っている。たくさんのレンブラント作品やその他貴重な絵画の展示されたビロード張りの壁を背に、傍らに小道具として黄金の仏像（！）を置き、作家の好んだホワイトアルム（カラー）や蘭の花を飾るなどした演出の中、大作家クペールスのとてつもなくダンディーな装いやふるまいと相まって、朗読会は毎回大盛況だった。一九二一年には、英国の歴史家ハドランド・デイヴィス著『日本の神話と伝説』（84頁）からの抜粋を朗読している。

同年六月には、クペールス作品の英訳者の誘いによりプロモーションを兼ねて約二十年ぶりに英国を訪れ、大歓迎を受けた。そして政府や在英オランダ公館関係者に招かれ、上流階級の著名な文化人、英米の出版関係者らと会食やアフタヌーンティーの席で語り合った。英米の出版関係者の間でのクペールスの評価はすこぶる高く、当時の重要な作家の中で五本の指に入るほどの存在だった。また、バーナード・ショーと会い、あるサロンでは当時三十一歳くらいのマイラ・ヘスのピアノ演奏でショパンを鑑賞し、コンサートでは、ストラヴィンスキー「春の祭典」という当時最も新しい音楽も聴いている。七月に英国からハーグへ戻ると、クペールスは友人のヘンリ・ボレル（13、19頁）とともにオランダ王立図書館に通いつめて資料集めをし、彼からさまざまなアドバイスを受けた。ヘンリ・ボレルは、ライデン大学で中国学を修め、中国現地でジャーナリストをしていたこともある人物である。同図書館では、ラフカディオ・ハーン、フェノロサ、ゴンクールの著作などで日本を「予習」し、マレー社刊の『日本旅行者のためのハンドブック』（第九版、一九一三年、44、70、84頁）を参考に汽船やホテルを予約したりしながら、古き美しい日本への期待を募らせた。

出立

一九二一年十月一日、クペールス夫妻はアムステルダムより出航した（写真参照）。まず、東インド滞在を経て、翌一九二二年二月十六日、次の目的地である中国へ向かうも、現地は長期ストライキ（一月末から続いていた香港海員ストライキである）と内乱とで騒然としており、滞在予定をやむなく短く切り上げることにした。調べてみると、香港のストライキが収束したのが三月五日である。記述からも推察できるが、広東観光はその後だったのではないかと考えられる。広東から香港へ戻り、上海経由で航海を続けたクペールスが長崎港に到着したのは、おそらく三月下旬かと思われる。そして、八月初旬頃に横浜港から離日、出立からちょうど一年後の一九二二年十月にハーグへ戻った。

本書には、序章として香港に到着してからの記述は収録されているが（この部分が新聞連載では二回分である）、東インドの紀行文は含まれていない。その分は、別途「クペールスとともにオランダ領東インドへ」というタイトルのもとに「ハーグ・ポスト」紙に連載され、一九二三年に『東方へ（*Oostwaarts*）』と題して書籍化されている。そこには、作家がスラバヤ港から出航し、香港に到着する前後までのようすが収録されている。本書の第三十章「帰郷」では、旅の全行程を行軍になぞらえるという、二十一世紀の現代に読むと少々奇異な印象を受けると同時に戦間期という時代も感じさせるスタイルで振り返っていて、東インドの旅はその冒頭でわずかに触れられている（324頁）。オランダ統治時代さなかの同地でのクペールスは、現地と直（じか）に縁があり、本国やヨーロッパで活躍する大作家として、到着前からすでに現地のオランダ語新聞でも予告され、どこでも来賓扱いの大歓待を受けた。

1921年10月1日、プリンス・デル・ネーデルランデン号の船上のクペールス夫妻。

日本の旅

日本の旅については、本書に訳出したとおりである。長崎到着時、クペールスは五十八歳だった。記述はないが、箱根で静養中の六月十日に五十九歳の誕生日を迎えていたはずだ。一読すると、否定的な記述も少なくないことがわかる。翻訳を手がけることになったのを機にお目にかかり、大変お世話になったルイ・クペールス博物館の館長や理事、同文芸協会の方々のようなクペールス文学の愛読者たちは、一同、本書の刊行を心待ちにしてくれているが、一方では「現代の日本の読者の目に触れてよいものかどうか、気を悪くするのではないか」と、口々に心配してもいる。

もちろん、ここにクペールスの健康状態が影響していることは間違いない。しかし、なにがどうあれ、ここに記されているのは、大正時代の日本をその目で実際に見たオランダ人作家の生の声である。幕末・明治時代の日本の紀行・見聞録がかなり多いのとは対照的に、大正時代の日本を外国人の立場から記したものは希少だと聞いている。ましてや、クペールスのように、文豪と呼ばれるほどの作家が個人の視点で記したこれほど文学的な紀行文というものが他にもあるものかどうか、訳者は知らない。

しかし、さらに深く読み込んでいくと、作家はなにも日本のことだけをけなしているのではなく、第一次世界大戦で「粉砕された」（186頁）西欧諸国について、また西洋の機械文明がもたらした過剰な物質主義、「幸福であるためには不要なもの」（137頁）について嘆き、それにもかかわらず、その文明の便利さなしには快適に過ごすことができずつい不平不満を垂れ流してしまうという体たらくにうんざりしていることがわかる。日本を東洋のドイツだと揶揄する記述は、作家が一九一四年にミュンヘンにいたそのときの体験や見聞に基づいている。日露戦争に勝利し有頂天になっている日本については、「五十年、百年、百五十年先に、この国や国民が（中略）アメリカと戦争をすることになるのだろうか？」」（186頁）など、あたかも未来を予言しているかのような記述もみられ、訳者などは原著に初めて目を通したとき、その部分をしばらくじっと見つめていたくらいだった。

大正時代は、たったの十五年という、近代日本史上で最も短い時代区分だったといっても、洋装、洋食が本格的に広まり、大衆文化が花開いて、大正ロマン、大正デモクラシーなどという言葉も生み出された、ある意味で特色のある期間でもあった。政府の方針からして、あらゆる分野において「西洋」を取り入れることに躍起になっていた日本である。それなのに、しばらくすると、国粋主義、軍国主義に染まり、今度は西欧を否定し始める。そんな、特異ともいえるような時期（折しも関東大震災の前年である）に、ルイ・クペールスは、日本を訪れたのである。中には、嘘かまことかわからないような奇天烈な話（東本願寺の毛綱と辮髪、東京で聞いた噂の数々、活け造りの魚の目に醤油を一滴垂らすと絶命する、等）も記されている。貴族的ではありながらも、小さき弱き者たちに対して特別な思いを抱く文豪クペールスならではの視点、ジャポニスム礼賛とはまったく異なる角度から青楼の女性たちについて記している点などは、二十一世紀の現在、むしろ注目すべきではないだろうか？

神戸万国病院

旅の途中で重病になり、神戸万国病院（International Hospital of Kobe）に七週間も入院する事態に陥ったクペールスは、しかし、その状況の中でも「『原稿を書くという契約で旅をしているのだ、書かねばならない』と言って、文字どおり、死に向かって執筆していたようなものだった」と、夫人エリーサベトは、身近な友人に後年語っている。膨大にあるクペールス文学の中で、この紀行文は、作家が自身の弱さや感情をありのままにさらけ出した最たる例とされている。

今回翻訳するにあたり、同病院について、特に作家の入院した一九二二年のようすについて調べてみたところ、次のことがわかった。

万国病院というのは、現・神戸海星病院の前身で、もとは神戸の外国人居留地の西洋人のための医療クリニックとして始まったものである。一九二二年当時には、同市葺合区国香通にあった。建物は一九一八年に新築されたばかりの強固な造りの二階建て、ベッド数は二十二、手術室、最新のレントゲン機器や電動のエレベーターその他の近代的な設備も整っていた。また、当時同病院には、外国人看護婦二名と数名の日本人看護婦が勤務していた。神戸市の古い統計資料を見ると、当時の病院の職員は、医師三名、看護婦五名の計八名である。この医師の一人がクペールスを治療した英国人医師バーカーで、「アラヤさん」「ハンダさん」は、五名とあるうち、外国人看護婦二名を除く残りの三名の日本人看護婦の中の二人なのだと思うと、統計上の数字がなんとなくただの数字に見えなくなってくるから不思議なものである。看護婦アラヤさんとクペールスとの狐憑きの話を通しての交流は、本書の中で最も自然体で心なごむ部分である（第十一章）。院内に泊まっていたというエリーサベトは、阿弥陀の幻影を見るほどの錯乱に陥っている夫のことが気が気でなかったに違いなく、ふだん以上にやさしく世話をしたことだろう。クペールスも妻に心から感謝しているのが読み取れる。

病院の窓から見えた運動場でスポーツをする若者たちというのは、当時の万国病院の位置からして、生田川をはさんで病院のはす向かいにあった旧・県立神戸一中の生徒たちのことかと思われる。なお、万国病院は、一九四五（昭和二十）年の神戸空襲で焼失した。

同病院についての情報は、訳者の友人で神戸大学教授の塚原東吾氏、神戸に長くご在住で同病院とも直接関わりを持たれていたフリッツ・レオンハート氏、また、オランダの社会学についての研究をされている桃山学院大学社会学部准教授、関西学院大学非常勤講師の村上あかね氏、さらには関西学院大学図書館の司書の方々がさまざまな形でご提供くださった。神戸外国倶楽部、海星病院の元医院長中山昭雄氏、万国病院が大正時代に建っていた当時から現在もなおその隣に建つ東福寺の住職、圓通良樹氏にも突然の問い合わせに快く応じていただき、感謝している。

通訳ガイド「サガ・カワモト」

旅の後半から通訳ガイドとして同行したカワモト氏のことは、いくら調べても、いまだになにも判明しない。ハーグに保管されているクペールスの遺品中に、カワモト氏の写真つきの名刺がある。しかし、そこにはなぜか、住所氏名の日本語表記がどこにもない。蘭学者で英語塾も開講した川本幸民の一族ではと、幸民研究者である青山学院女子短期大学学長の八耳俊文教授に伺ってみたが、どうもそうではないらしかった。また、原文に記されている情報を頼りに京都府立図書館のレファレンスへも問い合わせてみたが、何の手がかりも得られなかった。とはいえ、クペールスほどの作家が褒めちぎるほど英語能力が高く、日本についても深い知識を持って説明ができ、しかも写真も撮れれば、人柄も温和ですばらしいというような申し分のない通訳ガイドのことが今ではまったく不祥なのは、不思議なことである。

マレー社のハンドブックについて

明治の開国以降、日本を旅行する外国人のために英国のマレー社が刊行していた『日本旅行者のためのハンドブック』という英語のガイドブックがあった。クペールスも、当時の最新版を携えていたと考えられている。これは、はじめ、幕末から明治に日本にいた英国人外交官だったアーネスト・サトウなど、後には日本学者のバジル・チェンバレン、そしてW・B・メーソンの記述をもとに編集されたものだった。ちなみに、このメーソンという人物は、気の毒なことに、一九二三年九月一日、横浜で関東大震災に被災し、亡くなっている。また、クペールスが通訳カワモト氏とともに見学した横浜の吉原、つまり当時の永真遊廓も震災で壊滅した。

本書の中で、クペールスはこのガイドブックにある記述を参考にして記していると思われる箇所が少なからずある。それについては、冒頭で紹介した「クペールス全集」の編纂委員でもあるH・T・M・ファン゠フリート氏が、クペールスが帰蘭後に執筆した作品群（後述）と氏による研究、たくさんの図版とを合わせて著した近著『慈悲の糸（*Het snoer der ontferming*）』（二〇一八年）の中で詳しく分析および解説している。原文中のクペールスの日本の風物についての記述が不可解なときなど、訳者は氏の同書をありがたく参考にし、ときには、あたかも時空を超えてクペールスとともに大正の日本を旅するような思いで、この「マレー社のハンドブック」（インターネット上で見られる）を何時間も眺めていたことがあった。そして、そこに答を見いだすことも少なくなかった。

旅のあと、そして『慈悲の糸』

帰途の航海の間、クペールスは体調不良のため、デッキにはほとんど姿を現わさなかった。船旅の途中で医師の診察を受けると、肝臓疾病だと診断された。一九二二年十月初頭にアムステルダムに到着したときには、すっかり体調を崩していた。

ハーグに戻った直後、医師に外出禁止の指示を受けたクペールスは、原稿の依頼主である「ハーグ・ポスト」紙のファン゠オス社長に、同月十二日付の書簡で「日本を見るのは興味深かった。夫婦ともども心から感謝する」と綴っている。同氏はというと、期待どおりのクペールスらしい紀行文だと大いに満足していた。ハーグに帰還後の数カ月間、衰弱していたクペールスはこうしてほとんど人にも会わずに静養していたが、翌一九二三年の一月になると執筆を再開し、新聞や文芸誌に作品を発表し始めた。まさに、作家の業（カルマ）とでも言うべきものであろう。それは、日本にまつわる短い断片的な二十五の小品と数話の短編である。日本への旅の出立前に戻ったかのような色彩に溢れたジャポニスム風で、書物などから得た知識と、旅の道中に実際に見聞した体験とを組み合わせて創作した、日本の神話や伝説の受容（アダプテーション）的な作品なのだが、そこにはクペールス独自の創作の技法や工夫が随所に見ら

東洋美術商クレイカンプ、1925年。

れる。文章の中に、阿弥陀、梅の木の和歌、青銅の馬、おみくじ、吉原の女郎、九尾の狐、地蔵、富士の巡礼など、本書に記されている事柄との一致も多く認められる。三月十四日および二十三日には、満員御礼のクレイカンプのホールで、この新作から「歌人たち」「岩塊」「若き巡礼者」を朗読している。誕生日の前日である六月九日には、クペールス六十歳の誕生祝いがクレイカンプで盛大に行われた(写真参照)。このときには王室や外務省関係者も臨席し、栄誉ある二度目のオランダ王家勲章を受勲した(等級は、騎士。一八九七年に三十一歳で受勲した際はオフィシエだった)。そのときにもやはり体調はすぐれなかったが、それから約ひと月後の七月十六日、ついに帰らぬ人となった。遺作となったこれら一群の原稿は、作家の没後『慈悲の糸』と題され、翌一九二四年に刊行された。オランダの偉大な作家クペールスが人生の終わりに見たものは、自らの目で見た日本、あるいは美しき古き日本、そして、無量光仏「阿弥陀」だったのだろうか?

翻訳

本書は、初版刊行以来、これまでほぼ百年もの間、いまだかつて邦訳されたことがなかった。古風で難解なオランダ語、ときにフランス語からの借用語や、クペールス語とでも言うべき作家自身の「造語」めいた言葉すら混在する文章を翻訳するのは、いざ取り組んでみると至難の業(わざ)だった。参考資料として、本文中に登場する原勝郎『日本史入門』(43頁、原著は英語)、そして、『日本旅行者のためのハンドブック』やフェノロサ、ゴンクール、デュ゠ベッカーなどの著作、徳富蘆花『不如帰』の原作および英訳などはインターネット上で、また、幕末から昭和初期くらいまでの間に日本を訪れた外国人の滞在記にもできるかぎり目を通した。

底本にしたのは、基本的に、訳者自身がかつて古本屋で偶然発見して購入した一九二五年の初版本である。原著とまったく同じテキストは、オランダデジタル文学図書館でも読むことができる。ときにはフェルハール氏（後述）がお貸しくださった貴重な英訳（一九二六年）も参考にした。当然のことながら、全集版（一九九二年）も平行して用いた。その巻末にある学術的な「註」を読むと、新聞掲載時に編集部の判断により、記事の長さをそろえるために適宜削られたテキストがところどころにあったことがわかる。以下、訳者がひじょうに気に入っていると同時に、削られたのは惜しいと思っている記述をひとつだけご紹介したい。クペールスは二条城の襖絵に深く感動してその印象を記しているが（第八章）、おそらく字数オーバーで編集部が削った部分のテキストには、クペールスが、白書院の感傷的で詩情の漂う「ねむり雀」（二羽の雀が雪の積もる竹枝の上で身を寄せ合って眠る姿）や「濡鷺」の図に心を動かされたことが記されている。訳者は、このような小さき美しい生き物への繊細な感性が、いかにもクペールスらしいと思う。

原文には、日本史関連の記述に、固有名詞や年号、歴史的事実の事実誤認などがときおりみられたが、これは適宜、担当編集者と相談しつつ解決した。また、日本語の文字や漢字を説明する部分などには、なんとも珍妙な記述が見うけられる。しかし、長い間、文字というものに深く関わりつつ過ごし、外国の旅先でも言葉に困ることのなかった作家クペールスが、人生で初めて日本語や中国語に接し、ただの一文字も読めず解せずという不自由な思いをしながらも読者のために懸命に書いたと思えば、その気持ちも少しは汲んであげたいような気がする。なお、序章「中国」に記されている事柄に関しては、ライデン大学付属アジア図書館司書・中国学貴重資料コレクション学芸主任のマルク・ジルベル氏にさまざまなアドバイスをいただいた。

この翻訳は学術的なアプローチではなく、あくまでも読み物として楽しんでいただくことを主眼としている。和歌については、原文の記述からどの一首を指しているのかを特定し、原典を記した。これは、オランダ語の実力者であるのみならず、長年にわたり日本や中国の古典というものをこよなく愛し、親しんできた訳者の夫、國森正文の古典の知識なくしては到底できない作業だった。それに限らず、古典力の必要な他の部分についても、夫は惜しみなく協力してくれ、どんなときでも常に訳者の伴走者として支えてくれた。身内ながら、深い敬意を表し心から感謝する。オランダ文学基金には、前作に続き、本書の翻訳に助成をいただいた。ここに、刊行のご報告とともに感謝を捧げる。

図版について

一九二五年の原著刊行時には作家はもはや亡く、編集作業や写真選びなどは、版元（なんと、「ハーグ・ポスト」紙の社長ファン＝オスが、この一連の紀行文の出版のためにわざわざ作った出版社であるという！）とエリーサベトが共同で行った。一連の紀行文を新聞記事として掲載した後に書籍化するという項目は、事前の契約書にも記されている。初版本には二十四枚の写真が入っているが、それは作家が旅行中に集めた写真群からのものである。もしかしたら、自分たちで撮ったものもあったかもしれず、写真家でもあった通訳ガイドのカワモト氏が撮影したもの、また、当時各地で販売されていたらしい観光客用のみやげ写真や雑誌などの切り抜きも混在しているかと思われる。今回の邦訳では、オランダの既刊書の仕様にとらわれず、クペールスの意図を推察し、最も適当だと思われるところに図版を入れると同時になるべく多く掲載できるよう、編集担当の青木誠也氏と相談した。

写真掲載についての手続きは、オランダ側の方々（後述）にひじょうにお世話になった。初版にある二十四枚の元写真の中で、長い年月の間にすでに行方不明になってしまっていた分については、訳者の手元にある初版本からスキャンした。

被写体の確認については日本側でも多大にご協力いただき、今回初めて判明した事柄がいくつかあった。これまでオランダでも知られていなかったことばかりである。その成果は、ぜひ、本書の中で写真に付記したキャプションでご覧いただければと思う。箱根の富士屋ホテルには、同ホテル内や近隣で撮ったと思われる写真群を丁寧にご確認いただいた。ご協力いただいた富士屋ホテルの関係者のみなさまに、この場を借りて心よりお礼を申し上げたい。また、日光東照宮大鳥居前で人力車に乗る夫妻の写真については、番傘に見える文字が「日光ホテル」と読めることから、日光の「金谷ホテル歴史館」へ問い合わせたところ、館長の坂巻清美氏から、これは当時同地で営業していた「日光ホテル」(一九二六年焼失)のものに間違いないとご教示いただいた。同ホテルは、『日本旅行者のためのハンドブック』にある日光の地図にも掲載されている。合わせて、幕末に日本に滞在した英国人外交官アーネスト・サトウがこの「日光ホテル」をこよなく愛し、何度もここに滞在していたことも伺った。突然の、しかも他ホテルについての問い合わせに大変丁寧なご返事をいただき、深く感謝している。

おわりに

思えば、訳者がこの書物に興味を持ったのは、確か、二〇一〇年頃だったかと思う。その後、この*NIPPON*を取り上げた展示がライデンの日本博物館シーボルトハウスで二〇一三年に催され、訳者もわずかながら協力した。二〇一四年春には、読売新聞にクペールス関連記事が掲載されていたのを読んだ(三月二十三日付。英語版の記事は同年四月八日付)。当時ハーグのルイ・クペールス博物館の理事をされていたピーター・フェルハール氏からも、翻訳の可能性について問い合わせをいただいていた。訳者が二〇一七年に初の訳書、ヘラ・S・ハーセ『ウールフ、黒い湖』を世に出すことができたことで次作を考える機会が生じ、幸いにも物事がうまく運んで、このたび、本書の刊行を氏にもご報告できると胸をなでおろしている。また、ルイ・クペールス文芸協会の方々とも翻訳を通じて交流が生まれ、本当に親切にご協力いただいた。

二〇一八年夏、作品社の担当編集者である青木誠也氏が、打ち合わせを兼ね、ハーグのオランダ王立図書館やオランダ文学館、ハーグ市立古文書館のクペールス関連資料を訳者とともに見学に行って以来、同図書館司書のメリンダ・コニャ氏には大変お世話になってきた。また、ルイ・クペールス博物館理事のカロリーネ・デ＝ヴェステンホルツ氏にも、本書の刊行に際し、たくさんの写真を無償提供いただいたことに、心よりお礼を申し上げたい。氏は、ハーグ市立古文書館所蔵のクペールス関連アーカイブにその名の冠されているアルバート・フォーヘル氏の義理の娘であり、同アーカイブ内のクペールスが日本から持ち帰った写真群のほとんどは、主に彼女がデジタル画像を管理している。

個人的には、音楽家でもある訳者は、翻訳のみならず、大正の「雑種（ハイブリッド）」感を体感してみたいと考え、和洋折衷楽器である大正琴を一台購入して、遊び半分につま弾いたりしている酔狂者であるが、大正時代に発行された大正琴独習曲集に「不如帰の唄」があるのを発見し、おもしろく思っているところである。

オランダには、文豪ルイ・クペールスの文学から今なお紡（つむ）ぎ継がれているみごとな織物のような世界がある。本書が、ここから出（い）ずる糸となってクペールスと日本の読者をつなぐことができれば、訳者として幸甚である。

オランダ・ライデンの自宅にて　國森由美子

二〇一九（令和元）年十月一日

【本文図版出典一覧】

P. 166～167、P. 173、P. 181
オランダ文学館所蔵。

P. 40、P. 49、P. 58、P. 64、P. 71、P. 76、P. 80、P. 91、P. 100、P. 121、P. 122、P. 133、P. 134、P. 143、P. 144、P. 152、P. 154、P. 156、P. 157、P. 164、P. 168、P. 169、P. 171、P. 172、P. 174、P. 176、P. 180、P. 184、P. 185、P. 221、P. 237、P. 240、P. 246、P. 247、P. 248、P. 254、P. 256、P. 257、P. 258、P. 259、P. 260、P. 261、P. 265、P. 266、P. 268、P. 269、P. 271、P. 272、P. 275、P. 276、P. 277、P. 321、P. 322
ハーグ市立古文書館「アルバート・フォーヘル」アーカイブ（Archief Albert Vogel, Haags Gemeentearchief, Den Haag）提供。

P. 16、P. 23、P. 163、P. 262、P. 264、P. 270、P. 274、P. 287
NIPPON 初版本よりスキャン。

【著者・訳者略歴】

ルイ・クペールス（Louis Couperus）
1863年6月10日、オランダ・ハーグ生まれ。ヨーロッパの「ベル・エポック」期に数々の大作を発表し、国内外で広く知られた、第二次世界大戦以前のオランダ近代文学史上、ムルタトゥリ以降の最大の作家。オランダ領東インド（現インドネシア）の植民地政庁の上級官吏を引退した父親と東インドに代々続く名家一族出身の母親との間に生まれる。1872年、一家で東インドに渡り、10歳から15歳までをバタヴィア（現ジャカルタ）で過ごす。1878年にハーグに戻り、エミール・ゾラやウィーダを読んで影響を受けるとともに創作活動をはじめ、詩作で文壇にデビュー、本格的な執筆活動を開始した。散文第一作目である『エリーネ・フェーレ（*Eline Vere*）』（1889年）は、主人公エリーネを中心とした人間模様を描いた作品で、連載当時から大評判となった。1891年、4歳年下の従妹エリーサベトと結婚。夫妻はイタリア、フランス、ドイツ、スペイン、東インド、英国、北アフリカなど、旅続きの生活を過ごした。1897年、31歳でオランダ王家勲章を受勲（オフィシエ）。日本から帰国後の1923年6月9日、60歳の誕生祝いの折りに二度目のオランダ王家勲章受勲（騎士）。同年7月16日逝去。オランダ学術アカデミー編纂による全50巻の「クペールス全集」（1988-96年）がある。

國森由美子（くにもり・ゆみこ）
東京生まれ。桐朋学園大学音楽学部を卒業後、オランダ政府奨学生として渡蘭、王立ハーグ音楽院およびベルギー王立ブリュッセル音楽院にて学び、演奏家ディプロマを取得して卒業。以後、長年に渡りライデンに在住し、音楽活動、日本のメディア向けの記事執筆、オランダ語翻訳・通訳、日本文化関連のレクチャー、ワークショップなどを行っている。ライデン日本博物館シーボルトハウス公認ガイド。訳書に、ヘラ・S・ハーセ『ウールフ、黒い湖』（作品社）がある。

Nederlands
letterenfonds
dutch foundation
for literature

This publication has been made possible with financial support from the Dutch Foundation for Literature

【装画】
カヴァー：東照宮の入口。奥に石鳥居が見える。さしている
番傘の文字は、かつてあった「日光ホテル」（1926年焼失）。
扉：富士屋ホテルにて。
ともにオランダ文学館所蔵。

オランダの文豪が見た大正の日本

2019年10月25日初版第1刷印刷
2019年10月30日初版第1刷発行

著　者　ルイ・クペールス
訳　者　國森由美子
発行者　和田肇
発行所　株式会社作品社
〒102-0072東京都千代田区飯田橋2-7-4
TEL.03-3262-9753　FAX.03-3262-9757
http://www.sakuhinsha.com
振替口座00160-3-27183

編集担当　青木誠也
本文組版　前田奈々
装　幀　水崎真奈美（BOTANICA）
印刷・製本　シナノ印刷株式会社

ISBN978-4-86182-769-3 C0098

◆作品社の本◆

【「新青年」版】

黒死館殺人事件

小栗虫太郎

松野一夫挿絵　山口雄也註・校異・解題　新保博久解説

日本探偵小説史上に燦然と輝く大作の「新青年」連載版を初めて単行本化！　「新青年の顔」として知られた松野一夫による初出時の挿絵もすべて収録！　2000項目に及ぶ語註により、衒学趣味（ペダントリー）に彩られた全貌を精緻に読み解く！　世田谷文学館所蔵の虫太郎自身の手稿と雑誌掲載時の異同も綿密に調査！　“黒死館”の高楼の全容解明に挑む、ミステリマニア驚愕の一冊！

ISBN978-4-86182-646-7

暁の群像

豪商岩崎弥太郎の生涯

南條範夫　末國善己解説

土佐の地下浪人の倅から身を起こし、天性の豪胆緻密な性格とあくなき商魂とで新政府の権力に融合して三菱財閥の礎を築いた日本資本主義創成期の立役者・岩崎弥太郎の生涯と、維新の担い手となった若き群像の躍動！　作家であり経済学者でもある著者・南條範夫の真骨頂を表した畢生の傑作大長篇小説。

ISBN978-4-86182-248-3

坂本龍馬

白柳秀湖　末國善己解説

薩長同盟の締結に奔走してこれを成就、海援隊を結成しその隊長として貿易に従事、船中八策を起草して海軍の拡張を提言……。明治維新の立役者にして民主主義の先駆者、現在の坂本龍馬像を決定づけた幻の長篇小説、68年ぶりの復刻！

ISBN978-4-86182-260-5

戦国女人十一話

末國善己編

激動の戦国乱世を、したたかに、しなやかに潜り抜けた女たち。血腥い時代に自らを強く主張し、行動した女性を描く、生気漲る傑作短篇小説アンソロジー。

ISBN978-4-86182-057-1

◆作品社の本◆

小説集　明智光秀

菊池寛、八切止夫、新田次郎、岡本綺堂、滝口康彦、篠田達明、南條範夫、
柴田錬三郎、小林恭二、正宗白鳥、山田風太郎、山岡荘八、末國善己解説

謎に満ちた前半生はいかなるものだったのか。なぜ謀叛を起こし、信長を葬り去ったのか。そして本能寺の変後は……。超豪華作家陣の想像力が炸裂する、傑作歴史小説アンソロジー！

ISBN978-4-86182-771-6

小説集　真田幸村

末國善己編、南原幹雄、海音寺潮五郎、山田風太郎、
柴田錬三郎、菊池寛、五味康祐、井上靖、池波正太郎

信玄に臣従して真田家の祖となった祖父・幸隆、その智謀を秀吉に讃えられた父・昌幸、そして大坂の陣に“真田丸”を死守して家康の心胆寒からしめた幸村。戦国末期、真田三代と彼らに仕えた異能の者たちの戦いを、超豪華作家陣の傑作歴史小説で描き出す！

ISBN978-4-86182-556-9

小説集　竹中半兵衛

末國善己編、海音寺潮五郎、津本陽、八尋舜右、
谷口純、火坂雅志、柴田錬三郎、山田風太郎

わずか十七名の手勢で主君・斎藤龍興より稲葉山城を奪取。羽柴秀吉に迎えられ、その参謀として浅井攻略、中国地方侵出に随身。黒田官兵衛とともに秀吉を支えながら、三十六歳の若さで病に斃れた天才軍師の生涯！

ISBN978-4-86182-474-6

小説集　黒田官兵衛

末國善己編、菊池寛、鷲尾雨工、坂口安吾、
海音寺潮五郎、武者小路実篤、池波正太郎

信長・秀吉の参謀として中国攻めに随身。謀叛した荒木村重の説得にあたり、約一年の幽閉。そして関ヶ原の戦いの中、第三極として九州・豊前から天下取りを画策。稀代の軍師の波瀾の生涯！
ISBN 978-4-86182-448-7

◆作品社の本◆

戦下の淡き光

マイケル・オンダーチェ　田栗美奈子訳

1945年、うちの両親は、犯罪者かもしれない男ふたりの手に僕らをゆだねて姿を消した——母の秘密を追い、政府機関の任務に就くナサニエル。母たちはどこで何をしていたのか。周囲を取り巻く謎の人物と不穏な空気の陰に何があったのか。人生を賭して、彼は探る。あまりにもスリリングであまりにも美しい長編小説。

ISBN978-4-86182-770-9

美しく呪われた人たち

F・スコット・フィッツジェラルド著　上岡伸雄訳

デビュー作『楽園のこちら側』と永遠の名作『グレート・ギャツビー』の間に書かれた長編第二作。刹那的に生きる「失われた世代」の若者たちを絢爛たる文体で描き、栄光のさなかにありながら自らの転落を予期したかのような恐るべき傑作、本邦初訳！

ISBN978-4-86182-737-2

ストーナー

ジョン・ウィリアムズ著　東江一紀訳

これはただ、ひとりの男が大学に進んで教師になる物語にすぎない。
しかし、これほど魅力にあふれた作品は誰も読んだことがないだろう。
——トム・ハンクス
半世紀前に刊行された小説が、いま、世界中に静かな熱狂を巻き起こしている。
名翻訳家が命を賭して最期に訳した、“完璧に美しい小説”
第一回日本翻訳大賞「読者賞」受賞

ISBN978-4-86182-500-2

夢と幽霊の書

アンドルー・ラング著　ないとうふみこ訳　吉田篤弘巻末エッセイ

ルイス・キャロル、コナン・ドイルらが所属した心霊現象研究協会の会長による幽霊譚の古典、ロンドン留学中の夏目漱石が愛読し短篇「琴のそら音」の着想を得た名著、120年の時を越えて、待望の本邦初訳！

ISBN978-4-86182-650-4

◆作品社の本◆

ウールフ、黒い湖

ヘラ・S・ハーセ　國森由美子訳

ウールフは、ぼくの友だちだった――
オランダ領東インド。農園の支配人を務める植民者の息子である主人公「ぼく」と、現地人の少年「ウールフ」の友情と別離、そしてインドネシア独立への機運を丹念に描き出し、一大ベストセラーとなった〈オランダ文学界のグランド・オールド・レディー〉による不朽の名作、待望の本邦初訳！

『ウールフ、黒い湖』は、過去を探し求める旅の記録である。オランダの若者である〈ぼく〉は、一九四七年、現在のインドネシアで過ごした自分の少年時代、また、同い年の現地少年とのかつての友情を顧みる。そして、二人の関係が永遠に断たれたと思われたとき、主人公は答えを出さねばならないという思いに駆られる。

あそこはほんとうに自分の居場所だったのだろうか？　ウールフは、ほんとうに友だちだったのだろうか？　自分はあの国の内情やそこに暮らす人々を知っていたのだろうか？

ウールフは、実は〈ぼく〉のかたわれの分身であり、自らの闇の部分、自分も知らぬ影の部分なのだ。

（ヘラ・S・ハーセ「あとがき　ウールフと創造の自由」より）


ISBN978-4-86182-668-9